Le Fils de Hans

Le Fils de Mary

Jean Paul Halnaut

LE FILS DE HANS

Édition : BoD – Books on Demand,
12/14 rond-point des Champs-Élysées, 75008 Paris
Impression : BoD - Books on Demand,
Norderstedt, Allemagne
ISBN : 9782322394425
Dépôt légal : Mars 2022

Du même auteur :

2012 : *GI's Blues* aux Éditions des Falaises
(Prix du Lions Club de Normandie 2013)
(Prix National Lions de littérature 2013)

2014 : *Les Anges de la Cité* aux Éditions des Falaises
(Prix Octave Mirbeau 2015)

2019 : *La Vengeance du Lynx* aux Éditions des Falaises

Prémonitions

1944 : La dévergondée

Victor Malavoix et son beau-frère Ernest Grandon exhibèrent leur brassard FFI quand les GI's investirent la rue principale du village de Bérangeville. Dans la foulée ils s'emparèrent de trois femmes accusées d'avoir fricoté avec les Allemands et les tondirent sans autre forme de procès. Parmi elles Suzanne Rich eut droit à l'option « finition au rasoir » qui rendit son crâne aussi lisse qu'un pain de glace, il faut dire qu'Ernest, le maître barbier du village, tenait le manche du « coupe-choux ».

Avant-guerre Suzanne Rich traînait déjà une réputation de dévergondée absolument injustifiée. Elle faisait la serveuse au *bar des cyclistes*, une gentille ginguette-pension tenue par monsieur et madame Schmidt. Les cultivateurs célibataires dépressifs qui approchaient Suzanne devaient se contenter de la tenir dans leurs bras le temps d'une valse au bal du samedi soir. Le flirt à peine esquissé elle se dérobait. Par dépit les soupirants éconduits se vantaient de l'avoir culbutée dans un fossé et faisaient courir sur son compte des rumeurs désobligeantes. En réalité Suzanne refusait leurs avances parce qu'elle ne voulait pas passer sa vie mariée à un cultivateur, collée au cul des vaches, à l'exemple de ses défunts parents.

Les Schmidt, d'origine juive, considéraient Suzanne comme leur fille. Ils prirent le risque de ne jamais se faire inscrire, pendant l'occupation, sur les registres du *commissariat aux questions juives* car ils n'avaient aucune confiance dans l'administration du Maréchal qu'ils jugeaient passablement gâteux. Certains juifs cherchaient à se procurer de faux certificats de baptême pour passer inaperçus, les Schmidt au contraire, affichaient auprès de la clientèle leurs convictions de libres penseurs :

- La religion est l'opium du peuple ! Assénaient-ils dans les conversations de comptoirs. Ils mettaient sincèrement dans le même sac, rabbins curés et pasteurs pensant à tort que ces propos athées pourraient leur servir de couverture… Pourtant les Schmidt échappèrent de peu à la déportation ; ils avaient sous-estimé la capacité de nuisance des fouineurs de la Gestapo…

***

À la fin du printemps 1944 Hans Dieter, un simple soldat de la deuxième compagnie de marche de la Wehrmacht, fut le premier à profiter des faveurs de Suzanne. Il était beau, bien éduqué, mais c'est surtout parce qu'il avait prouvé à Suzanne sa détestation des Nazis qu'elle s'était laissé faire sur l'épais tapis de luzerne de la clairière au bord de la rivière. Il faisait chaud. Après l'amour les tourtereaux s'étaient baignés avant de s'allonger à l'ombre des peupliers. Tout le village avait été informé de l'évènement le jour même par Victor Malavoix qui avait observé la scène dans un état de profonde excitation, tapi derrière un bosquet.

La compagnie de Hans dut déguerpir en août 1944 chassée par le rouleau compresseur allié. Hans savait Suzanne enceinte et l'avait assurée qu'il reviendrait la chercher après la guerre. Neuf mois plus tard l'Armée Rouge et les alliés déferlaient sur l'Allemagne, Hans disparut dans la tourmente. En février 1945 Suzanne donna naissance à un garçon de près de quatre kilos qu'elle prénomma Serge. Beau nourrisson à la peau mate, Serge avait hérité du type méditerranéen de sa mère et ne possédait aucune des pseudos caractéristiques du bébé arien.

***

Victor Malavoix, à la mort de son père, avait hérité d'un des plus gros domaines du canton. Quand, rongé par la solitude - les femmes célibataires étaient rares dans ce coin de campagne - il proposa à Suzanne de l'épouser et de s'occuper de son « bâtard de fils », comme disait Ernest, elle refusa tout net. Ne l'avait-il pas dénoncée ? N'était-ce pas à cause de lui que tout Bérangeville la considérait comme une traînée ? Victor, à bout d'arguments, finit par surenchérir ; si la belle Suzanne consentait à l'épouser, le mariage se ferait sous le régime de la communauté. Elle avait quinze ans de moins que lui. Un jour elle serait à la tête du « domaine de Virville » et le fils du Boche aurait sa part. De toute évidence Hans ne reviendrait jamais. Suzanne décida d'accepter la proposition de Victor dans l'intérêt de son fils. Seuls les Schmidt l'avaient mise en garde sur la déplorable mentalité de Victor Malavoix. Odile, la sœur de Victor et l'épouse d'Ernest eut beau crier à la mésalliance, l'attirance physique qu'éprouvait Victor pour Suzanne fut plus forte que toute autre considération. On célébra la cérémonie de mariage en grande pompe. Ernest fit danser la mariée, vantant la qualité de sa mise en plis sous les quolibets des « patriotes » présents au banquet : *On a bien fait de la tondre* balança-t-il à l'assemblée *ça fortifie le cheveu* ! Le principal fait d'armes de cette clique de résistants de la dernière heure avait été de pendre haut et court un gitan sous les yeux de sa famille, sous prétexte qu'il tirait les cartes aux trouffions de la Wehrmacht et leur fourguait des bas de soie pour leurs femmes contre quelques billets.

***

Deux années de mariage plus tard Victor se partageait avec Ernest les faveurs de Perrine, une crémière peu farouche de Criquetot l'Esneval. De plus en plus dépendant de la bouteille, Victor préférait les concours de manille et les parties de chasse avec sa clique au travail de la terre. Il fallait bien faire tourner l'exploitation. Les métayers se succédaient au domaine car Victor, la plupart du temps entre deux vins, ne supportait pas la contradiction. Peu à peu une rumeur se répandit au village, colportée par le barbier et sa bourgeoise : Suzanne faisait subir un « examen de passage » aux métayers avant de les embaucher… Elle devenait plus que jamais « la pute à Boches de Virville ». Hormis les Schmidt chacun au village trouvait normal que Victor aille voir ailleurs et lui administre de temps en temps une bonne correction.

Le corps sans vie de Suzanne fut retrouvé en décembre 1947, à la lisière d'un bois, sur le chemin vicinal 18 qu'elle empruntait deux fois par semaine à bicyclette pour rejoindre le marché de Goderville…Apparemment elle avait fait une chute et s'était fracturé le crâne contre une borne kilométrique.

La loi française interdit de déshériter son enfant mais Victor Malavoix, malgré sa promesse, n'avait pas reconnu le fils du Boche. Il avait pris soin, sans en informer sa femme, d'exclure l'enfant de sa succession. À la mort de Suzanne, Serge, inscrit dans les registres sous le nom de jeune fille de sa mère, fut confié aux services sociaux, puis au couple Schmidt, compatissant et désintéressé.

1973 : Central Park

Je rêve que je rêve. Je suis dans l'entre-deux, je me laisse aller, flottement ouaté du pré-réveil. Une sensation de chaleur à la base de la nuque m'indique que je vais me réveiller ; les rayons du soleil passent entre les double-rideaux de la chambre. Je m'accroche à mon rêve. J'ai lu quelque-part qu'il était possible de le prolonger, encore fallait-il le vouloir de toutes ses forces...

Monsieur et madame Leclerc, leur fille Margaret et Édouard son grand benêt de frère ont fait péter une « roteuse » sur la pelouse d'un jardin public près d'une Diane chasseresse en marbre blanc. Coupe de champagne à la main ils posent sur ma personne un regard admiratif ; je suis en smoking. Un homme masqué d'un loup rouge, assis sur un banc voisin nous lance : *à la vôtre !* Une légion d'honneur orne le revers de ma jaquette. Ébloui par un rayon de soleil se reflétant sur ma médaille, Édouard chausse ses Ray Ban teintées vert foncé. Madame Leclerc, après avoir gentiment réajusté mon nœud papillon, me serre dans ses bras. Je réalise soudain que seule Margaret et moi sommes habillés. Vêtue d'une robe de mariée un peu trop chargée en dentelles elle se dirige vers moi, souriante. Au loin les cloches sonnent. On nous attend à l'église pour la cérémonie. Je ne sais pourquoi c'est le moment que choisit Vivaldi pour balancer ses Quatre Saisons dans le désordre ; un soupçon de printemps, allégro vivace suivi d'un bout d'hiver déprimant. Séquence Walt Disney en couleur, nous sommes tous transformés, hommes et bêtes, en personnages de bande dessinée. En rythme, nus comme des vers, la famille entame une grotesque farandole applaudie par une bande d'écureuils jaillissant des bannettes à papier du parc. Ma part de conscient réalise que j'ai vu la scène des écureuils à la télé dans un documentaire sur Central Park. Venant de la rue, un bruit d'enfer couvre la bouillie de concerto. Effrayés les écureuils se bouchent les oreilles, sautent sur le dos d'une escadrille de flamants roses qui passent par là en rase-motte. Monsieur Leclerc et Edouard, satyres improbables, s'égayent dans la nature en cachant leurs attributs derrière une feuille de chêne, madame Leclerc surprise s'affale sur le gazon victime d'une syncope.

Margaret s'impatiente. Elle déboutonne sa robe :

-Emmène-moi à l'hôtel Serge, on sera plus tranquille…

Je suis heureux, je m'empresse de la rejoindre mais Vivaldi augmente le volume de son amplificateur haute-fidélité, Margaret se bouche les oreilles et s'enfuit à son tour, je cours après elle dans la rue encombrée de taxis jaunes, *l'homme au loup rouge* nous suit ; ça se confirme, mon rêve se passe bien à New York, qu'est-ce qu'on fout à New York ? Margaret saute d'un toit de taxi à l'autre avant de disparaitre entre deux enseignes publicitaires de shampoing hypoallergénique au dixième étage d'un building. Les enseignes ont la forme d'arbres de Noël, des flacons de shampoing sont accrochés aux branches. Margaret accompagnée de son frère ressort par l'entrée principale de l'immeuble dont le fronton est orné de l'aigle étasunien. *L'homme au loup rouge* tient la porte de l'immeuble, démarrage en trombe de la DS gris-métallisée.

J'ouvre les yeux. Le visage de Margaret apparait au milieu des fleurs exotiques du papier peint. Elle sourit comme si elle se fichait de moi. Si je garde ce papier peint de mauvais goût, c'est qu'il me permet, quand je suis allongé les yeux grands ouverts, d'illustrer mes rêvasseries de phantasmagories personnelles en fixant les dessins ; ils s'animent, se transforment le plus souvent en portraits saisissants.

Je me lève, transpiration excessive, je sens poindre le malaise. J'enlève ma veste de pyjama qui me colle à la peau. Titubant je vais ouvrir la fenêtre, le pont de Brooklyn se gondole, les gratte-ciels tanguent… Je vis au Havre, contrairement à ce que je croyais je ne suis toujours pas sorti de mon rêve…Quelque part ça me rassure, j'ai rêvé de mon réveil…Je croise le regard d'un noir athlétique culotté d'un bleu de travail, torse serré dans un « marcel » de réclame *John Deer* d'un jaune éclatant, ses muscles saillants tressautent sous les folles embardées d'un marteau piqueur. De l'eau jusqu'à mi bottes, le noir massacre le trottoir sous mes fenêtres. Les services publics de « la Grosse Pomme » sont moribonds, il faut vraiment qu'une canalisation dégueule à gros bouillon pour que la municipalité se décide à intervenir, ça aussi je l'ai appris dans le documentaire à la télé. Un coucou sort d'une horloge murale et m'indique qu'il est 7 heures. Un arrêté municipal stipule qu'on ne peut entamer de travaux bruyants sur la voie publique le matin avant 8h30. Je sens que le noir n'attend qu'une remarque de ma part pour se défouler ; il est obligé de faire ce boulot pour un salaire de misère ; casser la figure d'un petit blanc en début de journée lui apporterait sûrement un peu de réconfort. Je souris bêtement au colosse et referme prudemment la fenêtre.

J'ai besoin d'uriner, peut être que ça va me réveiller pour de bon mais je veux connaître la fin, Margaret est impliquée dans l'histoire... Hurlements, crissement de pneus, les barrières de chantier sautent, un premier choc plutôt mou, suivi d'un autre, énorme, mes vitres explosent, au loin un enfant pleure, ça hurle de plus belle. Une poussière épaisse pénètre dans l'appartement. Je me précipite dehors saisissant au passage un dérisoire nécessaire de première urgence gagné à une tombola au profit des vieux du quartier de Sanvic. L'ouvrier noir est à terre. Une large fissure sanglante bien nette suit l'arête de son nez et partage son crâne en deux morceaux. Un pied arraché, encore chaussé d'un godillot a volé jusque sur le trottoir d'en face. Le nécessaire à couture de ma trousse de secours est insuffisant pour le raccommoder. Le marteau piqueur déglingué posé en travers de son ventre, émet encore quelques soubresauts. La DS Pallas a tout balayé sur son passage et s'est écrasée de l'autre côté du chantier contre la remorque d'un Caterpillar.

-Margaret, Margaret, je suis là ! Je retiens ma respiration, ouvre la portière arrière gauche et m'introduis dans l'habitacle du véhicule éventré. Vision d'horreur...Edouard les mains posées sur le volant n'a plus de tête. Sous le choc les tuyauteries se sont détachées de la remorque, ont défoncé le pare-brise et l'ont décapité. Margaret, sortie d'on ne sait où, remet la tête d'Edouard en place, pas une goutte de sang ne souille sa robe de mariée, sa coiffure et son maquillage sont restés impeccables

- Margaret, tu n'as rien ?

-Bien sûr que non...Au dernier moment je ne suis pas montée dans la voiture. Enfin tu es là, ce n'est pas trop !

Une *Coccinelle* s'arrête près de nous, *l'homme au loup rouge* est au volant, Margaret s'engouffre dans l'auto…crissement de pneus…

-Sors de ton lit Serge ! M'ordonne madame Leclerc remise de son malaise, tu n'entends pas le réveil ?

La sonnerie me fait sursauter, mon cœur bat au moins à 120. Je jette un coup d'œil au papier peint, cette fois aucun visage n'émerge des fleurs exotiques. Je saute dans mes chaussons et me dirige vers la salle de bains d'un pas hésitant.

-Nom de Dieu ! Ça me reprend…

Petite mort

-Ne pose pas ta pipe chaude sur la table basse, tu vas faire craquer le vernis !

Henri Poirier venait à peine de s'installer dans le voltaire en velours grenat avec son journal qu'il subissait une attaque frontale de son épouse. Il fut soudain envahi par une sourde angoisse ; il n'avait aucun projet pour la journée au-delà de la prochaine demi-heure consacrée à la lecture détaillée du « Havre Libre ». Après une nuit perturbée, les doigts de pieds en éventail dans ses charentaises il avait investi la cuisine. Une fois ses biscottes beurrées avec un soin maniaque il s'était penché sur le mode d'emploi de sa nouvelle cafetière italienne, puis, les mots-croisés achevés, s'était acharné sur son transistor afin de trouver le résultat des matchs de foot du week-end. Tout ça pour faire durer le plus longtemps possible la cérémonie du petit déjeuner. Et maintenant, qu'allait-il pouvoir faire de sa journée ?

Faute de mieux, la remarque acide d'Adélaïde lui donna une idée :

-Si tu veux Cocotte je vais décaper la table du salon et appliquer une double couche de vernis…

-C'est une bonne idée mon chéri mais tu devras choisir les bons produits. Demande conseil au droguiste sinon nous risquons d'être obligés d'en acheter une neuve… je te rappelle que ta pension ne s'élève qu'à 50% de ton dernier salaire de commissaire...

Cette pointe de sarcasme et ce doute objectif sur ses capacités de bricoleur ne le contrarièrent même pas. La remarque était parfaitement justifiée.

-T'inquiète pas. Je finis de lire mon canard, je file chez le droguiste et je m'y mets.

Henri se leva, fit trois fois le tour du salon le journal sous le bras, s'arrêta devant la fenêtre et observa le jardin. Il n'y avait plus rien à faire là-dedans après une semaine consacrée à l'arrachage des mauvaises herbes, taillage des haies, binage et autres travaux ingrats qui faute d'intérêt lui évitaient de penser à l'avenir. Le tic-tac de l'horloge du salon, synchrone avec les battements de son palpitant, résonnait dans la maison silencieuse, impression inédite, vagues d'ondes négatives qui refluaient par bouffées successives ; il fallait vraiment n'avoir rien à faire pour se concentrer sur ce bruit mécanique incongru ; Clock, clock, clock… Les heures s'égrenaient au rythme du balancier, annonciatrices d'une petite mort programmée en attendant le grand saut…

Le carillon endiablé sonna neuf heures, ce tintamarre eut le mérite de sortir Henri de sa torpeur, conscient qu'une dérive fâcheuse était possible si sa tendance à l'ennui s'avérait chronique vu son gout immodéré pour les vins de Bourgogne dont il possédait un stock conséquent à la cave.

Henri s'était déjà entretenu avec Adélaïde de sa tendance dépressive due à son nouveau statut de fonctionnaire inactif, médaillé du travail, entretenu par l'état. Ils étaient arrivés à la même conclusion : en retraite il devrait s'atteler à de vrais projets personnels, constructifs et valorisants. Seule l'écriture le tentait. Il avait déjà réussi à faire éditer ses *souvenirs de la guerre d'Espagne* à 2000 exemplaires, score modeste certes, mais plutôt encourageants. Pouvait-il envisager une suite ? Henri avait un temps songé à s'essayer au roman ; il avait souvent élaboré des scénarios judicieux dans le cadre de ses enquêtes pourtant, devant la page

19

blanche, dès qu'il s'agissait de tout inventer l'imagination romanesque lui faisait défaut. Il avait abandonné cette piste et s'était orienté vers l'essai avec une intention précise. Henri avait été passablement énervé par le film *Le chagrin et la pitié* de Marcel Ophuls sorti en 1971 qui comparait implicitement l'immense majorité des Français à des veaux subissant sans rechigner l'occupation allemande. Il se sentait capable, compte tenu de son parcours, d'apporter quelques démentis à cette affirmation. Sans porter une vision complaisante sur le comportement collectif des Français durant la dernière guerre, il convenait d'après lui, de nuancer le propos. Il en voulait pour preuve l'attitude de ses propres hommes durant l'occupation, simples flics en pèlerine qui l'avaient maintes fois prévenu, lui le patron d'un réseau FTP, des intentions malveillantes du chef de service notoirement collaborateur. En quatre années de Résistance jamais l'inspecteur Henri Poirier ne fut trahi par ses collègues. Mais pour aborder ce sujet, se mêler au débat, encore fallait-il être en possession de tous ses moyens ce qui, pour l'instant, n'était pas son cas.

***

Henri Poirier était de la classe 34, une chance ! Il ne fut appelé que 12 mois sous les drapeaux grâce à la loi Paul Painlevé de 1928. Cet incorrigible optimiste avait ramené la durée du service militaire de 18 mois à un an, mais en mars 1935, en raison des tensions politiques intra-européennes dues à la montée du fascisme cette durée repassa à deux ans. Henri Poirier remplit ses obligations militaires au 74ème RI du Havre en qualité de secrétaire du colonel ce qui lui laissa pas mal de temps libre. Il en profita pour préparer le concours d'entrée à l'école de police. Sorti major de sa promotion, diplôme en poche, il prit un congé sabbatique de longue durée et participa à la lutte antifasciste, s'engageant en Espagne dans les rangs de la 11ème Brigade internationale. En fin de carrière, grâce à ses états de service d'officier de la police judiciaire, à son rôle éminent dans la Résistance, l'administration consentit à inclure dans son décompte de retraite l'épopée espagnole de huit mois durant laquelle ses cotisations aux caisses n'avaient pas été versées. À compter du 11 septembre 1973 il pouvait donc prétendre avec 37 annuités et demie à une retraite bien méritée. Henri Poirier, lesté d'un petit éclat d'obus franquiste dans la couenne, n'avait sollicité aucun avantage. Ce départ anticipé présenté comme une bonne nouvelle par le sous-préfet l'avait surpris et désorienté…Son premier adjoint l'inspecteur principal Charles Roussel recommandé par Henri fut nommé au grade de commissaire pour le remplacer puisque Lucien Porto, l'autre adjoint historique d'Henri avait été attiré à Paris par les sirènes du contre-espionnage plus conforme à ses goûts d'aventurier, la sirène en chef ayant emprunté pour l'occasion les formes graciles d'Hervé Dumouriez, patron de la DST et ancien compagnon d'armes brigadiste d'Henri Poirier.

***

Henri parcourait en premier les faits divers quand il lisait le Havre Libre, puis, attaquait dans l'ordre : la politique internationale, la rubrique nécrologique, les petites annonces, les programmes de cinéma et enfin les pages consacrées aux sports.

Edouard Leclerc, fils du célèbre homme d'affaire havrais Julien Leclerc a trouvé la mort en plein centre-ville dans un tragique accident de la circulation.

Ce titre écrit en gros caractères retint son attention. Cette présentation racoleuse était inhabituelle dans les colonnes faits-divers qui relataient plutôt de modestes histoires de trafic à la petite semaine, de cambriolages ou de procès divers en incivilités. Henri connaissait personnellement le père de la victime Julien Leclerc, le magnat des industries pharmaceutiques. Il avait enquêté dans son entreprise en 1969 après la plainte déposée par un collectif de cultivateurs normands en colère qui accusait l'industriel d'avoir pollué par négligence une immense zone agricole.

Edouard Leclerc a trouvé la mort au volant de sa DS Pallas. Pour une raison à ce jour inconnue il a perdu le contrôle de son véhicule dans la rue de Verdun en direction du centre-ville, juste avant le carrefour de Montmorency. Des travaux d'entretien sur le réseau d'eau potable, correctement signalés, étaient en cours de réalisation depuis plusieurs jours. Monsieur Edouard Leclerc a défoncé les barrières de sécurité du chantier, percutant au passage un ouvrier, monsieur Moussa Diallo qui fut tué sur le coup. Le véhicule a terminé sa course mortelle en s'écrasant contre la remorque d'un Caterpillar stationné dans la zone. Le corps d'Édouard Leclerc, atrocement mutilé a été extrait de la carcasse de la DS par la 3ème brigade des pompiers du Havre.

-Adélaïde, tu as lu l'article sur l'accident du fils Leclerc ?

Contrairement à son mari, Adélaïde avait un programme chargé. Elle se méfiait des commentaires d'Henri après la lecture du journal ; les échanges pouvaient prendre, s'il s'ennuyait, des allures de réunions militantes interminables où l'on évoquait pêle-mêle la politique municipale, les affaires sociales et les derniers potins.

-Oui, je l'ai lu… Charles va avoir du boulot…2 morts…Quand un fait divers commence par : *pour une raison inconnue* cela sous-entend qu'il y aura une enquête de police. Excuse-moi, je suis sur le départ, j'ai beaucoup de courses à faire. Je prends les clés de la maison si tu vas chez le droguiste…

La porte d'entrée claqua. Henri prit la décision radicale de bloquer le balancier de l'horloge au risque d'être confronté à une scène de ménage ; Adélaïde trouvait le bruit du tic-tac apaisant. Il posa sur le phono un 78 tour daté de 1931 *I'm just a gigolo* de Bing Crosby avant d'attaquer les dépêches de l'AFP dans la rubrique « nouvelles du monde ».

Mardi 5 septembre 1973, un commando palestinien prend 13 otages à l'ambassade d'Arabie Saoudite à Paris…

…Grenades dégoupillées en main les quatre membres du commando encadrent les otages et les conduisent vers le minibus aux vitres occultées par des bâches… Ils exigent un avion et la libération d'Abou Daoud l'ancien chef de la milice palestinienne enfermé dans les geôles du roi Hussein de Jordanie. Place Beauvau Raymond Marcellin réunit son conseil de guerre pour tenter de faire face à ce nouvel acte de terrorisme qui frappe le territoire français.

Henri reposa le journal d'un air songeur. Il partait en retraite alors que, pour la première fois depuis la fin de la guerre d'Algérie et les attentats de l'OAS, la sécurité du territoire était menacée. Il n'aurait certainement pas refusé de signer pour un ou deux ans supplémentaires afin de tester de nouvelles méthodes de travail dans la lutte contre le terrorisme. Sa récente conférence, devant un parterre de jeunes diplômés, ayant pour thème : *Montée des mouvements activistes extrémistes en Europe, comment la PJ peut-elle faire face aux risques d'attentat ?* lui revint en mémoire. Il relut le préambule :

Tous les pays européens sont touchés par la prolifération des groupes armés. L'Italie est durement frappée par des actions terroristes revendiquées par les Brigades Rouges d'inspiration marxiste-léniniste. Ces dernières exercent un important pouvoir d'attraction sur une certaine jeunesse prête à en découdre, imprégnée par les soulèvements étudiants et ouvriers de 1968, engagée dans la lutte anticapitaliste contre l'impérialisme américain et meurtrie par l'injustice faite aux Palestiniens. Les Brigades Rouges implantées dans les usines italiennes adoptent la lutte armée et servent de référence aux Cellules Communistes Combattantes en Belgique. En Allemagne un conflit générationnel s'installe entre cette même jeunesse anticapitaliste et la classe politique qui ne s'est pas complètement débarrassée des anciens Nazis souvent installés à des postes importants de la République Fédérale. La Fraction Armée Rouge entame une guérilla urbaine contre le système, bientôt suivie par d'autres groupes marxistes et anarchistes armés. La France n'est pas épargnée. La Gauche Prolétarienne d'inspiration maoïste prône la lutte armée après la condamnation à mort d'un militant anarchiste catalan. Les GARI, anarchistes antifranquistes exilés en France, passent à l'action.

Le décor est planté messieurs, il n'est pas réjouissant, il va falloir protéger nos concitoyens de cette chienlit. Je vais commencer par énoncer les directives du ministère de l'intérieur...

Henri Poirier s'entendit dire à voix haute :

-Faudrait que tu fasses du tri dans tes paperasses, ça te sert à quoi de garder tous ces dossiers ?

Ne disait-on pas que parler tout seul était un des premiers signes annonçant une sénilité précoce ?

…Autrefois Henri Poirier s'était souvent retrouvé du côté des manifestants : ouvriers revendiquant plus de justice sociale, antifascistes en lutte contre les ligues d'extrême droite mais il avait toujours condamné la violence susceptible d'ébranler les fondements de la République. Bien qu'il puisse comprendre les motivations des révoltés en guerre contre la dérégulation d'un système capitaliste tout puissant, contre l'impérialisme américain, il savait que la guérilla urbaine et l'assassinat n'était pas une réponse appropriée. Seule une politique de gauche raisonnable et réformatrice sur le long terme, appliquée au plus haut niveau des instances européennes, pourrait favorablement peser sur le sort du monde…

Sa voix résonna une nouvelle fois dans la maison vide…

-En y regardant de plus près, ce que tu aimerais c'est que le préfet te demande de rempiler…Pauvre idiot personne n'est indispensable ! La relève est assurée. Occupe-toi plutôt de refaire la table du salon…

Éducation ouvrière

Robert Schmidt s'éteignit en 1963 un mois après sa femme Émilienne. La vente de leur bar-tabac du quartier de l'Eure, *le Rialto*, servit essentiellement à éponger les dettes du couple. Serge, âgé de 18 ans, se retrouva livré à lui-même avec pour seul pécule un modeste livret de Caisse d'Épargne ouvert par les Schmidt à son nom. Serge, qui venait de décrocher son bac philo, fut contraint d'abandonner ses études et de faire son service militaire. À son retour, en attendant des jours meilleurs, il décrocha grâce à ses mollets musclés un poste de coursier à vélo dont personne ne voulait dans une maison de transit du centre-ville. Plus tard le port recruta des dockers occasionnels. Il saisit l'occasion attiré par une paye plus conséquente. Trois années durant Serge Rich vécut sans aucune sécurité de l'emploi mais en osmose avec un milieu ouvrier qu'il apprit à connaître. Il se syndiqua à la CGT. « Acheter son timbre » était quasi obligatoire si on voulait faire partie de la « grande famille ». Serge était proche de Mathieu Bertin, chef d'équipe et délégué du syndicat. L'homme, un grand rouquin baraqué avait été ému par son parcours, par sa volonté de s'en sortir. Avec son bac philo en poche Serge avait un niveau d'études supérieur à tous ses collègues et pourtant il ne la ramenait pas. Il respectait les gens, se soumettait à l'autorité de ceux qui connaissaient le travail. Dans la bordée de Serge on discutait beaucoup de politique pendant les pauses ou les quarts de nuit pour passer le temps en attendant les bateaux. À la lueur d'un réverbère, au bout du quai, les dockers grillaient cigarette sur cigarette et refaisaient le monde, le nez au vent. Mathieu savait transformer les discussions informelles en petits meetings politiques où l'on s'interpelait, toujours dans la bonne humeur. Au début Serge avait eu du mal à participer aux conversations. Il ne comprenait pas tout à cause de l'accent havrais de ses collègues, mais petit à petit il maîtrisa les subtilités du langage et finit lui-même par choper l'accent. L'assassinat de John Fitzgerald Kennedy alimenta les conversations pendant un bon bout de temps. Mathieu, marqué par un article de *l'Humanité*, affirmait que JFK avait été éliminé par un lobi militaro-industriel qui reprochait au président de ne pas vouloir s'engager dans une guerre totale au Vietnam ; pour ces va-t-en-guerre Kennedy avait dépassé les bornes, d'ailleurs en 61 il s'était déjà aplati devant les communistes après l'échec du débarquement des exilés anticastristes dans la baie des Cochons.

- Vous verrez ! Clamait Mathieu, Un jour on aura la preuve que ce faux cul de Johnson et la CIA étaient les commanditaires du meurtre de JFK !

- Vivement que le grand Charles nous sorte de l'OTAN, répliqua Gaby Chotard, ancien FFI, seul docker au Havre se définissant « Gaulliste de Gauche » -un non-sens absolu pour tous ses collègues cégétistes-Ces fouteurs de merde de Ricains sont partout, on se fait bouffer. À part le cinoche et le rock n'roll chez eux tout est à jeter !

- Gaby, Ce n'est pas le tout d'avoir une grande gueule, faut agir, commence par nous confectionner une banderole « US go home, application des accords de

Paris[1], la France doit sortir de l'OTAN » lettres noires sur fond rouge pour la manif de samedi…Au moins là-dessus on est d'accord ! Crois-moi l'ancien, les Ricains, face aux Viets ne peuvent pas gagner, on est bien placés pour le savoir, tu as vu l'état de nos troupes au retour d'Indochine ?

Serge développa sa fibre politique et syndicale au contact de ses copains dockers. Souvent il passait à la bibliothèque municipale pour enrichir ses connaissances sur l'histoire de la classe ouvrière au Havre, de Jules Durand au front populaire en passant par la grève des métallos de 1922. Il avait attaqué la lecture du *Capital* et du *Manifeste du Parti Communiste* et, même si certaines choses lui échappaient, il s'engagerait avec un bon bagage. Recommandé par Mathieu, Serge aurait pu décrocher un contrat de docker à temps plein mais le sort en décida autrement. En avril 1968, à la bibliothèque, il se retrouva nez à nez avec son amie de lycée Margaret Leclerc qui lui proposa de le faire entrer chez *Leclerc and C°*, l'un des plus gros consortiums pharmaceutiques de France. Son patron de père n'avait rien à lui refuser et elle se faisait fort de le convaincre. L'entreprise recrutait à tous les postes depuis le succès d'un nouveau médicament antihypertenseur mis au point dans ses laboratoires.

Serge avait fait la connaissance de Margaret en seconde. Cette petite jeune fille blonde et fluette était la vedette d'un corps de ballet privé qui se produisait régulièrement dans les spectacles de comédies musicales dont les Havrais étaient si friands. Elle ne se

---

[1] Traité de cessez-le-feu signé le 27 janvier 1973 entre les E-U et le Vietnam

contentait pas de faire preuve de grâce et d'élégance sur scène, elle était comme cela dans la vie. On avait l'impression qu'elle effleurait le sol quand elle se déplaçait, chacun de ses gestes était harmonieux. La bande de garçons boutonneux du collège *Porte Océane* dont faisait partie Serge se retrouvait deux fois par semaine au bar *Le Caïd* avec les filles du lycée pour converser à bâtons rompus devant un verre de lait grenadine. Ils parlaient surtout de pop music, des aléas de la vie de collégien et de leurs profs qu'ils jugeaient conventionnels et ennuyeux. Comme tous ses copains Serge était amoureux de Margaret. Il ne se lassait pas de la voir réajuster son petit chignon blond perché sur le dessus de son crâne, découvrant sa nuque ravissante. Elle serrait sa pince à cheveux entre ses dents le temps de remettre sa chevelure en forme, ses lèvres roses et humides se contractaient légèrement. Serge attendait cet instant fugace avec impatience le trouvant particulièrement érotique. Inspiré par Margaret il s'était lancé dans un exposé sur Edgard Degas, la classe s'esclaffait quand il s'attardait sur la grâce des ballerines du maître qu'elles soient croquées au fusain ou peintes à l'huile.

-Eh Rich ! Toi aussi tu aimerais bien la croquer la Margaret ! S'était exclamé Postel le balourd depuis le fond de la classe, ce qui lui avait valu deux heures de colle.

Margaret et Serge partageaient un secret. Ils étaient tous les deux convaincus que la science n'expliquait pas tout. Leur premier échange sur ce sujet avait eu lieu au *Caïd* à la suite de la lecture du *Matin des Magiciens* de Louis Pauwels et Jacques Bergier. Ce livre, véritable phénomène éditorial consacré à des domaines de connaissance à peine explorés par les scientifiques remettait au goût du jour l'irrationnel comme dans les années 20. Un chapitre consacré aux capacités mentales de l'homme, pressenties mais jamais démontrées, les avait particulièrement frappés. Parapsychologie, télépathie et autres étrangetés les fascinaient. Malgré leur jeune âge, ils avaient vécu de bien curieuses expériences.

L'année de ses treize ans Margaret était allée rejoindre ses cousins dans une maison de vacances à Lancieux, une petite bourgade des Côtes du Nord. Arrivés à destination la 403 du paternel avait franchi une haute grille en fer forgé et s'était engagée sur une allée bordée de platanes. Au détour d'un virage Margaret avait découvert au fond du parc la belle bâtisse du siècle dernier dans laquelle elle allait passer de joyeuses vacances. À ce moment précis elle avait ressenti une impression étrange : elle était déjà venue ici, mieux elle aurait pu décrire l'intérieur de la maison : le hall d'entrée carrelé de noir et blanc, l'immense miroir au cadre baroque, le salon aux tentures bleues meublé d'un canapé de type chesterfield en velours. Avant d'entrer dans sa chambre Margaret savait que les murs seraient décorés d'estampes japonaises et qu'un globe terrestre lumineux, posé sur la table de nuit, ferait office de lampe de chevet.

Margaret craignait de passer pour une folle si elle racontait cette histoire à son père, chercheur chimiste de formation, pragmatique, habitué à mettre tous les problèmes en équations, ou à son frère Edouard engagé dans une filière scientifique. Margaret pressentait qu'elle avait déjà vécu ce moment à Lancieux dans une autre vie et la lecture du chapitre du *Matin des Magiciens* consacré à la métempsychose acheva de la troubler. Elle attendit durant de longues années que le phénomène se reproduise mais cela n'arriva jamais. Seul Serge pouvait comprendre son désarroi car lui aussi, sous une forme différente, avait été confronté à l'inexplicable…Son expérience était encore plus troublante…

DS Pallas

Pendant longtemps Serge n'eut aucun souvenir de sa petite enfance. Quelques bribes de mémoire lui revinrent cependant à partir de l'âge de sept ans, quand il eut la chance d'être confié aux Schmidt. Paradoxalement, alors qu'il se reconstruisait, une force obscure l'agressa, déchaînant contre lui une arme puissante : le cauchemar récurrent. Cauchemar terrifiant qui le fit hurler la nuit pendant des années le rendant énurétique au point que les Schmidt consultèrent sans succès médecins, rebouteux et exorcistes, ce qui allait à l'encontre de leurs convictions de libres penseurs. Serge voyait dans ce songe délirant le visage d'une jeune femme allongée par terre. Sa joue reposait sur un tapis aux motifs chatoyants. Ses yeux noirs exprimaient la terreur. Elle regardait Serge fixement, un mince filet de sang s'écoulait de sa bouche entrouverte. Soudain un énorme bâton cerclé de métal s'abattait sur sa tempe, son visage se disloquait. La deuxième partie du rêve se déroulait aux abords d'une forêt, le soleil levant éclairait la scène, deux hommes habillés de noir, tiraient par les pieds le cadavre d'une femme dont la tête tressautait sur le chemin empierré… C'était elle, il en était sûr, bien qu'il ne puisse distinguer ses traits. Les deux assassins précipitaient le cadavre la tête la première sur une borne blanche d'origine indéterminée. Ces rêves terrifiants cessèrent lorsque Serge fut assez grand pour maîtriser ses émotions et qu'il *réussit,* selon ses propres termes, *à ranger ce cauchemar dans un tiroir qu'il ferma à clé.* L'énurésie cessa. Serge n'arriva jamais à décrypter la signification de ce premier rêve « réaliste ». Souvent il fut tenté *d'ouvrir le tiroir* pour essayer d'en savoir plus sur la femme martyrisée mais à chaque fois le courage lui manquait.

Il y eut régulièrement *d'autres songes,* qui le mettaient en garde quand une forme de danger s'annonçait. Il fallait alors les décrypter, extraire le vrai message des phantasmagories qui l'enrobaient, comprendre la nature de la menace. Si Serge arrivait un jour à maîtriser ce don singulier, il disposerait d'un formidable outil à forcer le destin.

La première vraie prémonition ressentie par Serge eut lieu en décembre 1955, il venait d'avoir 11 ans. Il avait eu du mal à s'endormir ce soir-là, Émilienne avait mis une bouillote au fond de son lit, malgré cela Serge n'arrivait pas à se réchauffer. Il eut soudain l'impression de plonger directement dans son rêve sans avoir au préalable ressenti la sensation d'endormissement. La vision fut soudaine et d'une netteté hallucinante. Un grand singe chaussé de bottes en caoutchouc dégueulasses apparut en haut de sa rue, poussé au train à coups de balai par une harpie échevelée. L'animal venait à sa rencontre en claudiquant. Cloué au sol Serge n'arrivait pas à bouger. Il hurla au secours.

-N'aie pas peur mon garçon lui dit le primate, je suis obligé de commettre une mauvaise action, mais tu n'as rien à craindre.

Le grand singe au regard doux prit Serge par la main. Tels des fantômes ils passèrent à travers la porte de service du bistrot. Serge se retrouva assis sur un tabouret de bar à observer son nouvel ami s'exercer au jeu de fléchettes. La partie terminée le singe piqua la caisse et s'enfuit. Serge par la fenêtre aperçut la harpie qui brandissait un balai. Elle se calma quand le singe lui montra les billets de banque. Bras dessus bras dessous, ils disparurent dans la brume.

Deux jours après Robert Schmidt portait plainte pour le cambriolage de son bar. On lui avait dérobé sa recette de la semaine et deux bouteilles de rhum. L'individu avait forcé la porte de derrière. Après une courte enquête la police appréhenda un certain Gaspard Ferrand, égoutier de son état, un fidèle client. Il avait joué au 4/21 accoudé au bar avec le patron, avait vu le tiroir-caisse bien garni et était revenu cambrioler l'établissement dans la nuit. Robert ne porta pas plainte. Le cambrioleur lui demanda pardon et n'invoqua qu'une seule excuse : sa femme le harcelait parce que sa paie d'égoutier ne suffisait pas et « qu'elle ne pouvait même pas s'acheter une robe neuve ».

Malgré son jeune âge Serge fit tout de suite le rapprochement. Gaspard était souvent mis en boîte par ses copains de boisson à cause de son système pileux développé, Serge l'avait transformé en singe dans son rêve. Le singe portait des bottes d'égoutier, il était poursuivi par une mégère, sans doute sa femme. De plus Gaspard était le seul client qui jouait aux fléchettes avec lui. Serge ne parla même pas de son rêve à ses parents adoptifs, ils ne le croiraient pas. Pourtant cette première expérience bouleversa sa vie.

***

-Margaret, c'est Serge à l'appareil…

-Ça me fait plaisir de t'entendre…

-Ça recommence… Il faut qu'on parle…Tu dois te rendre quelque part en voiture avec ton frère ces jours-ci ?

-Édouard doit passer me prendre samedi pour aller au *Concorde*, c'est dans ce cinéma que mon père organise *l'Arbre de Noël* pour les enfants de ses employés, il tient à ce que nous soyons présents…

-Irez-vous dans un parc ? S'inquiéta Serge.

-Avant d'aller au *Concorde* on passe par le square Saint Roch. Mon père a demandé à un photographe de faire une photo de famille dans un environnement champêtre à l'intention de la presse.

-Pour quel motif ?

-Illustrer un article sur son action en faveur d'un jumelage entre Le Havre et New-York, si ça marchait ce serait bon pour ses affaires…

-Ton frère roule en DS Pallas ?

-Oui…Encore tes foutus rêves ?

-Ils sont de plus en plus délirants. En tout cas promets-moi que samedi ton frère ne sortira pas sa bagnole du garage…

Les arguments de Margaret n'arrivèrent pas à convaincre Édouard, décidemment sa sœur était complètement piquée avec ses histoires de quatrième dimension. Il fit semblant d'accepter de rester chez lui pour qu'elle lui fiche la paix, sachant très bien qu'il se rendrait au *Concorde* comme prévu pour faire plaisir à son père…

Brochette de poulets

Depuis sa mise à la retraite Henri Poirier retrouvait chaque vendredi midi le commissaire Charles Roussel et sa bande de flics au *Pépito*. Henri attendait ce moment avec impatience, prolongeant ainsi une vieille habitude ; pendant 10 ans son équipe et lui étaient venus déguster une fois par semaine le meilleur frichti du quartier de l'Eure chez Simone et Georges. Henri avait parfois l'impression de s'incruster dans le monde des actifs même si ses anciens collègues étaient ravis de sa présence. Un jour il devrait rompre définitivement le cordon le reliant à la « maison poulaga ». Ce n'était pas en retrouvant chaque semaine une brochette de poulets autour d'un plat en sauce qu'il y arriverait. Quand les flics parlaient boulot, Henri prenait garde de ne se montrer ni intrusif ni donneur de leçons. Jamais il ne prenait l'initiative d'en parler lui-même sauf si on lui demandait son avis. Adélaïde était consciente de l'affection qu'éprouvait son mari pour ses ex-collègues. Plutôt que de les retrouver au bistrot, elle lui suggéra de les inviter régulièrement au 21 bis rue de la Forêt avec épouses ou concubines, progénitures, parents, animaux domestiques acceptés. Dans ce cadre familial les rencontres ne se transformeraient sans doute pas en réunion d'anciens combattants de la PJ. Henri entendait l'argument, Adélaïde avait raison mais il retardait l'échéance.

***

Le retraité claqua la bise à Simone et à Georges en pleine préparation d'un savoureux cocktail à base de Bénédictine, curaçao et Clairette de Die. Simone assurait les dosages et secouait le shaker, Georges se contentait de goûter la mixture et de donner des directives.

-Le commissaire Roussel paie l'apéro pour arroser sa promotion, je t'en prépare un petit ?

-Non merci mon bon Georges, tu me sers la Clairette, sans ornement ni autre fioriture, j'évite les alcools forts…

-Tu t'engages sur une mauvaise pente Henri, t'es moins marrant quand t'es sobre ! Persifla Simone. Tu te fais du mal pour rien, je suis sûr que tu as un foie de jeune homme ! Charles t'attend à la table du fond, il te réserve une surprise !

La surprise pesait un bon quintal ; Lucien Porto, le lâcheur passé aux RG avait profité d'un tarif week-end avantageux Saint-Lazare / Le Havre pour rendre visite à ses amis.

-T'as une mine d'archevêque Lucien ! t'as pris quelques kilos depuis la dernière fois que je t'ai vu…Normal, t'es en déficit d'activité, t'as échangé une écurie de purs-sangs en bord de mer contre un élevage de mulets dans une grande ville empuantie. Tu t'étioles, la chasse à l'espion est un boulot sédentaire, je te l'avais dit…

Charles Roussel, hilare, profita de cette amusante digression pour accaparer une soucoupe pleine d'olives vertes…

-Tu peux parler Riton, avec ta bouille de pape gavé au vin de messe ! Répondit Lucien. Maintenant que tu as du temps libre, entre deux tailles de rosiers, tu peux t'adonner à la pratique de toutes les gammes de siestes, de la digestive à la crapuleuse, ce n'est pas comme ça que tu vas te débarrasser de tes « poignées d'amour » !

À force de s'esclaffer Charles avait attrapé le hoquet. Pour le faire passer il alluma une goldo puis tendit le paquet à Henri.

-Non merci. Je suis passé aux bonbons, et encore, avec modération : trois pastilles Valda par jour, pas plus…

Henri s'exposait à un puissant « revers de fond de cours ». Lucien fut le plus rapide :

-Tu files droit, on voit que tu as changé de chef ! À côté d'Adélaïde le préfet est une chiffe molle…

La sauce du bœuf mironton était d'une onctuosité remarquable, Georges qui officiait aux cuisines savait doser la maïzéna au milligramme près, la patronne avait elle-même choisi un Beaujolais gouleyant pour accompagner le plat interdisant à Georges de descendre à la cave ; au fourneau il devait être en pleine possession de ses moyens. L'intensité de la discussion, principalement composée de blagues, d'anecdotes policières et de souvenirs cocasses avait largement baissé, le temps de déguster le plat du jour. Mais à peine le fond de l'assiette saucé, Charles Roussel, le nouveau promu, ne put s'empêcher de revenir aux affaires courantes :

-Tu sais qu'on a dévalisé une agence de la Caisse d'Épargne à Graville…Ça s'inscrit dans une série.

-Ah oui ? Répliqua Henri. Je n'ai rien lu dans le journal.

-L'information n'est pas encore publiée. Là, c'est un couple qui a opéré, du travail propre, une méthode bien rodée…

-Parce que ce n'est pas toujours un couple ?

-Non, ça peut être deux hommes, ou deux femmes, mais même procédure…Avant de braquer, des complices doivent faire des repérages dans l'agence. Au moment de la fermeture, ils laissent sortir tous les clients, traînent un peu, un employé les raccompagnent à la porte pour fermer le rideau métallique, il est mis en joue, le deuxième larron l'oblige à neutraliser l'alarme.

-Ils agissent à visage découvert ?

-Pas vraiment…

-Que veux-tu dire par là ?

-On n'a pas pu faire de portraits-robots. À Graville la femme était déguisée en vieille dame, le type ressemblait à un notaire de province distingué. Ils maîtrisent la science du maquillage, la séance doit durer des heures, de vrais pros…Un véhicule volé, genre gros cube, les attend à la sortie. Le chauffeur est un vrai Fangio d'après les témoins. Jusque-là on n'a jamais pu retrouver le moindre indice à l'intérieur des véhicules, ils sont très précautionneux…parfois, par sécurité, ils brûlent la bagnole…

Henri voulut partager le reste de la bouteille de Beaujolais mais elle était vide, il en commanda une autre

-Les barrages sont déployés ?

-Sans succès jusqu'à présent.

-Vous parlez de méthodes bien rodées, ça signifie que vous avez fait le lien avec d'autres hold-up ayant le même mode opératoire ?

-Bien placé à l'international grâce à ses nouvelles fonctions, Lucien entretient des relations amicales avec les pontes de la *Deutsche Polizei*. N'est-ce pas mon Lulu ?

Lucien venait de se débarrasser d'une pointe de cure-dent restée coincée entre deux incisives :

-Le premier braquage a eu lieu à Hambourg, le second à Brême, le troisième à Rotterdam, le quatrième à Gand et le dernier au Havre…La bande, estimée à quatre ou cinq membres dont deux femmes, tient le rythme d'un braquage par quinzaine. Qu'est-ce que tu en penses Henri ?

-Ils font une balade touristique du nord au Sud de l'Europe et à chaque étape ils visitent une banque à la place d'un musée, chacun ses goûts... Ils n'iront pas plus loin que Gibraltar, vous n'avez qu'à les attendre là-bas ! Blague à part, y a-t-il eu des morts durant leur folle équipée ?

-Ils ont agi en douceur, sans brusquer les clients ni le personnel, sauf à Hambourg où, excusez du peu, ils ont flingué d'une balle dans la tête et de sang-froid le directeur de la banque, un dénommé Kurt Steiner, un ancien SS reconverti dans la finance.

-D'accord les gars, mais pourquoi parlez-vous dans le détail de cette histoire au paisible retraité que je suis ? Qu'attendez-vous de moi ?

Charles Roussel prit un air détaché :

-On te demande un avis, c'est tout…

Henri se frotta les mains quand Simone posa sur un coin de table son merveilleux camembert artisanal au lait cru. Jamais elle n'avait révélé sa source d'approvisionnement. Henri le tâta délicatement de l'index avant de répondre :

-Ont-ils descendu ce Kurt Steiner parce qu'il a essayé de se défendre ?

-Non, on l'a retrouvé ligoté…

-Ce ne sont pourtant pas des tueurs compulsifs vu leur profil. Répliqua Henri. Je retiendrai plutôt une autre hypothèse : Ils ont tué le directeur parce que c'est un ancien nazi, ça ressemble à une exécution. Nous sommes en Allemagne, les mouvements d'extrême-gauche violents fleurissent et ils pratiquent le meurtre ciblé.

-On est du même avis. Répondit Charles. Ces groupes d'activistes ont souvent besoin d'amasser un trésor de guerre avant de frapper. Dans ce cas ils avaient un double objectif : piquer la caisse et éliminer un nostalgique du grand Reich, ça, c'est un acte politique. Une question se pose : quand vont-ils s'arrêter et qu'est-ce qu'ils mijotent ? Si ça se trouve, ils sont restés tranquillement au Havre après leur exploit de Graville, en attendant que ça se tasse…Qu'est-ce que t'en dis Henri ?

-Désolé les gars ! Je suis un fonctionnaire à la retraite et je n'ai pas à m'impliquer dans vos affaires. De manière informelle autour d'un apéro au *Pépito*, pourquoi-pas… Mais je n'irai pas plus loin !

Charles et Lucien échangèrent un regard complice :

-Tu as beaucoup travaillé sur le terrorisme dans le cadre de la formation des jeunes pousses de la PJ…

-Et alors ?

-À tout hasard j'ai demandé au préfet s'il pouvait t'accorder un statut spécial durant les prochains mois et plus si affinité. Il est d'accord pour te faire un contrat de consultant sur la base de ton ancien salaire majoré de 30%. Tu auras une plaque mais pas d'arme de service. De toutes façons tu ne t'en es jamais servi ! Ça te plairait ? On cohabiterait dans le même bureau. Tu pourrais même amener ton phono…

Henri esquissa un sourire de contentement. Il estima toutefois nécessaire de se faire un peu prier :

-C'est bien joli, mais dans ce montage il faut un chef sinon ça va vite virer au mélo shakespearien !

- Officiellement ce sera moi le boss, dans les faits je suivrai tes directives et si tu te plantes, j'en assumerais la responsabilité. Tu as déjà gagné ta retraite mon Riton, tu ne pourras subir aucune sanction, ce sera écrit dans le contrat !

-Lucien tu es témoin ?

-T'inquiète pas Henri. Entre-nous, pas besoin de signer un papier…Et puis vous aurez besoin des Renseignements Généraux, je viendrai vous voir plus souvent…

-Il n'empêche que j'hésite. Répondit hypocritement Henri. Qu'est-ce que je vais bien pouvoir dire à Adélaïde, je lui avais promis de finir de menus travaux : vernir la table du salon, repeindre le garage, réparer le poulailler, j'en passe et des meilleures...

Charles ne trouva d'autre solution que de faire vibrer la fibre patriotique de son ancien patron :

-Dis à Adélaïde que la nation a besoin de toi une dernière fois, le terrorisme est à nos portes.

-Vive la France, vive la République ! S'exclama Lucien, avant d'entonner sans que personne ne comprenne pourquoi *Un régiment de Sambre et Meuse…*

-J'accepte…Si tu arrêtes de chanter Lucien ! Pour les pillages de banques, on peut envisager l'hypothèse terroriste, il faut bien commencer par quelque chose… Essaie d'en savoir un peu plus sur le banquier de Hambourg qui s'est fait refroidir…Simone amène-nous ta meilleure fine, sans glace, servie dans des grands verres ballon…C'est moi qui régale…

Kurt Steiner

-Alors Lucien…Tu as avancé sur l'ex *Obersturmfuhrer* Kurt Steiner ? Je mets le haut-parleur, Charles est avec moi…

Il y avait de la « friture » sur la ligne, pour ne rien arranger la voix de Lucien était couverte par un bruit de fond lancinant. Il travaillait dans un bureau paysage que le patron de la DST avait fait aménager, très influencé par ce qu'il avait vu sur le site de *Langley* en Virginie au cœur du renseignement américain. Dans ce lieu étrange les agents de la CIA étaient parqués dans un immense espace partagé, séparés par des cloisons de verre avec pour seul horizon la nuque de son voisin de cage. Cette disposition, censée favoriser la communication entre les différents services, était, de l'avis des utilisateurs, génératrice de stress. Lucien s'était fait mal voir dès le premier jour de sa prise de poste parce qu'il avait demandé à son supérieur si la paire de patins à roulettes pour rendre visite à ses collègues à l'autre bout du bureau était fournie par l'administration.

-C'est toi Henri ?

-Bien sûr que c'est moi. Débarrasse-toi de ces foutus téléphones, ça sonne de partout, on ne s'entend pas…

-Ils ne sont pas à moi…

-Et bien ferme ta porte…

-Je n'ai pas de porte… Je vais parler plus fort mais du coup mon voisin va faire de même et ainsi de suite, tu vois la confusion…Venons-en au sujet. Les archives américaines sur la deuxième guerre mondiale sont stockées à Munich. J'ai obtenu de ma hiérarchie que le conservateur en personne s'occupe de rechercher des indices sur l'ex nazi puisque nous officions dans le cadre d'une enquête criminelle. Il y avait une bonne cinquantaine de Kurt Steiner en activité dans les armées du 3ème Reich...Heureusement, dans chaque Lander, il existe une liste spéciale établie par les autorités allemandes de tous les soldats suspectés de crimes de guerre. Certains ont été condamnés, d'autres jugés et relaxés faute de preuves.

Lucien s'arrêta de parler, le temps de boire un verre de Contrex, ses cordes vocales souffraient à cause d'un télex bruyant dont les vibrations faisaient trembler les cloisons de sa case.

- C'est le cas de Kurt Steiner. Il est passé devant le tribunal de Basse-Saxe en 1947, accusé d'avoir fait exécuter huit prisonniers britanniques du VIIIème corps dans la banlieue de Hambourg fin avril 1945. L'épisode se situait pendant la dernière grande offensive alliée en Allemagne du Nord. Steiner commandait une bande de SS parachutistes incorporée dans la *Fallschirm-armee* : trois milles hommes rassemblant à grand peine les vieux de la *Volkssturm*, les jeunesses hitlériennes et ce qui restait d'unités combattantes. Les British ont dû les déloger maison par maison. Si ces fanatiques de SS s'étaient rendus plus tôt la vie de centaines de civils aurait été épargnée. D'ailleurs deux jours après cet « exploit » Hitler se suicidait dans son bunker...L'Obersturmfürer Steiner a été fait prisonnier et arrêté pour crimes de guerre grâce au témoignage d'un civil qui connaissait l'officier et qui a vu l'exécution des prisonniers. Ce témoin est décédé avant d'être auditionné, résultat, avec un bon avocat, l'accusé a obtenu un non-lieu...

44

-Merci du renseignement Lucien, on va l'analyser tranquillement. Henri raccrocha le téléphone. Qu'en penses-tu Charles ?

-D'après le rapport fourni par la police Allemande le banquier Kurt Steiner ne semblait pas avoir d'ennemi. Marié, deux enfants, il menait une vie tranquille, ses activités professionnelles l'occupaient à plein temps. Les flics ne nous ont même pas fait part de son passé nazi, pour eux, il avait gagné son procès, fin de l'histoire…Tu as eu raison de creuser un peu plus. Le passé trouble de la victime nous ramène à Hambourg, lieu du premier hold-up…

Henri attaqua sa deuxième Valda de la journée. Il attendit que l'arôme mentholé de la gomme eût rafraîchi son arrière-gorge avant de répondre :

-On ne saura jamais ce qu'il s'est passé dans le bureau du directeur de la banque…

Puis après quelques instants de réflexion :

-…Notre hypothèse de braquages en série à vocation politique tient la route. Le grand banditisme agit de manière plus conventionnelle. Ils ciblent de grosses banques pour plus de gains et se font oublier. Là nous avons à faire à une succession d'attaques de petites agences aux caisses peu remplies, on dirait qu'ils sont pressés…

-De plus. Reprit Charles. Ils ne cherchent pas spécialement à passer inaperçus, leur manière d'utiliser des postiches, de se transformer est une forme de signature, presque un coup de publicité comme s'ils se mettaient en scène !

-Voilà en effet ce qui différencie le terroriste braqueur du malfrat pur jus : il donne un sens politique à son action, soigne la propagande de sa mouvance. Piller des banques en douceur au bénéfice de la cause prolétarienne en éliminant au passage un ex Nazi, peut attirer la sympathie des gauchistes en tous genre.

-Si on part sur cette piste de Hambourg il y a des chances que ce groupe-là soit allemand peut-être même de la Fraction Armée Rouge…

-C'est possible, aujourd'hui *Andreas Baader* est à nouveau sous les verrous, depuis juin 1972. Ce type est une calamité : condamné à trois ans de prison avec sa compagne *Gudrun Ensslin* en 1968 pour avoir mis le feu au grand magasin Schneider, une demande de révision plus tard il se retrouve dehors. Fin 1969 il est à Paris où il copine avec les intellectuels d'ultra-gauche, ensuite il file en Italie rendre visite à ses « cousins » des Brigades Rouges. En avril 1970 il est coincé à Berlin par la police allemande, un mois plus tard sa complice *Ulrike Meinhof* organise son évasion ! Deuxième arrestation, on a droit à une prise d'otage aux jeux olympiques de Munich par des terroristes palestiniens qui exigent sa libération. Tout le monde sait que Baader, violemment antisioniste, est lié aux mouvements palestiniens et à la *Stasi*[2]…Il y a fort à parier que tant que Baader sera en prison d'autres activistes, allemands ou non, tenteront des coups de force pour le faire libérer. Il existe toute une nébuleuse de groupes extrémistes anticapitalistes naviguant dans les mêmes eaux troubles que la FAR.

-Tu crois que c'est le projet de nos braqueurs quand ils auront engrangé un pactole suffisant ?

-Pourquoi pas…Malgré tout le meurtre du directeur m'intrigue. Ils se seraient attaqués à une cible d'importance, un Nazi d'envergure soit, mais là un

_____

[2] Services secrets d'Allemagne de l'Est.

obscur fanatique comme il y en a eu des milliers sur les champs de bataille ça ne fait pas les gros titres...Ou alors...

-Ou alors ?

-Ils l'ont exécuté pour des raisons personnelles...

L'homme au loup rouge

Le sentiment amoureux qu'éprouvait Serge pour Margaret n'avait jamais faibli depuis leurs années de lycée, mais était-ce réciproque ? Serge s'était résigné. Il avait peu à peu pris conscience qu'ils n'étaient pas faits l'un pour l'autre. Comment un employé tel que lui, issu du monde ouvrier, pourrait-il convoiter la fille de son patron, une brillante jeune femme, polyglotte, diplômée en sociologie qui avait parcouru l'Europe afin d'améliorer ses connaissances dans une discipline où déjà elle excellait. Margaret enseignait à l'université de Gand, malgré son jeune âge elle était régulièrement publiée dans des revues de psychologie se spécialisant dans l'étude des « phénomènes sociétaux ». Serge avait essayé de lire un de ses articles sur les « comportements collectifs en temps de crise » mais il avait failli s'endormir après une demi-heure de lecture, même en se concentrant. Il n'avait pas osé lui en parler de peur d'être ridicule. Ce n'était pas avec sa courte expérience de syndiqué, marxiste autodidacte, qu'il pourrait argumenter. Serge se contenta donc du statut de meilleur ami qui sait écouter, se prêter aux confidences et donner des conseils de bon sens. À chacun de ses passages au Havre Margaret toujours fraîche et pimpante venait voir Serge avec l'envie de passer une joyeuse soirée de détente. Par nostalgie ils se retrouvaient au *caïd,* buvaient quelques verres, puis filaient au restaurant libanais devant le Palais de Justice se gaver de délicieux *mezze.* La soirée se poursuivait souvent à *l'Europe,* une boîte de nuit à l'ancienne située derrière la gare, fréquentée par les marins au long-cours attirés par le meilleur spectacle de striptease de la ville.

Margaret ne pratiquait plus la danse classique mais elle était capable de guincher toute la nuit. Son corps gracile, lové contre le sien - le slow langoureux revenait à la mode - achevait de mettre Serge dans tous ses états, cependant il résistait, fidèle à ses principes de retenue. Au petit matin, quand le temps le permettait, adossés à une cabane de plage, Margaret et Serge assistaient à l'embrasement de la baie de Seine sous les effets du soleil levant.

Margaret confiait à Serge ses plus intimes secrets, mais depuis la mort d'Édouard elle était muette, évitait tout contact, en proie à une forme de sidération. Serge s'était rendu à l'inhumation d'Édouard. En se mêlant à la foule nombreuse défilant pour manifester son soutien à la famille Leclerc, Serge fut frappé par le visage diaphane, totalement inexpressif de Margaret et par l'indifférence qu'elle manifestait à son égard. Sa lèvre inférieure tremblait, à aucun moment il ne put croiser son regard obstinément rivé sur le bout de ses chaussures. Il prit ses mains glacées entre les siennes, les serra affectueusement sans recevoir de réponse. Son baiser fraternel ne lui fut pas rendu. Il ne s'était jamais senti aussi transparent, aussi inutile. Un pressentiment l'avait envahi : la perte de son frère, si cruelle soit-elle, n'était peut-être pas la seule raison de son abattement, cette absence de réaction dans un moment pareil révélait un désordre plus profond.

Serge avait « rangé » le songe annonçant la mort d'Édouard dans sa commode imaginaire équipée de tiroirs fermant à clé. Il agissait ainsi sous peine d'être hanté des semaines durant par des visions d'un réalisme hallucinant, mais parfois il devait réouvrir les tiroirs, revenir sur les contenus. Un détail mal perçu du rêve suffisait à l'empêcher d'extraire l'avertissement qui en découlait. Dans ce cas il avait recours à une procédure dictée par des années de pratique. Deux solutions s'offraient à lui : une méthode simple basée sur la relaxation lui permettant de se conditionner avant de revisiter ses visions, une autre plus complexe, s'il n'arrivait pas à ses fins, consistait à soumettre son corps à l'effort par le biais de la course à pied jusqu'à atteindre un état d'équilibre durant lequel son cerveau développait des capacités supplémentaires, sans doute à cause d'une oxygénation maximum.

Quand Serge était au lycée son professeur de gymnastique avait réussi à dégoûter la classe entière de toutes les disciplines sportives. Pour beaucoup, trouver un médecin complaisant et se faire dispenser de sport devenait une impérieuse nécessité. Serge, doté par la nature d'un physique avantageux ; grand, mince, musclé, endurant à l'effort, n'avait pas eu besoin d'un prof de sport pour s'initier à la course à pied. Il s'était simplement offert une bonne paire de godasses. Cette fois l'intuition de Serge fut si forte qu'il n'eut pas besoin d'avoir recours à l'exercice. Un quart d'heure allongé sur le dos, totalement détendu et concentré fut suffisant pour revoir les séquences du rêve new-yorkais, l'une après l'autre, au rythme de sa respiration… *Un détail lui avait échappé lors de sa première analyse : qui était l'homme au loup rouge qui les observait assis sur un banc du parc public, celui qui ouvrait la porte du building orné de l'aigle étasunien puis la portière de la DS Pallas, celui qui s'était enfui avec Margaret après l'accident, au volant d'une « Coccinelle » ?* Cet homme connaissait Margaret, peut-être était-il à l'origine de son trouble actuel, peut-être partageait-il avec elle un terrible secret…

Sabotage

Économie de fonctionnement dans tous les services de la maison poulaga ; tel était le leitmotiv du ministre de l'intérieur Raymond Marcellin depuis qu'il avait obtenu de l'état des crédits faramineux pour recruter 40000 policiers supplémentaires afin de faire face à une nouvelle chienlit comparable à celle de mai 1968. Après un pareil sacrifice consenti par le contribuable chaque centime déboursé devait être justifié. Une lampe de bureau commune éclairait les sous-mains d'Henri Poirier et de Charles Roussel qui, faute de place, avaient collé leur bureau l'un en face de l'autre. Les fournitures étaient partagées, y compris la machine à écrire Remington que le plus prompt à s'asseoir devant le clavier pouvait utiliser. Charles s'était vu refuser l'installation d'une ligne téléphonique supplémentaire. Il avait dû se battre pour qu'Henri, à la place d'une simple chaise, dispose d'un fauteuil identique au sien ; il savait que son ex-chef, pour être à l'aise et atteindre un état de clairvoyance optimum, avait besoin d'allonger les jambes, fesses reposant sur l'extrême bord de l'assise, si possible en écoutant un disque de *Dizzy Gillespie*. On avait pourtant expliqué à Henri lors d'un stage *gestes et postures* qu'en se tenant ainsi il allait se ruiner les lombaires et, qu'une fois à la retraite, il serait incapable de biner ses salades…

Après un pareil sacrifice consenti par le contribuable chaque centime déboursé devait être justifié. Du haut de son ministère Raymond tapait fort : à droite interdiction des partis extrémistes *Occident* et *Ordre nouveau*, à gauche dissolution de la *Ligue Communiste*, saisie du journal *La Cause du Peuple* assortie d'un

51

embastillement du directeur de la publication… C'est dans ce contexte sécuritaire qu'Henri avait été appelé comme consultant, généreuse rémunération à l'appui. Pour éviter les histoires il avait amené de chez lui son propre matériel de bureau de l'agrafeuse au ruban cache-boulette. Un avenant au contrat stipulait qu'il pouvait ranger sur son étagère électrophone et assortiment de disques.

Charles et Henri malgré leur proximité physique travaillaient sur des dossiers différents. Charles enquêtait sur l'accident, jusqu'alors inexpliqué, du fils Leclerc, Henri sur une éventuelle piste terroriste dans l'affaire du braquage des banques pourtant, grands bavards devant l'Eternel, ils ne pouvaient s'empêcher de commenter à voix haute leur dossier en se balançant des vannes. Ils avaient toujours travaillé comme ça. C'était un bon moyen pour s'évaluer.

-Ça y est Henri ! J'ai les résultats de l'expertise officielle de la DS Pallas du fils Leclerc…

Charles n'avait jamais eu le sens du rangement, il dut fouiller trois fois sa bannette à papiers avant de retrouver le précieux document…

-Tu devrais faire un classement par thème à la source, au lieu de tout coller en vrac dans une seule bannette ! C'est agaçant, ça fait vingt ans que je te répète la même chose…

Charles leva les yeux au ciel :

-Sabotage du circuit de freinage…

-T'es sûr ?

-On a découvert un petit trou dans le flexible du liquide de frein, ça a dû s'écouler lentement à chaque sollicitation sur la pédale et quand Édouard a voulu appuyer à fond pour arrêter le véhicule la réserve de liquide s'est vidée d'un coup…

-On ne peut pas pour autant exclure la thèse de l'accident, as-tu vérifié s'il y avait des traces de liquide de frein dans son garage ?

-Il y en avait peu sur les planches de la fosse, à l'arrêt ça s'écoulait à peine, pas étonnant avec un si petit trou. Le garage est en dehors de la propriété, un malfaisant pouvait très bien crocheter la serrure, travailler tranquillement et refermer la porte après. On a isolé une empreinte inconnue sur la prise de la baladeuse servant à éclairer la fosse.

-Tu maintiens ta version ? Sans vouloir te vexer, si un jour tu coinces ton client, sauf si une empreinte correspond, le premier avocat commis d'office venu plaidera l'accident. Tu te feras laminer mon pauvre Charles !

-Ah oui ? Et si je te dis que l'Édouard, quand il s'est senti partir aux pâquerettes a tiré le frein à main et que le manche lui est resté dans la pogne…Saboté lui aussi, deux câbles à moitié sectionnés. Alors Maigret tu fais moins le malin !

-Je m'incline. Pourquoi n'a-t-il pas essayé d'éviter le chantier ?

-Les travaux occupaient la moitié de la chaussée, d'après les témoins, en sens inverse, un camion était engagé sur la voie restée libre.

-Tu n'as plus qu'à chercher si Édouard avait des ennemis, prêts à l'assassiner…

-Et tes pilleurs de banques l'ancien, ça n'avance pas… T'es en roue libre, j'ai connu une époque où tu consommais du malfrat à ton petit déjeuner. En 62 tu t'es fait Dédé la Godasse et Jacques le Fataliste dans la même journée ; les meilleurs braqueurs de la décennie !

-Les activistes modernes, souvent des cérébraux, sont plus retors. On a changé d'époque mon p'tit vieux, les jeunes ont la fièvre cathodique, abreuvé par des philosophes médiatisés ils échafaudent des théories abracadabrantesques : comment peut-on avoir l'idée de déclencher une révolution culturelle à la Mao Tse Toung au pays de Voltaire ? S'ils font carrière dans la truanderie c'est pareil, ils font des manières, ça joue les justiciers masqués. On ne pique plus l'argent des banques, on s'attaque au grand capital, on pratique la « récupération individuelle » pour la bonne cause ! Ça sent le réchauffé ! Déjà, en 1910, Bonnot et Raymond la science, soi-disant anars de choc, motorisés chez de Dion-Bouton, racontaient la même histoire. En réalité c'était « mortelle randonnée » on abat aussi les prolos s'ils se mettent en travers du chemin et, pleins aux as, on fait la nouba dans les boîtes à la mode !

Pour répondre à ta question, je me suis rendu à l'agence de la caisse d'épargne de Graville pour réentendre les témoins. J'ai retenu que seule la fille a parlé pendant le braquage. L'autre avait-il peur qu'on le repère à son accent ? On a retrouvé la bagnole qui a servi au braquage ; pas d'empreinte hormis celles du proprio, comme d'habitude…Le Havre est un cul de sac, les barrages n'ont rien donné ce qui me fait penser qu'ils ne sont peut-être pas loin. Dans ce cas, pourquoi sont-ils restés ?

J'ai obtenu de la DGSE que Lucien reste en Allemagne pour réouvrir le dossier du Nazi Kurt Steiner. Pour la première fois il va mettre son nez dans une « cold case ». Je peux te dire qu'il fait vilain. Il déteste le chou et la bière le ballonne…

1944 : Le bar des cyclistes

Hans Dieter quitta son cantonnement vers deux heures du matin. Il avait profité que Friedrich soit d'astreinte au poste de garde pour faire le mur et filer à Bérangeville. Il passerait par la forêt pour éviter le village. Friedrich savait que Hans était tombé follement amoureux de la serveuse du *bar des cyclistes* et qu'il brûlait d'envie de la rejoindre. Il savait aussi qu'il prendrait aussi cher que lui s'il se faisait pincer mais il n'oubliait pas que son ami lui avait sauvé la vie en Pologne et qu'ils étaient tous deux natifs d'*Ahrensburg*, un charmant village au nord de Hambourg.

-Mon tour de garde se termine à quatre heures et demie. À quatre heures tu te planques derrière la haie d'en face, tu siffles deux fois et je t'ouvre la porte. Si tu t'endors dans les bras de ta copine on se retrouvera vite fait sur le front de l'est…

-Fais-moi confiance. Je te revaudrai ça…

-Faut vraiment qu'elle te plaise…

-Ce n'est pas ce que tu crois, un jour peut-être, je te raconterai…

Hans Dieter avait été affecté en tant que radiotélégraphiste à la deuxième compagnie de marche du major Oldberg. Entre deux vacations il faisait office de secrétaire et s'occupait du central téléphonique. C'est au central qu'il avait surpris une conversation entre le major et un ponte de la gestapo qui faisait une tournée d'inspections dans toutes les bases de la Wehrmacht installées dans des villages normands. Le thème de l'échange téléphonique était : l'arrestation des juifs de France en cette année 1944 bat son plein dans les villes mais le rendement laisse à désirer dans les zones rurales où les juifs trouvent refuge. Une dénonciation récente tombait à point nommé. Elle permettrait de montrer aux populations la détermination des autorités d'occupation. Emilienne et Robert Schmidt, les patrons du *bar des cyclistes,* figuraient sur la liste des personnes juives à arrêter dès le lendemain matin. Il fallait impressionner la population par un gros déploiement de forces.

Hans arriva aux abords de la ginguette après vingt minutes de marche, la pleine lune se reflétait dans l'étang tout proche renvoyant une faible lumière argentée sur les tables de la terrasse. Deux chouettes en pleine conversation se répondaient d'une rive de l'étang à l'autre comme si elles répétaient leurs gammes. L'ambiance, assez sinistre, contrastait avec celle des soirs de guinche à la lueur des guirlandes de couleurs. Cet endroit était un lieu de plaisir peuplé en été de couples enlacés valsant sur un air d'accordéon, de familles en fête et de pêcheurs rigolards qui casse-croûtaient sur les bords de l'étang. Au *Bar des cyclistes* on évitait de parler politique, c'était le seul lieu dans la région où régnait encore l'insouciance d'avant-guerre, où l'on pouvait manger une friture de gardons arrosée d'un verre de blanc et faire une partie de boules dans la bonne humeur. D'une certaine façon, la guinguette était un réduit bien français, une poche de résistance passive et, si les trouffions allemands s'y risquaient, faute de pouvoir les mettre dehors, on leur faisait comprendre par les attitudes qu'ils n'étaient pas chez eux, que leur présence était une anomalie de l'histoire. Ici on ne s'exhibait pas en culottes de peau, on ne se tapait pas sur les cuisses en braillant quand on faisait la fête et on buvait du vin rouge ; les Schmidt ne servaient pas de bière qu'ils qualifiaient de purge amère particulièrement indigeste.

La cime des arbres ployait sous un fort vent d'ouest. Hans était en uniforme, dans un pays hostile, au cœur de la nuit. Il scruta le sous-bois obscur avec une pointe d'inquiétude. Tout en marchant Hans réfléchissait. Il était amoureux de Suzanne qui considérait les Schmidt comme ses parents. Aurait-il pris les mêmes risques si Suzanne n'avait pas été impliquée ? Il arriva à se convaincre qu'il l'aurait quand même fait parce qu'il avait promis à son père de bien se comporter, même en temps de guerre... Hans traversa le jardin potager des Schmidt et balança des graviers sur les carreaux de la chambre de Suzanne. Effrayée elle entrouvrit la fenêtre :

-Tu es fou Hans, que fais-tu là à cette heure ?

-Ouvre-moi, je dois absolument parler à tes patrons, c'est une question de vie ou de mort...

Dix minutes plus tard Suzanne, les Schmidt et Hans étaient attablés à la lueur d'une lampe à pétrole dans la cuisine du restaurant. Les Schmidt devaient s'enfuir immédiatement sans rien emmener, à part leurs économies et quelques bijoux de famille. Ils rejoindraient par la départementale Etretat, Yport, Fécamp puis Dieppe où des amis pourraient, avec de la chance, les aider à embarquer pour l'Angleterre. Hans fournirait des bons d'essence et un Ausweiss falsifié. D'après ce qu'il savait il n'y avait pas de barrages sur cette route.

Emilienne embrassa Suzanne en pleurs, Robert serra la main de Hans avant de s'engouffrer dans la camionnette :

58

-Que fais-tu dans cette armée Hans ? Tu n'es pas à ta place, Hitler est un fou furieux.

-Je sais. Mes parents se sont réfugiés en France dès 1933 pour fuir le régime, c'est pour ça que je parle votre langue. Ils sont retournés clandestinement en Allemagne pour militer et se sont fait prendre. Les Nazis ont assassiné mon père en 1938 et ma mère est morte de chagrin…

-Tu es conscient que l'Allemagne va perdre la guerre…Tu n'as jamais pensé à rejoindre la résistance ?

-J'attends le bon moment.

-Écoute moi bien fiston. Tu as trouvé une planque à Bérangeville parce que tu es un bon radio et que ton major a besoin de toi, mais ça ne va pas durer. Les alliés vont débarquer, personne ne sait où mais ça ne saurait tarder, et toi tu iras au casse-pipe, comme les autres. Si tu te décides à changer de camp va en uniforme au café de la gare à Gommerville un dimanche midi, mets ton calot sur la table et pose dessus un exemplaire de *Madame Bovary* quelqu'un s'adressera à toi et te dira ce qu'il faut faire. Prends ce bouquin dans la bibliothèque avant de partir. Ils sont classés par ordre alphabétique…

-À la lettre G comme Gustave ou F comme Flaubert ?

-Enfin un *Fridolin* qui connait ses classiques !

-Merci monsieur Schmidt mais je n'ai pas besoin de *Madame Bovary*, j'ai déjà rencontré cette personne, elle s'appelle Charles Maletra…

La camionnette des Schmidt disparut dans la nuit. Hans et Suzanne regagnèrent la maison. Suzanne entraîna Hans dans sa chambre. Ils disposaient d'une heure.

Quelques jours après le départ des Schmidt, en fouillant dans les dossiers, Hans apprit qui était l'auteur des dénonciations de Bérangeville ; il s'agissait de Victor Malavoix. Trois personnes étaient concernées : le couple Schmidt s'était enfui au dernier moment mais Charles Maletra avait déjà été arrêté, Hans n'avait pas eu le temps de le prévenir.

***

Les parents de Hans, Wilhem et Greta avaient milité dès 1916 contre la guerre au sein des ligues spartakistes[3] issues de l'aile gauche du SPD[4]. Ils avaient connu personnellement Rosa Luxembourg et Karl Liebknecht les deux figures emblématiques du mouvement. Le couple participa à la révolution de novembre 1918 qui précipita la chute du Kaiser mais leur mouvement entra en conflit avec le nouveau gouvernement modéré social-démocrate de la république de Weimar ; les Spartakistes réclamaient l'entrée des conseils ouvriers au gouvernement. Après l'assassinat de Rosa Luxembourg et de Karl Liebknecht Wilhem et Greta mirent de côté leurs idéaux révolutionnaires et réintégrèrent le SPD par le biais du groupe *Neu Beginnen* une alliance éphémère entre communistes et sociaux-démocrates créée en novembre 1935. Le mouvement fut démantelé par la police, Wilhem assassiné en 1938 par les Nazis en même temps que soixante-deux députés du SPD après une caricature de procès.

Quelques jours avant son assassinat Wilhem avait eu une conversation avec Hans son fils unique alors âgé de quinze ans :

---

[3] Mouvement révolutionnaire d'extrême gauche né pendant la première guerre mondiale.
[4] Parti Social-Démocrate allemand.

-Tu vas vivre dans un monde en guerre mon garçon et peut-être que je ne serai plus là pour te conseiller dans tes choix. Les camarades ont tout fait pour arrêter Hitler, en vain. Aujourd'hui les familles qui ont résisté aux Nazis sont particulièrement surveillées et tu es issu d'une de ces familles. Tu vas vivre ces prochaines années sous une dictature. Nos ennemis sont des fanatiques qui tiennent les rênes de tous les moyens de répression.

-Moi aussi papa je veux lutter contre Hitler ! avait répondu Hans.

-Plus tard… Nous sommes décimés, tu n'aurais aucune chance, tu finirais dans un camp de concentration. Promets-moi de ne pas t'engager inconsidérément, bientôt tu auras une famille à défendre mais aussi ton pays s'il est menacé. Fie-toi aux valeurs que nous t'avons enseignées, je sais que tu es capable de résister à l'endoctrinement. Sois comme le roseau, plie mais ne rompt pas, fais le bien autour de toi mais calcule les risques, attends ton heure…Promets le moi…

Hans avait promis.

Durant les campagnes de Pologne et de France Hans faisait partie de l'armée des vainqueurs. Il s'était fixé un objectif farfelu dans le contexte guerrier du troisième Reich ; ne tirer sur personne, ou tirer à côté s'il était obligé de le faire. Il n'était l'ennemi ni des Polonais ni des Français, bien au contraire. En Pologne il détourna le regard quand des civils cherchèrent à fuir les villages occupés, se montra compatissant envers les prisonniers. Un jour d'opération en France il tomba nez à nez, au détour d'un chemin forestier, avec deux maquisards blessés et désarmés ; il les laissa partir et leur donna rations et boîtes de pansements… Heureusement il pouvait compter sur la bienveillance de quelques vétérans issus de la même mouvance politique que lui. Ces actes isolés de résistance ne seraient sans doute plus possibles quand l'armée allemande serait à son tour dominée par un ennemi plus puissant.

En attendant, en ce printemps 1944, Hans avait encore une petite marge de manœuvre. Sa volonté de sauver les Schmidt n'avait rien d'un geste fortuit. Hans continuait à faire le bien à sa mesure, en souvenir de son père.

1973 : *Leclerc and C°*

Leclerc and C° fabriquait du médoc, sublimant les molécules, peaufinant les produits de synthèse pour le plus grand bénéfice de ses insatiables actionnaires et accessoirement d'une population vieillissante polypathologique à la recherche de remèdes miracles. La direction privilégiait les marchés juteux ; elle préférait vendre au prix fort ses hypotenseurs aux Américains plutôt qu'aux Soudanais qui ne pouvaient se payer que les pilules dépassant les dates de péremption, malgré cela, *Leclerc and C°* était contraint d'innover par la recherche afin de se démarquer de la concurrence. L'univers de travail de Serge était encombré de fioles, d'éprouvettes, de tubes à essai, de poudres multicolores, d'agitateurs et de becs bunsen, sa blouse de travail sentait mauvais, imprégnée d'émanations douçâtres s'échappant de flacons emplis d'innommables mixtures. Pistonné par Margaret et attiré par une belle rémunération, Serge s'était retrouvé immergé dans un univers de scientifiques auquel il ne comprenait pas grand-chose avec pour seul bagage un bac philo ; en physique-chimie il n'avait jamais dépassé la barre des 8/20 et encore, en s'aidant d'anti-sèches dissimulées dans ses manches.

Afin de produire dans de bonnes conditions, pilule, sirop, poudre ou suppositoire prêts à être administré dans l'orifice adéquat, *Leclerc and C°* s'était doté de secteurs renforcés dans le domaine des achats, du commercial et de la logistique. Serge, recruté aide de laboratoire pour faire son apprentissage ne pouvait prétendre, vu son manque de bases techniques, à une filière de carrière intéressante dans la recherche ou la fabrication. Julien Leclerc orienta donc le meilleur ami de sa fille vers les métiers de service et il ne fut pas déçu. Grâce à son exceptionnelle adaptabilité Serge assimila tous les rouages de fonctionnement de la société et développa des stratégies d'organisation interne, de relationnel avec clients et fournisseurs qui firent de lui, à partir de 1972, un élément important de la société.

Au début de cette année faste, Serge fut convoqué dans le bureau de son patron. Julien Leclerc était un redoutable meneur d'hommes. Sec et nerveux, présentant bien dans ses costumes sur mesure, il tirait le meilleur parti de ses collaborateurs parce qu'il savait écouter. Son ton pouvait-être badin ou rigolard, grave ou sentencieux, cela dépendait de son humeur. Quand il prenait sa décision, toujours argumentée, favorable ou défavorable, les gens ressortaient de son bureau, gonflés d'orgueil ou abattus mais jamais indifférents.

-Margaret m'avait dit le plus grand bien de vous Serge à juste titre. Depuis quand êtes-vous chez nous ? Le temps passe si vite…

-depuis avril 1968.

- Plus de cinq ans déjà…C'est une date qu'on retient facilement, un mois après votre arrivée c'était le chaos sur tout le territoire…

Pendant les évènements, en dehors de ses heures de travail, Serge participait aux meetings où se rencontraient, à la sortie des usines, étudiants et ouvriers…Margaret avait eu la gentillesse de le faire entrer dans la société de son père, un patron issu des grandes écoles pour lequel le syndicat était un repaire d'anarchistes et la grève une chimère, Serge n'avait pas voulu la mettre en difficulté en se déclarant solidaire du

64

mouvement. Marqué par son engagement syndical chez ses amis dockers il avait mal vécu cette période de retrait ; les pratiques de sa nouvelle boîte axées uniquement sur l'économique, sans se soucier de sa mission d'acteur au cœur d'une politique de santé juste le mettaient hors de lui.

-Vous avez fait des progrès considérables mon cher. Votre sens de l'organisation et votre excellent relationnel sont appréciés de nos partenaires.

L'entretien prenait une tournure inattendue. Serge se demanda où son patron voulait en venir…

-J'ai décidé de créer un département spécial pour coordonner l'exploitation d'une nouvelle substance. À cette occasion nous sortirons de notre cadre de travail habituel. Vous connaissez le LSD 25 ?

- C'est un puissant hallucinogène.

-Le 25ème dérivé de l'ergot de seigle, synthétisé pour la première fois dès 1938 par *Arthur Stoll*. Comme vous le savez cette substance, utilisée à usage récréatif par toute une génération de marginaux aux États-Unis a été interdite par *Reagan* en 1966, ce qui ne l'empêche pas de circuler. La CIA s'y intéresse toujours ; sous certaines conditions son usage pourrait permettre de contrôler le comportement d'individus sous emprise. Les résultats obtenus par les Américains sont encourageants mais pas probants…Nos laboratoires exploraient depuis quelques années cette piste LSD à la recherche d'applications thérapeutiques et puis nous avons, un peu par hasard, associé ce dérivé de l'ergot de seigle à un produit synthétique dont nous possédons le brevet.

-De quoi se compose ce produit ?

-De flunitazépam et d'un savant cocktail de benzodiazépines.

-Le flunitazépam est la base du Rohypnol des laboratoires Hoffmann-La Roche. C'est bien le somnifère qu'on a appelé la drogue des violeurs ?

-Bravo Serge ! Nous l'avons « aménagé » pour une question de brevets. Une fois assemblé ce produit s'appellera : *Larozépam*.

-Mais quels débouchés espérez-vous obtenir ?

-C'est tout simple : un contrat d'exclusivité avec le ministère de la défense ! Vous imaginez le pactole ! Jusque-là il n'existait sous forme gazeuse que des toxiques de combat utilisés dès la guerre de 14 : gaz chloré appelé moutarde, sarin ou ypérite, tous mortels, ils brûlent la peau, les poumons ; une saloperie… En 1925 par le protocole de Genève ces gaz ont été interdits ce qui n'a pas empêché l'Egypte de les utiliser de 1963 à 1967 contre la République arabe du Yémen ! L'année dernière, la communauté internationale a renforcé l'interdiction de ces gaz mortifères. C'est ce dernier élément qui nous a décidé à exploiter ce qu'on a trouvé un peu par hasard : un gaz non létal capable de neutraliser un nombre de personnes important en les plongeant dans un état léthargique. Ils n'ont plus aucune réaction, deviennent inoffensifs, facilement manipulables un peu comme s'ils étaient sous hypnose. Vous imaginez nos poilus balancer ça sur l'ennemi ! Ils n'avaient plus qu'à se rendre au petit trot dans la tranchée adverse pour cueillir leurs prisonniers. D'après nos simulations de laboratoire ça marche même en extérieur avec une dose plus élevée.

-Mais en quoi puis-je vous être utile ?

-Vous imaginez bien que la notion de secret prend ici tout son sens. Nous avons décidé de cloisonner au maximum tous les services intervenants dans le projet, de les séparer géographiquement : la formule initiale née dans nos labos, la fabrication, les différents supports utilisés, le stockage et le transport. Tous ces secteurs seront interdépendants et chaque chef de service ne traitera strictement que ce qui relève de son domaine d'activité. Vous serez celui qui assurera les liaisons, fournira les informations nécessaires en fonction de l'avancement du projet, vous deviendrez un personnage clé du dispositif.

-Mais pourquoi ne le faites-vous pas vous-même ?

-Ce travail nécessite un suivi au quotidien que je ne pourrais assumer. Nous nous contenterons de nous voir à date fixe.

-C'est beaucoup de responsabilités…

-C'est pourquoi je vous nomme patron d'un service dont vous serez le seul membre ! Margaret a beaucoup insisté pour que je vous confie ce poste mais ma décision était déjà prise. Vous êtes digne de confiance Serge. Alors vous acceptez ?

Serge se sentait coincé…Il était secrètement en désaccord avec le père Leclerc à cause du cynisme avec lequel il fourguait ses médocs, mais alors là…On lui proposait de travailler avec le ministère de la défense pour entretenir la machine de guerre c'était le bouquet ! Qu'aurait-il pu répondre à Mathieu, le délégué CGT des dockers qui n'aurait pas manqué de lui faire la leçon ? Eh bien, par exemple, que ce foutu gaz pourrait peut-être sauver des vies ; il valait mieux endormir l'ennemi plutôt que de le tuer. Il serait toujours temps de démissionner si son sens de l'éthique était mis à mal. Et puis, s'il arrivait à se faire une bonne situation, peut-être un jour pourrait-il demander la main de Margaret…

Le jeu du pendu

Le côté animal de Victor Malavoix convenait bien à Perrine Delamare la crémière de Criquetot-l'Esneval. Perrine et Victor avaient toujours entretenu une relation amoureuse complexe. Leurs rapports étaient mouvementés et parfois la situation dégénérait. Un jour d'orage Victor décocha une droite à Perrine qui se retrouva assise dans la cheminée, sur un lit de braises ; elle lui reprochait de préférer rejoindre sa bande d'ivrognes à un concours de ball-trap plutôt que de passer la soirée avec elle. La réplique de Perrine avait été à la hauteur du préjudice subi puisqu'armée d'un tisonnier elle expédia Victor au service traumatologie de l'hôpital du Havre. Il renonça à porter plainte et l'affaire se termina sur l'oreiller.

***

Victor pénétra dans le salon de coiffure de son beau-frère à 18h30 pétante comme chaque dernier samedi du mois. La rue était déserte. C'était le jour ou Odile Grandon, l'épouse d'Ernest, rendait visite à sa sœur aînée, celle que Victor ne voulait plus voir et qu'il traitait de demeurée depuis l'âge de sa première poussée d'acné. Ce n'était pas à 60 ans passés qu'il allait changer d'opinion.

Quand Odile restait dormir chez sa sœur Ernest et Victor en profitaient pour faire la bringue toute la nuit.

-Vas-y mollo avec la tondeuse autour des oreilles Ernest, je ne t'ai pas demandé une coupe au bol… Tu as réfléchi à ce qu'on fait ce soir ?

-On peut rejoindre Fredo et Gustave au *Cyclamen* ça fait longtemps qu'on n'est pas sorti à *Saint François*. D'autant plus qu'ils nous réservent une surprise…

-Quel genre la surprise ?

-Bien roulée et peu farouche ! Deux gonzesses des îles pour nous tenir compagnie…

-On voit qu'ils nous doivent du pognon…S'ils pensent qu'on va leur faire crédit, ils sont naïfs…

-Profitons de l'aubaine, on verra après. Tu ne risques pas que Perrine déboule chez toi ce soir ?

Victor se tapa sur les cuisses en s'esclaffant, Ernest finissait sa coupe au rasoir, il leva prudemment sa lame…

-Arrête de gigoter si tu ne veux pas que je te saigne !

-Perrine sait que si elle vient à l'improviste elle s'en ramasse une, ça fait partie de nos accords !

-Au fait Victor, j'ai une bonne nouvelle à t'annoncer : tu te souviens de Charles Maletra le FFI de mes deux du hameau des Loges ?

-Celui qui a fait un séjour à Buchenwald ?

-Lui-même !

-Après-guerre il a tout fait pour qu'on n'obtienne pas la carte d'ancien résistant du réseau *Sans Peur*…Tu parles si je me rappelle, il m'a traité d'escroc et de profiteur, je lui ai cassé la gueule mais il a continué à faire courir des rumeurs…

-Il est mort hier le héros, on l'enterre mardi…Cancer…

-Faudra qu'on se montre à l'enterrement, on n'est pas rancuniers, nous !

Le rire des deux hommes fut interrompu par le tintement cristallin des grelots de la porte d'entrée. Un client pénétra dans le salon.

-C'est fermé monsieur, je m'occupe de mon dernier client ! Lança Ernest sans même se retourner.

L'homme prit quand même un siège. Victor l'observait dans la glace. D'allure jeune, bien balancé, il n'était pas de Bérangeville. Casquette enfoncée sur le nez il avait gardé son imperméable et posé un gros sac plastique sur ses genoux. Victor comprit tout de suite que quelque chose clochait dans son attitude. Seul le bas de son visage était visible, éclairé par les néons du salon.

-Vous êtes sourd, je vous ai dit que ma journée est finie, revenez demain…

Pour toute réponse l'homme posa son sac plastique sur la chaise, se leva brusquement, retira la goupille maintenant la manivelle du rideau de fer qui se déroula à une vitesse folle et heurta le sol dans un effroyable fracas de ferraille. Victor et Ernest se précipitèrent sur l'intrus mais ils furent stoppés dans leur élan par un colt 45 braqué dans leur direction.

-Si c'est la caisse que tu veux, y'a pas grand-chose dedans… glapit Ernest. Il tendit une liasse de billets à l'intrus. Prends ça connard et tire-toi !

L'inconnu ne daigna pas répondre, du canon de son colt il montra un des fauteuils à roulettes :

-Assieds-toi, Victor.

-On se connait ?

-Je connais tout de ta vie. Et toi, le beau-frère, reste tranquille…

-Comment tu sais que j'suis son beau-frère ? Je te préviens j'ai beaucoup d'amis dans le coin…

-Des anciens résistants de la dernière heure comme toi, liés par des secrets inavouables…

-On finira par te retrouver et ce jour-là… Tu vas en baver avant de claquer.

-En attendant Ernest… Prends ta tondeuse et rase complètement le crâne de ton copain ! Après tu prendras sa place, il te fera la même coupe !

Victor et Ernest flirtaient avec la crise d'apoplexie. Ernest tenta de se rebeller. Un coup de crosse sur le nez le fit vaciller.

La décoration du salon de coiffure était d'un goût déplorable. Odile avait choisi une ambiance de style campagnard, en harmonie avec le terroir cauchois, tout juste si elle n'avait pas répandu de la paille sur le carrelage. Des sabots fourrés aux primevères ornaient les murs, des cornes de taureau surplombaient les miroirs du salon. Les cuvettes pour shampoing étaient posées sur un socle brique et silex façon demeure cauchoise. En vitrine, au milieu des bouteilles de Pétrole Hahn, des crèmes capillaires et des fers à boucler trônaient deux mannequins en celluloïd, l'un habillé en maquignon et l'autre en fermière Normande. Au plafond Odile avait fait le choix de laisser apparentes la charpente et les poutres.

Odile, j'ai marché dans une bouse ! Je ne m'essuie pas les pieds ; avec l'odeur ça fera plus authentique. Cette répartie était la plaisanterie favorite de Victor quand il pénétrait dans le salon… Mais ce jour-là, crâne lisse et brillant, il n'avait pas le cœur à plaisanter. Il cogitait, en proie à de légitimes tourments :

- Tu crois que c'est une vengeance par rapport aux filles qu'on a tondues à la libération ? Pas possible c'est bien trop loin…

Eut le temps de chuchoter Victor à l'oreille de son beau-frère…

L'homme installa ostensiblement un silencieux sur son colt puis sortit de son sac en plastique deux cordes préalablement pourvues à chaque bout d'un nœud coulant. Il lança les cordes en l'air, les enroula autour de la poutre centrale en utilisant le premier nœud coulant puis positionna les deux fauteuils à roulettes à l'aplomb des cordes. Victor et Ernest paniqués tentèrent leur vatout et se jetèrent sur lui, ils ramassèrent chacun une balle dans le pied et hurlèrent de douleur.

- Ernest tu attacheras les mains de Victor dans le dos avec ce serre-joint. Je m'occuperais de toi ensuite. Ne tente rien si tu tiens à ta peau.

Ernest s'acquitta de sa mission en claudiquant, son pied saignait abondamment.

-À toi maintenant… Voilà qui est fait !

L'inconnu passa le deuxième nœud coulant autour du cou des deux lascars…

-Mettez-vous debout sur les sièges…

Il les aida car, dans leur état, monter sur des fauteuils à roulettes était impossible.

-Maintenant tournez-vous face à moi. Gardez bien l'équilibre. Sinon votre histoire s'arrête là !

Victor et Ernest restaient cois en proie à une terreur extrême.

-Répondez sincèrement à mes questions, si je suis satisfait de vos réponses vous ne finirez peut-être pas pendus. Victor, en décembre 1947, tu as battu à mort ta femme Suzanne puis, avec l'aide de ton beau-frère tu as maquillé sa mort en accident…

-C'est faux, une enquête de police m'a innocenté !

-Je suis là, pour rétablir la vérité…Un témoin vous a vus Ernest et toi le jour du crime. Vous avez fracassé le crâne du cadavre sur une borne kilométrique ; une plaie en cache une autre, puis vous avez sorti le vélo de Suzanne de la camionnette et vous l'avez jeté dans le fossé à côté du corps. Vous aviez pris soin de voiler une roue pour faire croire à un choc. Un témoin vous a vu mettre en scène « l'accident » de la lisière de la forêt…

-Tu bluffes, s'il y avait eu un témoin il aurait parlé à la police, de toutes façons il y a prescription…

-Et tu as bénéficié des faux témoignages de tes complices avec lesquels tu t'es gavé pendant l'occupation. Ils t'ont fabriqué un excellent alibi…Tu refuses d'avouer ?

-Et comment ducon ! Je suis innocent.

-Avril 1944 : vous avez dénoncé les Schmidt à la gestapo et racheté à bas prix leur établissement le *bar des cyclistes* dans le cadre de la confiscation des biens juifs. Vous êtes devenus actionnaires de la boîte de nuit qui remplace la guinguette et vous touchez encore aujourd'hui de confortables dividendes.

- C'est faux hurla Ernest ! Ce n'est pas nous !

-Ce même mois d'Avril, vous aviez aussi dénoncé aux Allemands un chef de maquis nommé Charles Maletra. Il semblerait qu'il ait découvert vos exactions et vos trafics. Alors messieurs reconnaissez-vous vos crimes ?

-Salaud, ordure ! Braillaient Victor et Ernest de concert, essayant de garder leur équilibre. Tu es cinglé, C'est de l'histoire ancienne ! Fais-nous descendre de là, sale Boche !

-Pourquoi tu me traites de Boche Victor ?

-Tu as un foutu accent…

-Je vous donne dix secondes pour avouer…

Victor et Ernest persistèrent dans leurs dénégations. Ils ne pouvaient savoir que, s'ils avaient avoué leurs crimes, l'inconnu les aurait simplement abandonnés debout sur leur siège à roulettes sans les occire.

Le délai écoulé, l'homme se dirigea vers ses victimes d'un pas décidé. Malgré leurs supplications il donna un grand coup de pied dans les fauteuils qui roulèrent jusqu'au fond du salon. Les cordes se tendirent, Victor et Ernest pédalèrent dans le vide pendant deux bonnes minutes avant de mourir, le bout de leurs chaussures touchait presque le sol ; durant le repérage le bourreau avait parfaitement estimé la longueur de corde nécessaire... L'inconnu sortit par la porte de derrière sans se retourner.

***

Odile découvrit les corps le lundi matin en rentrant de chez sa sœur. Elle appela les flics et les pompiers.

-Mais qui va s'occuper de mes affaires maintenant ?

Fut la première chose qu'elle demanda au commissaire Roussel.

***

Deux jours avant la pendaison de Victor et d'Ernest, Serge Rich avait fait un rêve très court mais perturbant. Il n'avait pas été capable de l'interpréter à chaud. La scène se passait dans une étable, des miroirs occupaient les murs, devant chaque miroir des personnages assis sur des sièges tournaient sur eux-mêmes. Un grand gaillard masqué d'un loup rouge poussait dans le vide deux hommes chauves pendus par le cou et vêtus de grands manteaux noirs. Une des deux victimes agitait un rasoir, l'autre une canne à pommeau de métal. Dans son rêve originel d'adolescent, les personnages qui traînaient la femme par les pieds étaient vêtus de noirs manteaux identiques et la victime avait été assommée avec une canne cerclée de métal.

Et si ce rêve indiquait que quelque chose de terrible se préparait ? Serge se reprochait déjà de n'avoir parlé

74

qu'à Margaret de sa vision concernant la mort d'Édouard. Complètement démuni il téléphona à la police pour se donner bonne conscience, sachant très bien qu'il passerait pour un fou et qu'on lui raccrocherait au nez. Le commissaire Henri Poirier décrocha le téléphone en l'absence de Charles Roussel. Contre toute attente Serge et lui discutèrent pendant une bonne demi-heure. La patience du commissaire l'encouragea à parler aussi du rêve annonçant la mort du fils Leclerc.

Héroïque fantaisie

-Tu veux venir avec moi à Bérangeville Henri ? Je dois boucler le travail de terrain avec les mecs du labo. Je sais que tu as une casquette de flic antiterroriste et que le crime ordinaire n'est pas dans tes attributions mais j'aimerais autant que tu m'accompagnes sinon je vais passer mon temps à répondre à tes questions.

Henri, les coudes posés sur son bureau, menton appuyé sur ses deux poings avait une tête de bouledogue insomniaque. Il avait mariné dans son jus des heures durant ; des auréoles de transpiration maculaient le dessous de ses bras de chemise. Un bol collé au sucre sur son sous-main et l'odeur prégnante d'un café archi bouilli indiquaient qu'il avait eu besoin de se stimuler. Henri était encore tellement concentré sur ses dossiers qu'il avait oublié un 45 tours sur l'électrophone ; le bras tressautait sur le dernier sillon émettant un craquement insupportable.

-Fait trop chaud Henri ! Tu as laissé le thermostat sur 25°C ! Et les économies de fonctionnement tu les as déjà oubliées ? Ne me dis-pas que tu as passé la nuit au bureau…Tu as prévenu Adélaïde au moins ?

- Arrête le tourne-disque s'il te plait Charles, ça va abîmer le diamant…

J'ai bossé sur les archives de l'année 1947 pour tester ma mémoire. Parfois j'ai des angoisses avec tout ce qu'on raconte sur les vieux et leurs neurones qui se font la malle au moindre courant d'air !

-Qu'est ce qui s'est passé en 1947 ? J'étais en « primaire » moi à l'époque...

-Victor Malavoix… Ce nom me disait quelque chose. Une de mes premières affaires… Suzanne, la femme de

Victor, fait une chute mortelle de vélo sur le chemin vicinal 18 qui mène à Goderville. Elle se fracasse le crâne sur une borne kilométrique. Mon chef m'envoie faire les premières constatations. La terre argileuse n'absorbe rien pourtant il n'y a pas de sang près du corps alors que la plaie est importante, ça m'étonne…Une deuxième constatation me laisse perplexe : l'état du vélo. La roue est pliée comme si elle avait heurté une bagnole de plein fouet or le chemin vicinal est interdit aux véhicules à quatre roues.

Suzanne a la réputation d'avoir la cuisse légère. On l'accuse de s'être mariée à Malavoix par intérêt, d'où ma réflexion : n'y aurait-t-il pas eu un conflit entre les époux ?

-Tu veux dire un crime maquillé en accident ?

-Pourquoi pas. J'avais reçu le témoignage des employeurs de Suzanne ; les Schmidt. Ils ont affirmé que Suzanne avait une vie conjugale désastreuse. Elle subissait des violences, Victor était un personnage louche faisant partie, pendant l'occupation, d'une redoutable mafia qui profitait de la situation pour s'enrichir. Je me suis donc intéressé à la thèse du crime…

-Qu'as-tu fait ?

-J'ai réclamé une autopsie…Les gros hématomes sur les bras pouvaient avoir été causés par la chute, toutefois, concernant la plaie au crâne, une interrogation subsistait. D'après le légiste la lésion, profonde, ressemblait plus à un coup de marteau qu'à un choc contre une borne mais cette hypothèse n'était pas suffisante pour orienter la PJ vers une piste criminelle. Victor Malavoix bénéficiait d'un alibi en béton, trop parfait pour être honnête. Manifestement, ses relations s'étaient mobilisées... Je commençais à échafauder un scénario quand mon chef m'a ordonné de laisser tomber l'affaire après huit jours d'enquête. Le drame de Bérangeville m'a replongé dans cette histoire…

-Tu crois qu'il y a un lien entre les deux affaires ?

-Va savoir Charles, va savoir…

-Qu'est devenu le fils de Suzanne ?

-En 1947, Peu de temps après le décès de sa mère j'ai su que Victor Malavoix, n'ayant aucune obligation envers cet enfant, l'avait confié aux services sociaux…

-Ce n'était pas un sentimental le Victor !

-Ce n'est pas fini…

Charles connaissait le fonctionnement d'Henri. Quand il affichait son petit sourire en coin et que son visage se détendait sans raison apparente c'est qu'il s'apprêtait à faire une annonce. Il aimait alors ménager le suspense. Comme prévu Henri s'acharna, par jeu, à grignoter ses *Petits Beurres* jusqu'à la dernière miette avant de balancer le paquet vide dans la bannette à papier d'un impressionnant revers lifté du dos de la main :

-Le fils de Suzanne a repris le nom de jeune fille de sa mère, il s'appelle Rich, Serge Rich…

-Tu m'en diras tant…

-La veille du meurtre de Victor j'ai reçu un coup de fil de Serge Rich…

-Crédié !

-Le cerveau de ce garçon est sujet à de spectaculaires embardées nocturnes !

-…

-Il fait des rêves prémonitoires. Il m'a décrit un songe énigmatique qu'il faut savoir décoder mais qui

78

ressemble à s'y méprendre à la scène de crime du salon de coiffure de Bérangeville !

- Alors là ! Je m'esbaudis. Grâce à vous messire on a franchi un cap, que dis-je une péninsule dans l'histoire de la police judiciaire. Charles se mit à déclamer : *Un songe, entretient dans mon cœur un chagrin qui le ronge. Je l'évite partout, partout il me poursuit...*

-Athalie Acte II scène V !

-Si un jour on m'avait dit que le grand Mamamouchi de la PJ, l'inconditionnel du raisonnement logique, du réalisme de terrain, l'apôtre de Jules Maigret et de Nestor Burma donnerait dans « l'héroïque-fantaisie » je n'y aurais pas cru. T'est en surrégime l'ancien, tu ferais mieux de retourner à ton potager…

-Tu me fais de la peine Charles, ce garçon m'a semblé sincère, de plus si j'ai fait cette recherche, c'est pour t'avancer dans ton travail…

-Pour moi c'est simple, si ce Serge Rich pouvait décrire la scène de crime, c'est qu'il y était. S'il avait appris sur le tard que Victor était l'assassin de sa mère il possédait une bonne raison de le liquider.

-C'est ça…Répondit Henri. Il aurait téléphoné aux flics la veille du meurtre en déclinant son identité pour leur raconter que deux gus allaient être pendus le lendemain soir et devenir ainsi le principal suspect... Mon p'tit Charles si tu cites Racine, c'est que tu n'es pas hermétique à toute forme de poésie, ne soit pas si dogmatique, laisse-toi surprendre !

-D'accord ! Je vais demander au préfet si je peux ouvrir un département « Sciences Occultes » au commissariat. Il va apprécier…En attendant… Ton Serge Rich, j'ai hâte de l'entendre…

***

Quand Serge lut dans le journal l'article sur le double meurtre de Bérangeville il comprit pourquoi il avait fait ce rêve. Victor Malavoix n'était pas un inconnu sorti de nulle part, il faisait partie de sa propre histoire.

Le fils du Boche

La discrétion était inscrite dans les gènes d'Emilienne et de Robert Schmidt. Leurs origines juives y étaient probablement pour quelque-chose. Ils avaient appris de leurs parents immigrés qu'il était préférable de se fondre dans une société souvent hostile plutôt que de se faire remarquer. La période de l'occupation vécue dans la crainte d'être arrêtés sur dénonciation avait conforté les Schmidt dans cette attitude ; Ils parlaient peu, à mots comptés. Serge avait commencé à poser des questions sur ses parents à l'âge de quinze ans. Les réponses bienveillantes qu'il reçut ne portèrent que sur l'essentiel : certes le père de Serge était un soldat allemand mais il était aussi un antinazi courageux qui avait sauvé la vie d'un couple de juifs condamné à la déportation. Cet homme avait vécu avec Suzanne une véritable histoire d'amour dont il n'avait pas à rougir. Les renseignements concrets fournis à Serge par les Schmidt se résumaient à peu de chose : son père s'appelait Hans Dieter, sa mère travaillait chez eux au *bar des cyclistes* de Bérangeville, elle s'était mariée après-guerre par dépit à un homme riche nommé Malavoix et elle était morte d'un accident de bicyclette alors que Serge était encore un nourrisson.

Les Schmidt savaient qu'au lendemain de l'occupation les femmes qui s'étaient « mal conduites » avec l'occupant et même les enfants issus de ces unions seraient longtemps stigmatisés. Parmi les bienpensants d'après-guerre et les adeptes des ligues de vertu, rares étaient ceux qui étaient capables de faire la différence entre une histoire d'amour véritable et une opportunité inspirée par des calculs plus terre à terre en cette période de disette et d'humiliation. Les Schmidt ne voulaient pas que Serge devienne à jamais *le fils du Boche*. Il devait tourner la page d'un passé douloureux et consacrer son temps à se forger un bel avenir, moins il en saurait, mieux ce serait…

***

Serge, étant jeune, n'avait pas voulu entamer des recherches sur ses parents pour ne pas froisser Émilienne et Robert mais cela le tracassait. Un jour, adolescent, il avait enfourché sa mobylette direction Bérangeville et sillonné le village sans trop savoir ce qu'il cherchait. La tombe de Suzanne Rich découverte dans le petit cimetière qui bordait l'église paraissait abandonnée. Serge se promit d'y revenir de temps en temps. Ensuite il suivit les panneaux indiquant la direction d'une boîte de nuit appelée *La Cigale*. L'établissement, situé au bord d'un étang, correspondait en tous points à la description qu'avait faite les Schmidt du *Bar des Cyclistes*. Serge laissa sa mobylette dans le fossé, passa sous la clôture et alla s'asseoir les pieds dans l'eau pour observer les lieux tranquillement. Si on avait démoli l'affreux parking goudronné de l'entrée et débarrassé les fourrés proches des canettes, plastiques et autres saloperies l'endroit aurait conservé tout son charme. Serge imaginait Suzanne et Hans la main dans la main se promener à l'ombre des grands hêtres sur le chemin longeant l'étang quand un gaillard athlétique sorti de nulle part lui tomba dessus et l'empoigna par le revers de veste. Le type baragouinait un français approximatif, le menaçait du poing en montrant le panneau « propriété privée » accroché à la clôture. Serge eut juste le temps de récupérer ses chaussures, de fourrer ses chaussettes au fond de sa poche et de filer ventre à terre vers la sortie. Il arrêta sa mobylette cent mètres plus loin à hauteur d'une vieille dame qui revenait du marché.

-Bonjour madame, je cherche un dénommé Malavoix qui habite au village…

-C'est que j'en connais plus d'un Malavoix mon gars…

-Celui-là a toujours habité ici, on dit que c'est un homme riche…

-Ah ben alors c'est le Victor ! Pour sûr qu'il est riche ! Il me rappelle de mauvais souvenirs…

-Lesquels ?

-Du temps de l'occupation, t'a pas connu… Tu prends la départementale vers Criquetot tu verras sur ta droite un panneau ; *domaine de Virville*. C'est là qu'il habite. Tu y veux quoi au Victor ?

-Dites madame, avez-vous connu sa femme, Suzanne ?

La vieille dame le regarda d'un œil soupçonneux.

-Oui, mais je n'ai pas envie de ressasser ces vieilles histoires. Pourquoi tu me parles d'elle ?

Serge s'abstint de répondre, remercia la vieille dame et ouvrit la manette des gaz à fond. Il s'arrêta devant la barrière du *domaine de Virville* et laissa tourner le moteur. Il apercevait au fond de la cour une grande bâtisse à étage sur sous-bassement brique et silex prolongée par deux annexes aux toits de chaume. Sa mère avait vécu là…lui aussi peut-être quand il était bébé. Jamais ses rêves n'avaient eu cette ferme pour décor. Un chien sorti de sa niche lui aboya dessus. Serge eut un instant d'hésitation. Il se demanda s'il oserait franchir la barrière et frapper à la porte de la maison. Qu'y avait-il de mal à faire la connaissance d'un homme qui avait été marié avec sa mère, Mais il se ravisa. Ce type l'avait abandonné quinze ans auparavant, pourquoi aurait-il envie de le revoir aujourd'hui. Et puis, autant Émilienne et Robert avaient dit du bien de son père biologique autant ils avaient jugé inutile d'évoquer le souvenir de Victor Malavoix…Serge fit demi-tour et reprit la route du Havre.

***

Quelques années après le décès des Schmidt Serge ressentit le besoin de savoir ce qu'était devenu son père. Il entama une vraie démarche. Il était alors docker et habitait un petit appartement bon marché de la place Saint Nicolas dans le quartier de l'Eure, un quartier ouvrier fort animé doté d'un nombre impressionnant de petits commerces. Il suffisait de parler aux clients en faisant ses courses, de fréquenter les bistrots le soir et de savoir jouer à la manille pour se faire des relations. Serge avait fait la connaissance d'un personnage un peu farfelu en la personne de Charles de la Brière, brocanteur de son état qui prétendait descendre de la famille d'Harcourt, aristocrates connus dans la région et possédant encore un important patrimoine. Charles de la Brière avait passé sa vie à tenter de prouver qu'il était issu de cette famille et s'était lancé dans la généalogie. Il connaissait toutes les filières permettant de faire des recherches y compris à l'étranger. Quand Serge lui demanda conseil afin de retrouver trace de son père il répondit sans hésitation :

- Tu dois commencer par le bureau allemand des États de Service situé à Berlin quartier de *Wittenau*. L'institution tient un registre des soldats allemands tombés pour la patrie toutes guerres confondues, comme ça tu sauras si ton père est encore vivant.

-Ça alors ! Avait répondu Serge on peut dire que c'est précis ! Vous connaissez l'adresse ?

-Bien sûr ! 179 *Eichborndammstrasse.*

-Comment pouvez-vous vous rappeler d'un truc pareil ?

-J'ai fait des recherches sur un ancêtre naturalisé prussien en 1792, volontaire pour combattre la Révolution dans les rangs coalisés. Il a pris un boulet dans le buffet du côté d'Anvers. Si tu veux, je t'aiderais à faire la lettre. J'ai un ami qui parle allemand, il pourra nous aider…

Un service spécial était réservé aux recherches de paternité d'enfants étrangers nés d'un père allemand. Pour des raisons juridiques, humanistes et en signe de repentance l'état allemand s'était engagé à faciliter les enquêtes privées. Il y avait du travail car durant la deuxième guerre mondiale les soldats de la Wehrmacht avaient essaimé dans toute l'Europe de la méditerranée aux rives de la Baltique. Le service acceptait de révéler si un soldat recherché avait survécu à la guerre, de donner des détails sur son parcours militaire, mais, par discrétion, refusait tout renseignement pratique se rapportant à sa vie privée.

Une lettre à entête du ministère des armées de la République Fédérale d'Allemagne arriva chez Serge trois semaines plus tard :

Monsieur Rich,

Nous avons retrouvé trace d'un soldat répondant au nom de Hans Dieter, né à Ahrensburg, proche banlieue de Hambourg, en 1918. Ce soldat a participé au sein du premier corps d'armée de la Wehrmacht à la campagne de Pologne, puis est affecté en France à la deuxième compagnie de marche basée au village de Bérangeville en Normandie. À l'été 1944 son unité est envoyée sur la somme, en septembre elle participe à la défense des bouches de l'Escaut puis reflue vers le Rhin. En février 1945 Hans Dieter participe à la bataille de Reichswald. On le retrouve en avril à Hambourg où il est incorporé dans les troupes disparates qui défendent la ville face aux Britanniques. Il est porté disparu le 30 avril 1945.

Nous sommes désolés de ne pouvoir vous donner de réponse plus précise quant au sort de ce soldat, mais d'expérience nous pouvons vous affirmer que les chances qu'il ait survécu à la guerre sont minces.

Ps : Nous avons trouvé la date de naissance de Hans Dieter grâce au recensement administratif de 1936. À cette époque il est marié à Maria (nom de jeune fille non précisé), une fille Monica est née de cette union. Les documents d'état-civil le concernant ont disparu dans l'incendie de la mairie d'Ahrenburg, à la suite des bombardements alliés d'avril 1945 bien que ce village ait été par ailleurs plutôt épargné.

Veuillez agréer…

Serge n'excluait pas de pousser ses recherches jusqu'en Allemagne. Sa paie de docker lui permettait de s'offrir un séjour de quelques jours sur les traces du soldat Dieter mais la réponse des autorités allemandes le dissuada de tenter l'aventure, il était plus que probable que son père soit mort. Cependant Serge avait appris quelque-chose qui ne plaidait pas en faveur de son paternel. Hans avait séduit Suzanne alors qu'il était marié et père d'un enfant. Serge découvrait qu'il avait peut-être une demi-sœur vivant quelque part en Allemagne mais il ne se sentait pas prêt à entamer une recherche. Pour le moment il se contenterait de garder en souvenir la seule et unique photo léguée par les Schmidt sur laquelle on voyait Hans et Suzanne, souriants, assis dans l'herbe par une belle journée ensoleillée du printemps 1944.

Le *Mouvement du 15 Janvier*

Henri Poirier se concentra sur ses notes, accompagné par le son mélodieux de la clarinette de Gioria Feidman, un artiste argentin qui associait avec succès le traditionnel *Kletzmer*[5] au jazz de la Nouvelle Orleans. Le commissaire était l'inventeur d'une méthode d'audio-stimulation conçue pour régénérer la matière grise de ses hommes en cas de surchauffe en les immergeant dans un univers musical adapté. Il prescrivait une musique au lieu d'un médicament, par exemple : *Lieder de Schubert* matin et soir pour les syndromes dépressifs mineurs *Toccata et Fugue de Bach en ré mineur* en cas de rechute. Le chef choisissait le style de musique selon le type d'affaire à traiter et la psychologie du demandeur. Les cobayes qui avaient accepté de se soumettre à l'expérience se disaient plus performants qu'avant.

Vu son grand âge on n'exigeait plus d'Henri qu'il enfile son gilet pare-balle et joue au shérif sur le terrain. Officiellement rappelé dans le service pour sa bonne connaissance des mouvements extrémistes, la hiérarchie lui avait demandé d'animer à nouveau un certain nombre de stages sur le sujet. Cette tâche ne lui demandait aucun travail de préparation ; ses études, réalisées du temps de son activité, étaient rangées à son domicile sur les étagères de son bureau. Il suffisait de les ressortir, ça lui laissait du temps libre pour passer aux travaux pratiques dans l'ambiance excitante du commissariat où il avait passé trente ans de sa vie.

---

[5] Musique traditionnelle des juifs ashkénazes d'Europe de l'est.

Henri Poirier avait étudié de près toutes les organisations anticapitalistes allemandes d'extrême gauche mais ces mouvances étaient en perpétuelle évolution, se renouvelaient sans cesse, se dispersaient le plus souvent à cause de divergences idéologiques pour se reconstruire après. Le commissaire Poirier avait obtenu du patron de la DST, son ami Hervé Dumouriez, que Lucien Porto collabore avec lui afin de collecter des renseignements auprès de leurs homologues allemands sur les organisations extrémistes susceptibles d'organiser des braquages de banque. Mission délicate et terrain miné car il ne fallait pas mettre tous les activistes dans le même sac. Depuis la tentative d'assassinat de *Rudi Dutshke*[6] une vague de contestation étudiante s'était levée au sein du SDS. On assistait à l'émergence d'un nouvelle-gauche engagée contre l'autoritarisme, la société de consommation, la morale hypocrite, le passé national- socialiste de certains responsables aux affaires, contre l'impérialisme américain et la dictature stalinienne, mais cette nouvelle gauche restait pacifiste même si beaucoup d'incidents graves émaillaient les manifestations. Il fallait aussi compter avec le groupe dit *Subversive Aktion* qui se livrait à des démonstrations anticapitalistes spectaculaires sans violence dans le but de créer en Allemagne une avant-garde culturelle ayant pour objectif l'instauration d'un régime socialiste à visage humain.

***

-Tu appelles d'où Lucien ?

---

[6] Porte-parole du mouvement socialiste étudiant SDS blessé par balle en avril 1968.

- D'un *Gasthaus* de la banlieue de Brême, pas folichon l'hôtel… À Hambourg ils sont hors de prix, à moins de crécher dans un bouge à matelot de Sankt-Pauli[7]. Tu sais que les frais de déplacement ont été revus à la baisse par mon chef, c'est pire qu'au Havre ; ce soir : petite soupe choux-kartoffeln si je ne veux pas en être de ma poche et hop au plumard ! Heureusement que je mets les voiles à la fin de la semaine, direction Paname…

-Tu m'appelles pour te plaindre où tu as quelque chose d'intéressant à me raconter ?

-J'ai fait le tour des trois Landers proches de Hambourg pour avoir l'opinion des autorités sur les groupes extrémistes à risque du moment. J'ai eu la chance de rencontrer un dénommé Helmut Kraus un sous-fifre du renseignement allemand mais qui connait bien son sujet. Lui et moi on a une passion commune pour les vins du Beaujolais, ça crée des liens. Il m'a consacré l'après-midi avec l'autorisation de son chef.

-Pour déguster du Beaujolais ?

-Je tiens peut-être quelque chose d'intéressant. Helmut Kraus est d'accord avec nous sur la possible implication d'une bande terroriste dans les derniers pillages de banques. Depuis l'arrestation de Baader et de Meinhof les renseignements allemands notent que les groupes extrémistes les plus connus sont affaiblis, mais un nouveau mouvement, né à Hambourg, commence à faire parler de lui…

-Raconte…

-Il se fait appeler *Mouvement du 15 janvier*.

-Les Allemands cherche des informateurs, jusque-là sans succès afin d'identifier les membres du groupe. Ils

---

[7] Quartier du port à Hambourg.

font partie des activistes qui se sont désolidarisés de Baader à partir d'avril 1970 quand il a choisi d'aller s'entraîner en Jordanie dans les camps du *Fatah*[8] et qui ont définitivement rompu avec lui l'année dernière après l'attentat organisé par *Septembre Noir*[9] contre les athlètes israéliens aux Jeux Olympiques de Munich. Les Palestiniens avaient exigé des autorités allemandes qu'elles relâchent le couple Baader / Meinhof en échange de la libération d'otages israéliens, preuve de la collusion entre la bande à Baader et les terroristes palestiniens qui prêchent l'anéantissement d'Israël.

Ce mouvement du 15 janvier a deux slogans principaux : débarrassons l'Allemagne des anciens Nazis encore au pouvoir et ne subissons plus l'influence américaine ; paix au Vietnam, à bas l'impérialisme… L'idéologie est proche de la nouvelle gauche mais eux sont partisans de la lutte armée. Je vais te lire un passage d'un tract récent qui souligne leur différence :

   -Nous refusons de nous aligner sur les positions de militants anticapitalistes qui mènent une politique ouvertement antisioniste. Comment peut-on oublier que l'Allemagne est responsable de la mort de 4 millions de juifs et approuver des organisations qui réclament la destruction d'Israël ? Les camps du Fatah où se sont entraînés certains militants allemands étaient sous l'autorité d'Ali Hassan Salameh le commanditaire de la tragique prise d'otage de Munich qui a fait douze victimes israéliennes. Son père Hassan Salameh n'était autre que le chef de la révolte arabe qui a pris, aux côtés du grand muphti de Jérusalem Ali al Husseini, le parti

----

[8] Mouvement de libération de la Palestine fondé par Yasser Arafat en 1959.
[9] Organisation palestinienne.

des Nazis pendant la deuxième guerre mondiale par pure haine des Juifs…

Signé Rosa et Karl

-T'en dis quoi Riton ? Si ce groupe amasse du fric c'est qu'il prépare un mauvais coup ; l'argent est le nerf de la guerre…

-Rosa et Karl… En référence à Rosa Luxembourg et à Karl Liebknecht ?

-Tu crois ?

-Je regarde dans le Petit Larousse…Bingo ! Théoriciens marxistes morts assassinés par les *Corps Francs* le 15 janvier 1919…

Je verrais bien notre *Mouvement du 15 janvier* se faire une caisse d'Épargne pour boucler une fin de mois difficile ! Merci Lucien, tu as bien mérité d'aller manger ta soupe aux *Kartoffeln* ! Pour moi ce soir ce sera : Chateaubriand à point, beurre aillé, pommes de terre rissolées, crème caramel le tout arrosé d'un Alox Corton 59 !

Avant de raccrocher Henri eut le temps d'entendre les vociférations proférées par Lucien.

Diégo Kaldéra

Charles Roussel demanda à Henri Poirier d'assister aux auditions de Perrine, la concubine de Victor Malavoix, d'Odile la femme d'Ernest Grandon et de Serge Rich le visionnaire. Sur la convocation remise à ce dernier, Charles ne fut pas fichu d'indiquer un motif plausible. Dans la case prévue à cet effet il préféra noter : *Demande d'informations diverses* plutôt que : *Audition d'un rêveur prémonitoire,* affirmation saugrenue qui aurait fait bondir le juge d'instruction et le sous-préfet.

Henri, s'était volontairement mis en retrait au fond du bureau, positionnant son fauteuil entre l'armoire et l'espace « cafetière et viennoiseries ». Simple observateur, il entendait bien ne pas intervenir et laisser Charles officier à sa guise.

Perrine, une femme blonde permanentée entre deux âges dont la silhouette pâtissait d'une jupe bien trop courte, n'hésita pas à dénigrer sans état d'âme Victor, le plus infidèle des hommes. Elle le décrivit comme un jouisseur violent, feignant sur les bords, dont la principale activité consistait à se faire de l'argent en revendant à bas prix des stocks de produits phytosanitaires périmés. Elle expliqua que Victor, afin de diversifier ses activités, s'était récemment accoquiné avec deux sombres malfrats de Saint-François prénommés Gustave et Frédo sévissant sur le port du Havre. Perrine, en femme d'expérience, conseilla au commissaire Roussel de chercher le coupable dans le milieu des trafiquants.

Odile, vêtue, d'un tailleur gris de bonne coupe, outrée par les accusations portées contre son frère, se retint de balancer son sac à main dans les gencives de sa voisine. Elle se présenta comme une femme d'honnête commerçant, habile gestionnaire de tiroir-caisse, propriétaire de quelques appartements au Havre qu'elle louait pour améliorer l'ordinaire. Odile reconnut que parfois Victor avait eu une mauvaise influence sur son mari et qu'elle s'était déjà opposée à des projets douteux. Vu le train de vie affiché, supérieur à celui d'une épouse de coiffeur, Charles ne fut pas dupe ; elle aussi avait dû toucher sa part.

Quand les deux femmes eurent quitté le bureau les opinions de Charles et d'Henri se rejoignaient : ils jugeaient nécessaire de relancer l'enquête en s'intéressant au milieu interlope du trafic local, celui du port était bien connu, celui des produits à usage agricole beaucoup moins. Henri émit d'emblée une réserve : un règlement de compte entre trafiquants se faisait à coups de revolver, coller ses victimes ligotées, debout sur un fauteuil pivotant à roulettes, une corde autour du cou relevait plutôt d'un crime de sadique. L'audition de Serge Rich allait modifier l'orientation de l'enquête.

***

Serge Rich salua les deux commissaires d'un bref signe de tête. Il avait plutôt fière allure dans son costard cintré bleu à chevrons, cravate, gilet de lin et pochette assortis, carrure mise en valeur par de fines épaulettes de coton ajustées. Une raie de côté partageait ses épais cheveux noirs rendus brillants par de quotidiennes frictions de Pétrole Hahn. Pourtant ce grand garçon élancé dégageait une certaine impression de fragilité due à la pâleur naturelle de son visage et à son regard inquiet.

-Vous êtes bien élégant monsieur Rich, vous vous rendez à un cocktail ? Charles arborait un petit sourire en coin, son maintien désinvolte et sa manière de se limer les ongles avec application tout en parlant donnaient l'impression qu'il entendait mener les débats de façon peu conventionnelle.

-Ce n'est pas mon genre. Je pars en mission. Monsieur Leclerc veut que la personne qui représente l'établissement soit en costume-cravate.

-Quel poste occupez-vous chez *Leclerc and C°* ?

-Chef de projet.

-De quel projet ?

-J'ai signé une clause de confidentialité. Il me faut l'autorisation de mon patron pour en parler.

-Je lui demanderai… Vous avez eu une promotion rapide…

-J'ai travaillé dur. Depuis la mort de son fils monsieur Leclerc s'est rapproché de moi. J'ai le même âge qu'Édouard, sa fille et moi sommes des amis d'enfance.

-Le commissaire Poirier m'a fait part de votre conversation téléphonique concernant l'étrange rêve prémonitoire mettant en scène l'assassinat de Victor Malavoix et d'Ernest Grandon. Je suis un policier cartésien jusqu'au bout des ongles monsieur Rich, à tel point que je suis obligé de les limer fréquemment !

Henri pouffa de rire dans son coin.

-Cartésien c'est vite dit Charles. Tu crois mordicus dans les pouvoirs de ta tante Suzie qui arrête, par imposition des mains, le feu et les diarrhées, guérit les entorses, les prurits, les zonas et, plus improbable, les pneumopathies récalcitrantes !

-Les meurtres de Bérangeville ont eu lieu le 2 octobre aux environs de 20 heures d'après le légiste. Pouvez-vous me dire, monsieur Rich, où vous étiez à cette date ?

-Sur mon lieu de travail jusqu'à 18 h puis je me suis rendu au *Saint Graal* un bar-restaurant du quartier de l'Eure où j'ai rejoint un ancien collègue docker. Nous avons fait une partie de cartes, ensuite on a dîné au restaurant. Je suis rentré chez moi vers minuit et demi. Une douzaine de personnes pourront en témoigner…

-Nous vérifierons. Comment s'appelle cet ancien collègue ?

-Mathieu Bertin, le délégué syndical des dockers.

-Ça a dû vous changer de passer du statut de docker occasionnel à celui de chouchou d'un grand patron. Vous êtes toujours syndiqué chez *Leclerc and C°* ?

Serge ne répondit pas, percevant une certaine ironie dans ce propos. Il se tourna vers Henri, assis comme à son habitude les fesses reposant sur l'extrême bord du fauteuil, jambes allongées, les yeux obstinément fixés sur un point imaginaire situé quelque part entre ses deux souliers.

-Monsieur le commissaire, vous vous êtes occupé de l'enquête après l'accident de ma mère. J'ai en ma possession un carton plein de courrier et de cartes postales venant de chez mes parents adoptifs. Un de ces courriers m'a intrigué. Il est daté de mars 1948 soit quelques mois après la mort de Suzanne. Je ne sais si cette lettre a de l'importance mais je préfère vous en parler.

-Quel est son propos ?

Serge tendit la lettre à Henri, qui lut à voix haute son contenu sibyllin :

-Monsieur et Madame Schmidt,

Je voudrais vous entretenir d'une affaire de la plus haute importance qui vous touche de près. Je ne souhaite pas m'adresser à la police pour des raisons personnelles mais j'ai besoin de soulager ma conscience.

Vous pouvez me joindre à la pension Duvalier à Goderville.
Diego Kaldera

Vous connaissiez cette personne ?

-Non, monsieur le commissaire.

-Moi si ! Reprit Henri. Le nom de Kaldera est mentionné dans mes dossiers.

Il fila aux archives, situées au sous-sol, à la recherche du dossier Suzanne Rich. À l'époque le jeune inspecteur Poirier avait recueilli une foule de témoignages afin de mieux cerner la personnalité de Victor Malavoix considéré comme un suspect potentiel. Dix minutes après, Henri revenait, essoufflé d'avoir monté les marches quatre à quatre.

-Voilà, j'ai retrouvé trace d'un certain Manuel Kaldéra, gitan ferrailleur de son état, exécuté par Victor Malavoix et sa bande de voyous en 1944 sous couvert du brassard FFI. Cette exécution avait fait polémique au sein de la résistance en pleine période *d'épuration*. Si je me rappelle bien Manuel Kaldéra avait un fils. Ce ne serait pas ce Diégo par hasard ?

-On va lui rendre une petite visite. Répondit Charles. J'espère qu'il est resté dans la région. Cette affaire remonte à une trentaine d'années…

Le grand blond

À la sortie de Goderville, Henri et Charles suivirent le panneau *Diégo Cass-Auto* et s'engagèrent sur un chemin boueux et défoncé qui mit à mal les amortisseurs de la 404 de service. Ils arrivèrent à une casse automobile entourée de hauts grillages reposant sur une assise en moellons. Une barrière de guingois en tubes métalliques marquait l'entrée de la propriété où s'entassait des carcasses de bagnoles empilées les unes sur les autres. Au fond, les flics distinguèrent deux caravanes verdies de mousses faisant office de bureaux. Le chemin défoncé, bordé d'ornières, dissuadait le visiteur de s'y rendre en voiture. Henri tira sur une chaîne rouillée et mit en branle une cloche de marine servant de sonnette. Un homme debout sur un capot de traction, une clé à molette dans chaque main descendit du monceau d'épaves sautant d'une carcasse à l'autre avec une agilité déconcertante pour quelqu'un de sa corpulence. L'homme, âgé d'une soixantaine d'années, teint basané et cheveux blancs taillés en brosse ouvrit la barrière découvrant un avant-bras couvert de tatouages.

-Monsieur Kaldéra ?

-lui-même.

-Commissaire Poirier de la brigade criminelle et voici le commissaire Roussel…Vous êtes le fils de Manuel Kaldéra ?

-Oui…

Instantanément Diégo pâlit.

-Nous enquêtons sur les meurtres de Bérangeville, êtes-vous au courant des évènements ?

-J'ai lu la presse…

-Les victimes, Victor Malavoix et Ernest Grandon sont responsables de l'exécution de votre père en 1944…Je vous prie de me donner votre emploi du temps pour la journée du 2 octobre…

-J'ai découpé de la ferraille jusqu'à 22h avec mes employés ; une commande urgente, vous pouvez vérifier... Vous croyez vraiment que j'aurai voulu me venger de ces types trente ans après ? Mon père n'était pas un vrai collabo, contrairement à ce qu'on disait au village il fournissait les Boches en bricoles mais n'a jamais dénoncé personne. J'ai toujours pensé que Malavoix et Grandon avaient une bonne raison de se débarrasser de lui. Eux trafiquaient à grande échelle. Mon père devait être un témoin gênant…

-Vous connaissiez Suzanne Rich, l'épouse de Victor Malavoix retrouvée morte sur le bord d'un chemin en 1947 ?

De palot Diégo vira au cramoisi, il s'essuya le front avec un chiffon maculé de graisse, son visage fut instantanément transformé en patchwork expressionniste.

-Oui, une personne bien Suzanne…

-Mal vue au village parce qu'elle avait eu un enfant d'un Allemand…

-Le père de l'enfant s'appelait Hans Dieter, c'était un brave type.

-Vous avez adressé en 1948 une lettre à monsieur et madame Schmidt au sujet de ce pseudo accident.

-C'est la deuxième fois qu'on me pose des questions sur la mort de Suzanne…

Henri et Charles échangèrent un regard stupéfait… Henri montra une photo d'identité de Serge Rich.

-C'est cette personne qui vous a questionné ?

-Pas du tout monsieur le commissaire, l'homme était moustachu, très grand, blond, visage carré, assez maigre et s'exprimait avec un léger accent. Il a sorti une carte de détective privé au nom de Van den Branden. Il travaillait, m'a-t-il dit, pour le compte du fils de Suzanne…

-C'est ce qui vous a décidé à parler ?

- Oui.

-Il a menti. Que lui avez-vous dit ? Henri prit des notes sur son calepin.

-La vérité : le 26 décembre 1947, au lever du jour, je me trouvais dans la forêt qui borde le chemin vicinal 18 menant à Goderville.

-Que faisiez-vous là à cette heure ?

Diégo avait l'air gêné :

- Je braconnais. Deux hommes sont descendus d'une camionnette. Ils ont extrait du véhicule un vélo avec une roue pliée et l'ont jeté dans le fossé. J'ai reconnu Victor Malavoix et Ernest Grandon. Caché dans les fougères, je les ai épiés. Ensuite, ils ont sorti le corps d'une femme et l'ont précipité la tête la première sur une borne kilométrique. Je suis sûr que la femme était déjà morte.

-Pourquoi ne pas l'avoir dit à la police ? Répondit Henri.

Diégo accablé se tassa sur lui-même.

-N'ayez aucune crainte, il y a prescription, nous ne vous chercherons pas d'ennui.

-J'avais déjà un casier judiciaire à cause de petits larcins. En 1948 les rancœurs liées à l'occupation étaient encore vivaces. J'étais le fils d'un collabo, gitan, voleurs de poules comme ils disaient au village, je craignais les représailles de Victor et de sa bande. Je me suis tu, mais cette histoire me hantait.

-Comment ce pseudo détective a-t-il su que vous aviez été témoin des faits ? Vous en aviez parlé ?

-À une seule personne ; Charles Maletra, un ancien déporté, authentique héros de la résistance celui-là. Il est décédé il y a quelques jours d'un cancer. Au village on a sûrement conseillé au détective de s'adresser à Charles Maletra, la mémoire vivante de Bérangeville … Sentant sa fin proche Maletra a dû donner mon nom au détective pour qu'éventuellement je lui en dise plus. Je sais que plusieurs personnes ont vu le détective poser des questions au village. Le moins qu'on puisse dire c'est qu'il ne se cachait pas. On l'a même vu sortir du salon de coiffure d'Odile Grandon.

-Et les Schmidt monsieur Kaldéra, pourquoi leur avoir écrit en 1948 ?

-Mais… Comment le savez-vous monsieur le commissaire ?

-Peu importe, intervint Charles Roussel, contentez-vous de répondre au commissaire Poirier.

-Je ne dormais plus, torturé par le remords. Sûr qu'ils l'avaient tuée. Je savais que les Schmidt étaient très attachés à Suzanne et qu'ils projetaient d'adopter son fils dès qu'ils se seraient refaits financièrement. Je me suis décidé à leur dire la vérité. Il fallait que je parle à quelqu'un et eux seuls me semblaient légitimes pour prendre une décision. Je me rangerai à leur avis même si cela devait m'attirer des ennuis. Ils savaient que Victor battait Suzanne régulièrement. Cette fois elle en était morte. J'avoue que j'ai été surpris et soulagé qu'ils décident de ne pas me faire témoigner…

-Pourquoi ont-ils pris cette décision selon vous ?

-Je pense qu'en 1948 les Schmidt n'avaient toujours pas confiance dans la police française qu'ils avaient eue aux trousses pendant l'occupation. De plus ils pensaient à l'avenir du fils de Suzanne. Ils voulaient effacer de sa mémoire tout ce qui pourrait coller à la peau de celui qu'on avait appelé « le fils de la putain de Virville ». Même si Victor était condamné, le garçon vivrait dans l'espoir de se venger. Peut-être à sa sortie de prison commettrait-il l'irréparable, sa vie serait gâchée. *Je ne crois pas à l'enfer Diégo,* m'avait dit monsieur Schmidt, *j'espère me tromper car Ernest et Victor auraient les fesses au chaud pour l'éternité…*

Comme pour illustrer son propos Diégo saisit une scie circulaire, positionna ses lunettes de protection et attaqua la découpe d'une carcasse de DS 19, soulevant des gerbes d'étincelles rappelant les feux de l'enfer.

***

Sur le chemin du retour les deux flics restèrent un long moment sans se parler. Henri rompit le silence :

-Bon, on cherche un nouveau quidam ; un grand blond, pas forcément avec des chaussures noires, plutôt maigre nommé Van den Branden. La balle a rebondi dans notre camp, il faut la saisir au bond…

-Pour le moment on l'a plutôt prise dans la poire ta balle, sans la voir venir…C'est un nom Belge ou hollandais van den Branden ?

-Tu crois peut-être qu'il s'est présenté sous sa véritable identité ! Belge, hollandais, peut-être mais détective laisse-moi rire …Ce qu'on doit découvrir c'est le lien qui l'unissait à Suzanne Rich…

-Tu as entendu comme moi qu'il est passé au salon de coiffure. Il a peut-être fait du repérage. En tout cas, ça innocente Serge Rich…Décidément son histoire de rêve prémonitoire devient de plus en plus crédible…

-Ça bouscule tes habitudes, hein mon bon Charles, de tenir compte des forces invisibles !

-Ce que tu es crispant parfois !

-Aucune idée géniale ne te traverse l'esprit ? C'est plutôt rare. Que comptes-tu faire maintenant ?

-Je vais revenir aux fondamentaux : faire un portrait-robot du pseudo détective avec l'aide de Diégo Kaldéra et le diffuser dans la presse…

-C'est mieux que rien, mais pas de quoi pavoiser ! Henri se donna un coup de peigne. À ta place je me concentrerai sur le mobile. Si on part du principe que le grand blond devient le suspect numéro un, l'hypothèse d'un règlement de compte entre trafiquants n'est plus prioritaire. Pourquoi ce type s'intéresse-t-il à une femme morte depuis trente ans ? Si tu veux y voir clair monsieur le commissaire en titre tu n'as plus qu'à enfourcher ta machine à remonter le temps ! Comme tu enquêtes aussi sur le sabotage de la DS d'Edouard Leclerc, il va falloir que tu délègues aux collègues sinon gare au surmenage !

Bon, ce n'est pas le tout… Moi il va falloir que je me recentre sur mes anarchistes c'est pour ça qu'on me paie !

Jean Seberg

Margaret sonna à la porte de l'appartement vers 20 h. Serge fut surpris de constater qu'elle avait changé de style vestimentaire et de coupe de cheveux. Elle ressemblait à *Jean Seberg* incarnant, dans *À bout de souffle*, *Patricia Franchini* la vendeuse de journaux qui arpentait les Champs Elysées avec un paquet de *Herald Tribune* sous le bras en compagnie de « *Bebel* ». Mêmes cheveux courts, petit minois et fossettes qui rendaient son sourire irrésistible. Elle portait un blouson de cuir ouvert sur un « haut » noir tout simple portant l'inscription : *Enjoy Life Darling* brodée en fil doré ; tout un programme... Seul son bluejeans « pattes d'éléphant », mode oblige, différait de celui de l'icône des années 60.

-Trois étages dans les jambes et tu as l'air *à bout de souffle Patricia*...Tu es venue avec *Jean Luc Godard* ?

Ils avaient vu le film ensemble à l'*Eden*, Margaret était fan de la *Nouvelle Vague*...

-Non il n'était pas libre ce soir, j'ai amené *Belmondo* à sa place !

Elle refit son entrée, *Boyard* à la bouche en roulant des épaules. Le bas de son visage se tordit, elle appuya sur son nez, le remodelant façon boxeur et prononça d'une voix ressemblant à s'y méprendre à celle de l'acteur :

-Monsieur Serge je présume ? Votre amie Margaret a besoin d'un remontant, offrez-lui un Scotch sinon je vous en colle une !

Margaret enleva son blouson, alluma une *Boyard* et tendit le paquet à Serge.

-Je ne te connaissais pas ce talent d'imitatrice !

-Je m'entraîne à Gand dans un cours d'improvisation qui s'est ouvert à l'université…Tu me fais un compliment en me comparant à *Jean Seberg.* Sais-tu qu'elle milite pour le droit des Noirs ? Elle s'est installée en France à cause des pressions qu'elle subissait aux États-Unis. Moi je milite pour le droit des femmes. J'en ai marre de donner mes cours dans la tenue obligatoire des petites bourgeoises bien sous tous rapports. On m'a choisie pour mes compétences, si on veut me garder il faudra faire avec mon nouveau « look » sinon j'irai voir ailleurs !

-Ça doit plaire à ton père ce genre de raisonnement…

-Ne m'en parle pas !

Serge trouva un fond de Scotch dans le buffet, à tâtons car l'épaisse fumée bleue des *Boyards* envahissait l'appartement.

-Tu as l'air contrariée Margaret...

-Regarde par la fenêtre, que vois-tu devant chez toi ?

Serge écarta les rideaux.

-Rien, à part un homme assis sur l'aile de sa bagnole…

-C'est un « gorille ». Ce type est payé par mon père pour me protéger.

-De quoi ?

-Des espions, de la pègre, à cause du nouveau projet développé par *Leclerc and C°* ! Mon père devient paranoïaque et vit enfermé dans son bureau. Ma mère pleure des journées entières depuis la mort d'Édouard. C'est invivable à la maison…

-Je vois ton père de moins en moins à l'usine. Il se contente de me téléphoner plusieurs fois par semaine pour s'assurer qu'on respecte le planning de travail.

-Il est si important que ça ce projet ?

-Oui, pas seulement sur le plan économique…

-Mais enfin de quoi s'agit-il au juste ?

-Je ne peux en parler à personne, je l'ai promis à ton père…

-Tu crois vraiment que j'irai le répéter ? C'était pour te tester Serge ! En réalité je sais de quoi il s'agit. Mon père m'a déjà parlé du *Larozépam*. Quand il a un tour dans le nez il peut devenir bavard…

Serge, inquiet, la prit par les épaules, son parfum lui chamboula les sens.

-Je sais ce qui tracasse ton père. Imagine que des malfrats t'enlèvent, le fassent chanter et l'obligent à dévoiler le secret de fabrication du *Larozépam*. Ça explique le garde du corps…

-Dans ce cas tu serais menacé toi aussi, tu connais les formules, tu es l'homme de confiance du patron…

-Je ne suis qu'un rouage du dispositif. Bientôt le produit sera officiellement commercialisé et le cauchemar s'arrêtera.

-Promets-moi au moins de me prévenir quand ce sera fini, j'aimerai retrouver une vie normale au plus tôt.

-Promis.

-Le danger partagé, nous rapproche encore plus. Tu ne trouves pas ?

-Mets ton blouson, on a besoin de se changer les idées. Je t'emmène manger un morceau au *Beau Séjour*, après on pourra danser. Ce n'est pas tous les jours que je peux sortir avec *Jean Seberg*.

-Tu as raison. Il est urgent de se changer les idées !

Margaret déplia le convertible d'un geste sûr. Le sommier se mit brutalement à l'horizontale, émettant un effrayant bruit de ressorts.

-*Jean Seberg* n'a pas envie de sortir ce soir…

***

Le dimanche matin Serge avait pris l'habitude de retrouver au *Saint Graal*, sur le coup de onze heures, trois copains dockers : Mathieu Bertin le syndicaliste qui l'avait initié à la chose politique, Gaby Chotard le vétéran de l'équipe - unique représentant des dockers gaullistes de gauche en activité sur le port du Havre - et Éric Rohrman un jeune alsacien débrouillard que Mathieu avait pris sous son aile. Éric l'aventurier avait été embauché comme docker « occasionnel » en attendant d'avoir l'opportunité de s'embarquer sur un cargo à destination du bout du monde. Leur rendez-vous dominical se déroulait toujours de manière identique. Les pronostics du *Havre Libre* à la page *sports équestres* étaient soigneusement épluchés et donnaient lieu à d'interminables débats sur les chances qu'avait chaque canasson de figurer dans le trio magique. La sûreté de l'expertise de Gaby devenait un sujet de plaisanterie dans le petit monde des travailleurs du quai.

-Demain je vois bien *Cunégonde* placée dans la deuxième, mais il parait que cette nuit la jument a eu la colique. C'est vrai ce qu'on raconte Gaby ?

Au *Saint Graal*, Gaby avait effectivement touché un tiercé gagnant dans les années 55 ; il avait pu s'acheter une *Aronde* d'occasion. Depuis, la chance avait tourné, ses maigres gains lui permettaient de payer l'apéro une fois par an, et encore…Le pur-sang choisi, souvent un improbable tocard censé rapporter gros, se traînait péniblement jusqu'à la ligne d'arrivée.

Gaby, virtuose de la pince PMU, avait pour mission d'encocher les tickets de toute la bordée. C'était le signal d'une seconde phase consistant à déguster la cuvée du patron tout en échangeant de virulents commentaires portant sur le sujet politique du jour. Cette fois le coup

107

d'état militaire au Chili faisait les gros titres du *Havre Libre*. Comme toujours ce fut Mathieu qui ouvrit les débats :

-Vous avez lu l'article ? Il ne manque pas d'air Nixon, tout lui est permis, il installe une junte militaire aux manettes du Chili. Comme par hasard Allende[10] est tué le jour du putsch ! Ni vu ni connu, la CIA alliée aux fascistes prend le contrôle de la situation… J'espère que le PCF a prévu des actions concrètes dans les prochains jours. Nous, à la CGT, on va appeler à défiler…

Gaby, sûr de lui, s'exprima avant les autres :

-Il est peut-être allé trop vite Allende dans ses réformes…

Mathieu s'étranglait d'indignation :

-Qu'est-ce que tu veux dire ? Il a fait son travail de socialiste au service du peuple…

-Trop vite, je te dis…Expropriation des grands propriétaires, augmentation des salaires de 50%, nationalisation forcée des mines de cuivre contrôlées par les Américains - rien de tel pour les contrarier - résultat 180% d'inflation, diminution de la production alimentaire de 20%, grèves en rafales…Ils devaient bien se douter que les Ricains, après Cuba, allaient réagir. Moi je dis qu'il n'a pas été malin Allende. Il n'y a que le grand Charles qui sait remettre les Cow-Boys à leur place. Tiens, tu sais ce qu'il a dit en conférence de presse en parlant d'eux :

-Ah…Il nous remet ça avec le grand Charles !

-*J'ai besoin d'alliés, pas de protecteurs*…Fallait traduire je reste dans l'Alliance Atlantique mais je plaque l'OTAN :

---

[10] Président socialiste de la république du Chili.

si ça tourne mal je ne veux pas être obligé d'envoyer une bombinette française sur les Soviets pour respecter un accord foireux ; représailles garanties, adieu le bocage normand et les petits chemins qui sentent la noisette ! Voilà une manière intelligente de faire de la politique ! Pas vrai Serge ?

Sur le fond, Gaby se réclamait d'une gauche raisonnable et réformiste ce qui ne l'empêchait pas de tenir la permanence du local UDR[11] en centre-ville une fois par semaine. Il en profitait pour lire les brochures du parti gaulliste et apprendre par cœur les chiffres clés afin de tenir tête aux cégétistes dans les conversations…

Pour une fois Serge participait peu au débat, encore sous le charme de la soirée de la veille passée dans les bras de Margaret. Il était heureux, plus rien n'avait d'importance :

-Vous avez raison tous les deux les gars, en tout cas restons solidaires du peuple chilien et engageons-nous contre la dictature de Pinochet. Qu'est-ce que tu en dis Éric ? Serge laissait volontairement la main à quelqu'un d'autre car il se sentait peu inspiré…

Éric affichait souvent le petit sourire narquois de l'initié quand ses collègues parlaient de politique. Il attendait toujours avant de s'exprimer que la conversation commence à tourner en rond. Les camarades s'essoufflaient, s'empêtraient dans les contradictions alors il ramenait sa grande mèche blonde vers l'arrière, respirait un grand coup et débitait sa tirade. Son accent alsacien faisait sourire, mais sa voix

---

[11] Union des Démocrates pour la cinquième République : parti gaulliste de 1968 à 1976.

puissante et son timbre grave servaient son talent d'orateur. Éric ne donnait pas l'impression d'être endoctriné. Il aimait les débats contradictoires, était capable de faire marche arrière si son raisonnement présentait des failles ce qui était rare car il connaissait ses sujets sur le bout des doigts. Mathieu savait qu'Éric, syndiqué CGT, vendait discrètement *l'Anarcho-syndicaliste* sur les quais pratiquant une sorte d'entrisme consistant à diffuser sa doctrine au sein du syndicat majoritaire. Mathieu n'en avait cure, bien qu'ayant sa carte du PC, il ne considérait pas les autres tendances du mouvement ouvrier comme des ennemis à abattre. Ses positions antistaliniennes le mettaient d'ailleurs en porte à faux vis à vis des responsables de sa cellule.

Éric avait tout de suite sympathisé avec Serge, ils partageaient une passion commune pour le cinéma et de temps à autre allaient voir un film ensemble le dimanche après le PMU du *Saint Graal*. Ils avaient échangé sur leurs années de jeunesse. Les parents d'Éric, en tant qu'Alsaciens avaient subi l'oppression nazie, le soldat Dieter aussi d'après ce que lui avaient raconté les Schmidt. Hormis Margaret, Éric était la seule personne à laquelle Serge avait confié sa part d'origine germanique ce qui les avait rapprochés.

-Tu ne pourras pas t'en tirer comme ça Serge. Lui avait-il dit. Tu dois prendre des positions fermes…Ce que tu viens de dire : *Vous avez raison tous les deux* est une réponse de Normand ! Contrairement à ce qu'a dit Gaby, on n'y va jamais trop fort quand il s'agit de combattre les fascistes, Allende a payé cette erreur de sa vie…Quand allez-vous prendre conscience que nos vrais ennemis sont les Américains ? Ils veulent dominer le monde : Cuba, le Vietnam aujourd'hui le Chili, nous

110

imposer une doctrine économique au service des riches. Bientôt ils installeront des missiles chez nous, face aux Soviétiques, on sera aux premières loges…

Les tuyaux d'Helmut

-Je suis au Havre demain soir. Je serais bien passé vous voir rue de la Forêt Adélaïde et toi avant de rentrer à Paris…

-Avec plaisir mon Lucien, tu pourras dormir à la maison !

-Merci. Je te ferai profiter des tuyaux qu'Helmut m'a transmis.

-Helmut ?

-Helmut Kraus, de la *Deutsche Polizei* de Hambourg…

-Ah oui…L'amateur de beaujolpif ?

-Lui-même…

-Tu ne viens pas exprès au Havre pour ça ?

-Non, je dois me rendre à l'enterrement de l'adjudant-chef Fauchon, 93 balais il avait.

-Fauchon…Oui, je me rappelle, celui qui a arrêté le satyre de la rue des Frênes en flagrant délit ?

-Oui, en 1937. Fauchon était mon parrain, c'est lui qui m'a donné envie d'être flic. Samedi dernier, il prend un Pastis avec deux poignées de cacahuètes salées, comme tous les midis, s'envoie une omelette aux ceps puis, sieste d'usage…Et figure-toi qu'il ferme son parapluie dans les bras de Morphée…Tu ne trouves pas que c'est une belle mort ?

-La mort de l'adjudant-chef Fauchon est suspecte…Morphée est une tueuse en série, tu aurais dû la mettre en garde-à-vue !

***

Lucien Porto aimait l'ambiance chaleureuse qui régnait chez les Poirier. La maison de la rue de la Forêt était ouverte aux amis, en toute simplicité. Adélaïde savait recevoir et connaissait par cœur les goûts culinaires de chacun.

-Vous voulez une verveine les hommes ? Ça vous aidera à digérer la tête de veau…

Ils acceptèrent pour faire plaisir à Adélaïde mais Henri négocia une contrepartie :

-Avec plaisir Cocotte mais après la verveine on prendra une « petite poire » ça stimule le côlon, c'est tellement léger qu'on ne la sent pas passer…

En fait, la « petite poire » titrait soixante-cinq degrés. Heureusement Adélaïde n'y connaissait rien en alcools.

Lucien étala sur la table du salon un certain nombre de feuillets extraits d'un attaché-case marqué à ses initiales.

-C'est la classe ! Ta promotion t'a permis de passer de la besace en toile à la maroquinerie fine ! Railla Henri.

Lucien fit semblant de ne pas entendre.

-J'avais parlé à Helmut de Kurt Steiner, l'ex Nazi tué lors du braquage de la banque. Mon binôme allemand est entré en contact avec un collectif de chercheurs amateurs qui travaillent sur un ouvrage relatant l'histoire de Hambourg pendant la deuxième guerre mondiale. Les auteurs se basent sur des témoignages, des écrits, des photographies pour décrire la vie des habitants, quartier par quartier. Helmut a consulté leurs sources et il m'a appelé…

-Il a retrouvé trace du banquier ?

-J'y viens. Fin avril 1945 les alliés investissent les faubourgs de Hambourg. L'Obersturmführer Steiner commande une compagnie constituée d'éléments disparates dont un groupe de SS parachutistes qui contrôle un dernier îlot de résistance autour du pont dit *Schwartze Brücke* et d'une écluse enjambant la Bille, un affluent de l'Elbe. Ces deux passages permettent de gagner la rive nord et de filer vers le centre.

-Tu m'en diras tant !

-Le *Schwartze Brücke* est enlevé par les Britanniques après un dur combat dans la nuit du 29 avril. Ils déferlent ensuite sur le quartier Saint George et le centre-ville. Steiner se replie alors vers l'écluse par où les Britanniques peuvent aussi passer. Tout est perdu, pourtant il se barricade avec une poignée de SS dans un immeuble transformé en bunker et arrose les Britanniques qui tentent de traverser. Il sait pourtant qu'il va être pris à revers d'un instant à l'autre.

-C'est un héros, un suicidaire ou un imbécile ce type ? Je pencherais plutôt pour la troisième hypothèse.

-C'est pour répondre à cette question qu'un chapitre du bouquin lui est consacré. Les auteurs de l'ouvrage arrivent à la même conclusion que toi : c'est un imbécile doublé d'un fanatique galvanisé par la croix de fer qu'il vient de recevoir avec un message de félicitations écrit soi-disant des mains de son Führer adoré. Les Britanniques ne disposaient pas de blindés à ce moment de l'attaque c'est pour ça que l'immeuble est resté debout si longtemps.

-Il y avait des habitants bloqués dans l'immeuble avec les défenseurs de l'écluse ?

-On a leurs noms grâce à des témoignages concordants d'habitants du quartier : Martha et Johann Lieberman un couple de personnes âgées qui refusaient de partir de chez eux, leurs deux fils : Gert, retrouvé pendu dans la cour, et Fritz. Une jeune femme Maria Dieter et sa fille Monica. Ces civils sont morts, tués lors de l'assaut final. Ironie du sort, le responsable du massacre, Kurt Steiner est le seul Allemand qui tenait
114

encore sur ses jambes quand les Anglais ont investi l'immeuble. Il y a fort à parier qu'ils lui ont fait passer un sale quart d'heure quand ils l'ont attrapé ; il avait fait fusiller huit des leurs.

N'as-tu pas dit, Henri, qu'une vengeance personnelle aurait pu être à l'origine de l'exécution de l'ex Nazi Steiner à la banque de Hambourg ?

-Je l'ai dit, en effet. Ce n'est qu'une hypothèse.

-Les raisons ne manquent pas, mais qui voudrait se venger trente ans après : un enfant, un parent d'une victime de Steiner ?

-Par exemple…Un parent des civils restés dans l'immeuble…Comment s'appelaient ces familles au fait ?

-Lieberman et Dieter.

-C'est marrant… Dieter…Dieter...

-Ne te mets pas *Charles Martel* en tête, Dieter est un nom courant en Allemagne !

Henri se tapa sur le front.

-C'est Diégo Kaldera, le ferrailleur de Goderville qui m'a parlé d'un Hans Dieter. C'était le nom de l'amoureux de Suzanne, le père de Serge Rich !

-Tu te disperses non ? N'oublie pas ton objectif principal : identifier les auteurs des braquages de banques et démanteler un groupe terroriste…

-Tu as raison mon Lucien. En attendant goûte-moi ça…

La « petite poire » arracha aux deux compères une bruyante manifestation de contentement.

***

-Il était bien célibataire Hans Dieter quand il a rencontré votre mère ?

Serge fut surpris que le commissaire Poirier lui pose une telle question. Il avait compris que les flics enquêtaient sur les meurtres de Bérangeville et avaient par ricochet réouvert le dossier Suzanne Rich mais quel lien y avait-il avec l'histoire de son père ?

-Non, monsieur le commissaire, j'ai appris par le service allemand des recherches sur les anciens de la Wehrmacht qu'il était marié à une certaine Maria et qu'ils avaient eu une fille ; Monica.

-Maria et Monica Dieter donc…

Un silence pesant s'installa, pourtant, d'habitude, Henri ne manquait pas de répartie.

L'homme et l'enfant

Je rêve que je rêve. Je suis dans l'entre-deux, je me laisse aller, flottement ouaté du pré-réveil. D'habitude une sensation de chaleur à la base de la nuque m'indique que je vais bientôt me réveiller ; les rayons du soleil passent entre les double-rideaux de la chambre, mais cette fois il n'en est rien. Une lueur rouge éclaire le mur. Les fleurs du papier peint s'embrasent. Je me lève d'un bond et me précipite à la fenêtre. La ville est en ruine, ça me rappelle les photographies du Havre après les bombardements. Je vois un amoncellement de gravats devant chez moi, un ciel strié d'éclairs lumineux, bruit d'enfer, ronronnement sourd et continu. Un homme d'une cinquantaine d'années remonte ma rue traînant derrière lui un enfant de cinq ou six ans, un pan de mur s'écroule à leurs pieds. Curieusement leurs visages semblent apaisés comme s'ils ne courraient aucun danger. J'ouvre la fenêtre.

-Monsieur, entrez avec le petit ! Je leur crie. Vous serez à l'abri.

-Non merci Serge, il faut qu'on rentre à la maison. Ils reviennent tu les entends ?

Je me penche à la fenêtre, vers l'ouest le ciel est pur, étoilé, vers l'est il se couvre d'oiseaux noirs menaçants. Des projecteurs venant du port fouillent l'obscurité. Du bec grand ouvert des oiseaux s'échappent des tombereaux de galets, de fientes puantes et de boules enflammées qui recouvrent le centre-ville. Un des volatiles touchés par un projectile, poitrail déchiré, s'empale sur le paratonnerre du clocher de l'église saint Nicolas.

L'homme s'est frayé un chemin au milieu des cadavres qui jonchent les trottoirs. Ils brûlent de l'intérieur ; leurs troncs, leurs têtes et leurs membres sont phosphorescents. Tous ces morts observent Serge, leurs yeux auraient dû fondre mais il n'en est rien, on devine leur couleur, leur expression. L'homme et l'enfant sont maintenant positionnés sous la fenêtre de Serge, ils font une halte, tête levée vers lui. Depuis le temps que Serge fait des rêves bizarres il a acquis certaines techniques lui permettant de se rassurer. Il ferme la fenêtre et scrute l'intérieur de la chambre, tous les sens en éveil. Seul le tic-tac du réveil qui indique six heures du matin et, toutes les dix secondes, le bruit d'une goutte d'eau s'écrasant au fond du lavabo perturbent le silence abyssal régnant dans la pièce ; aucun vacarme venant de l'extérieur, situation impossible dans la vraie vie. Serge jette un œil sur le papier peint, son point d'ancrage habituel, son mètre étalon. Le songe s'éternise. Les étranges figures monstrueuses s'agitent toujours au milieu des fleurs embrasées. Le jour où ces monstres éliront définitivement domicile dans sa chambre, il aura rejoint le Walhalla, ses rêves seront devenus réalité. Serge se dirige vers la salle de bain et appuie sur l'interrupteur. La lumière s'allume. Comment se fait-il qu'avec tout ce bordel il y ait encore de l'électricité ? Il ouvre le robinet, l'eau coule normalement. Il met sa nuque sous le jet pour se rafraîchir mais ne sent rien. Son visage reste sec, pas une goutte sur ses joues pourtant l'eau s'engouffre dans le siphon du lavabo avec un bruit d'aspiration dégueulasse qui résonne dans l'appartement. Soudain, effet inverse, un bouillon brunâtre remonte des profondeurs de la tuyauterie, visqueux et malodorant, ça va déborder. Merde, où sont les serpillères ? Jamais un plombier ne se déplacera à six heures du matin…

Serge décide de ne pas s'occuper des problèmes de plomberie. Il retourne à la fenêtre. L'homme et l'enfant sont toujours là.

-Comment connaissez-vous mon prénom monsieur ?

-Je sais tout de toi. On se retrouvera un de ces jours là-haut ou dans une autre dimension ; appelle ça comme tu veux. J'aurai tout le temps de t'expliquer. Je m'appelle Gustave Kostler et voici mon neveu. Peut-être que vous vous croiserez tous les deux, il est encore si petit…

Soudain, explosion gigantesque au bout de la rue ; les traits de l'homme et de l'enfant se déforment sous l'effet du souffle. Le béret du neveu s'envole découvrant sa chevelure blonde. La casquette de Gustave reste vissée sur son crâne. *Ciel ! Un attentat,* pense Serge. Il renouvelle sa proposition :

-Entrez-vite, ici vous ne risquez rien, je suis de « l'autre côté ». Vous prendrez bien une tasse de thé ? Ça vous réchauffera et vous poursuivrez votre chemin après. Vous avez l'air gelés…

-Merci mon garçon mais je dois mettre le petit définitivement à l'abri. Du ponant arrive une autre vague d'oiseaux…

Une larme coula sur la joue de l'enfant…

-Si j'avais su je serai resté avec Mona… Si tu la vois embrasse-la de ma part…

-C'est promis. Qui est Mona ? Et toi, comment t'appelles-tu ?

Gustave entraîna son neveu en le tirant par la manche de son pardessus. Le petit se retourna, cria quelque chose à Serge mais sa voix fut couverte par le bruit des explosions qui se rapprochaient.

Serge ferma la fenêtre et tira les doubles rideaux pour s'isoler de « l'autre côté ». Après tout, ce qui se passait à l'extérieur n'était pas son affaire, il souhaitait juste que Gustave et le garçon s'en tirent. La lecture, la veille, d'un livre sur les bombardements du Havre en septembre 1944, l'avait certainement conduit dans ce dédale de visions baroques. Serge fit un détour par la salle de bains. Quand il ouvrit la porte un torrent d'eau boueuse déferla dans la chambre noyant ses charentaises mais ses pieds restèrent secs. Il se baissa, mit la main dans l'eau sans rien ressentir puis fila se recoucher. Tout n'était encore qu'illusion…Soudain une déflagration pulvérisa la vitre de la chambre, des éclats de verre se plantèrent dans la tête de lit. Une sirène se mit à hurler…

…Le plateau sur lequel étaient posés une tasse, un sucrier, une petite cuiller et un pot de confiture dépassait de la table de nuit, Serge par un geste inconsidéré l'avait fait valser. En même temps son réveil réclame de la Transat, représentant un paquebot ondulant au gré de la houle, sonna l'heure du réveil par six coups brefs imitant une sirène de bateau. Serge se retourna, pas d'éclats de verre plantés dans la tête de lit. Il avait bien oublié de tirer les doubles rideaux, le soleil était déjà haut dans le ciel, ses premiers rayons éclairaient le papier peint à fleurs, des fleurs banales sans personne caché derrière. Serge, en nage, à quatre pattes sur le tapis ramassa la confiture de cassis à la petite cuiller :

-*Gustave Kostler et son neveu…Qui sont ces gens ? Qui est Mona ?*

À chaque fois, Serge sortait épuisé de ses rêves. Il essaya de se convaincre que ces visions n'avaient aucun

120

sens mais au fond il n'y croyait guère. Le commissaire Poirier, l'autre jour, avait dû l'écouter par pure compassion. Cette fois il se tairait de peur de passer pour un détraqué…

La belle Natacha

La convergence des recherches du tandem Lucien-Helmut d'une part et de Serge Rich d'autre part renforçait l'hypothèse que le Hans Dieter de Hambourg, marié à Maria, père de Monica et amant de Suzanne ne fasse qu'un. Henri ne mesurait pas encore l'incidence que cela pourrait avoir sur le déroulement des affaires en cours. Il proposa donc à ses collègues de faire une réunion de synthèse et de clarification indispensable à ce stade de l'enquête.

***

Charles classait ses fiches au rythme de *Nancy With The Laughing Face*. La voix suave de Frank Sinatra, son crooner préféré, lui donnait la chair de poule. Cette roucoulade de trois minutes vingt-trois était un moment de pur bonheur, une arme absolue contre le stress et le doute chronique du flic à la peine. Charles battait la mesure en tapant la tranche de son paquet de bristols sur le couvercle de la boîte de rangement dédiée à l'affaire *Édouard Leclerc*. Henri, occupé à construire un synopsis complexe compilant les données glanées lors des différentes enquêtes sur les pillages de banques observait son collègue d'un œil amusé. Charles travaillait en cadence, décidemment sa méthode à base de musicothérapie faisait fureur, même chez les plus récalcitrants :

-Applique-toi Charles, le tri de paperasses n'est pas la tâche la plus réjouissante qui soit j'en conviens, c'est pourtant un exercice que tu ne dois pas négliger si tu veux résoudre une affaire, au même titre que les planques interminables, les filatures sous la flotte et les fouilles de poubelles devant le domicile des suspects...

-Exact, d'autant plus que brasser de la paperasse me repose de la traque. Exposé aux frimas normands je suis devenu bronchiteux, sans compter que j'ai l'estomac ruiné à force d'ingurgiter à la va-vite des jambon/beurre au volant de ma caisse. Par deux fois, Huguette et moi on a failli divorcer...Quand on passe ses nuits dehors...Elle me croyait dans les bras d'une coquine...

-Huguette ferait un bon flic...T'en es où avec « l'accident » d'Édouard ?

-On baigne dans la routine, on classe, on dissèque, on extrapole. Balluquet, Cheunou et moi avons interrogé sa fiancée, ses amis, relations, parents et collègues - Édouard venait d'être embauché comme ingénieur stagiaire dans une société de la zone industrielle - Le but est de savoir s'il avait des ennemis suffisamment rancuniers pour saboter sa bagnole.

-Et alors ?

-Rien de flagrant. Apparemment Édouard était une caricature de petit bourgeois catholique ; tous les ans il allait faire une retraite à l'abbaye du *Bec Hellouin*. À peine sorti des écoles, formaté pour succéder à son père, gentiment de centre droit, Édouard a milité aux Républicains Indépendants. Il était fiancé à la fille d'un armateur ; Charlotte de Praslin, mariage prévu dans six mois. Bref, une vie sans histoire de nanti, pas de casier judiciaire. À part quelques horions échangés avec les jeunesses communistes un soir d'affichage pour les municipales qui l'ont conduit au poste, rien à se mettre sous la dent... Vie de famille tranquille sous l'emprise du père. Pas de vice caché mis à part une certaine tendance à la gaudriole qu'il partageait avec la bonne de ses parents, une jolie blonde originaire de Russie nommée Natacha Kerenski.

-Comment tu l'as su ?

-Par Charlotte de Praslin elle-même. On s'est dit : enfin un motif, du solide, du classique, un bon dépit amoureux « pousse au crime ». Toutefois, d'emblée j'ai eu un doute. Je ne voyais pas mademoiselle de Praslin, si propre sur elle, dentelles et cotillons, jouer au mécano, allongée sous la DS d'Édouard…

-Huguette t'a bien appris à faire du tricot ! Qui aurait pu deviner que tu serais devenu un spécialiste du point mousse ?

Charles haussa les épaules, agacé.

-Quand elle s'est sentie soupçonnée Charlotte s'est bien défendue. Elle n'avait aucune raison de se débarrasser d'Edouard par jalousie ; elle ne l'aimait pas, ni aucun intérêt puisque le mariage avait été arrangé par les parents avec l'assentiment du jeune couple. L'union de Charlotte et d'Édouard aurait permis aux deux familles de régner sur le petit monde des *Gens de la Côte* qui résident dans les belles demeures bourgeoises de Sainte Adresse…

Charles remit la cafetière en route, puis changea de sujet :

-J'ai convoqué mon dernier témoin : Natacha, la bonne des *Leclerc*. Elle attend dans le couloir. Son témoignage prend une autre dimension depuis qu'on sait qu'elle a été la maîtresse d'Édouard. Je suis sûr que tu meurs d'envie d'assister à l'interrogatoire…

Henri acquiesça et, tout ouïe, se cala confortablement dans son fauteuil.

Très chic dans ses fringues à la mode et juchée sur des talons vernis italiens d'un rouge nacré, la jolie blonde ressemblait plus à une descendante des Romanov invitée à prendre le thé chez une archiduchesse qu'à une employée de maison. Sa voix étrangement grave pour une personne si fluette et sa manière de « rouler les R » aussi bien qu'un paysan berrichon, ajoutaient à son charme slave.

-Mademoiselle Kerenski, aviez-vous une relation intime avec monsieur Édouard Leclerc ?

Henri se dit que Charles ne s'embarrassait pas des règles de bienséance. Il chargeait à la hussarde de front, sans finasser. Doigts en suspension au-dessus du clavier de la *Remington,* s'apprêtant à bouffer du ruban encreur au kilomètre.

-Qui vous a dit ça ? La fiancée d'Édouard je suppose…Il n'y avait rien de sérieux entre nous, monsieur le commissaire. Les Leclerc sont particulièrement pingres. Je faisais le ménage chez le fils de temps en temps parce qu'il me payait grassement…Il m'est arrivé de le récompenser, c'est tout…

À voir comment Natacha était nippée les extras devaient être fréquents.

Henri croisa le regard effronté de Natacha. Ils échangèrent un demi-sourire complice comme si Henri était un expert en batifolage alors qu'il n'avait jamais eu de liaison extra-conjugale.

-Avez-vous eu l'occasion de surprendre chez les Leclerc une conversation où Édouard aurait été menacé ? Avez-vous été témoin de disputes le concernant ?

-Edouard, plutôt soumis à son père, se chamaillait fréquemment avec sa sœur Margaret plus anticonformiste que lui. Ils parlaient de politique et Margaret tenait tête à la fois à son frère et à ses parents qui la traitaient de socialiste ; le pire grief qu'on puisse faire à quelqu'un dans ce milieu !

-Mais ça n'allait pas plus loin ?

-Non, au fond ils s'aimaient bien. Une seule fois, il y a un mois environ, j'ai assisté à une scène violente entre Julien Leclerc et son fils. Margaret était présente. Je me suis retirée par discrétion mais j'ai écouté derrière la porte la suite de la conservation.

-Que se sont-ils dit ?

-Édouard reprochait à son père de ne pas l'avoir choisi pour coordonner les opérations de recherche sur le… *Larozépam*… Si ma mémoire est bonne, de l'avoir écarté en lui trouvant une place de stagiaire dans une autre boîte, de nommer à sa place un étranger sans expérience pour faire plaisir à Margaret.

-Le *Larozépam*, ils ont dit à quoi servait ce truc ?

-Je n'en sais rien monsieur le commissaire, ce que je sais c'est que ça avait l'air rudement important pour les affaires, l'avenir de la famille en dépendait à les entendre ! *Et qui te dis que ce Serge Rich n'ira pas vendre le procédé à un concurrent ?* A fait remarquer Édouard. *Impossible !* A répondu le patron. *Il manque un élément majeur à toutes les personnes de l'équipe, y compris à Serge Rich, pour reconstituer le procédé complet. Je suis le seul à avoir la clé…*

Natacha marqua une pause, prenant un malin plaisir à ménager le suspense…Henri en profita pour servir une tasse d'un café en promotion chez Monoprix qui fit grimacer tout le monde.

-Il y a une suite à l'histoire ? Demanda-t-il à la jeune femme en lui tendant le sucrier.

-Non.

-Il n'y a pas de suite ?

-Si, il y a une suite. Je disais non pour le sucre…Édouard est parti d'un grand éclat de rire moqueur : *Tu n'as les clés de rien du tout, j'en sais beaucoup plus que tu ne crois, j'ai fait mon enquête au labo. Ça prouve que tu n'es pas à l'abri d'une indiscrétion, si tu m'avais consulté on n'en serait pas là !* Alors là, monsieur le commissaire, le père Leclerc a piqué un coup de sang : *Tu n'es qu'un petit con ! Tu fais tes coups en douce, ce ne sont pas tes affaires etc…* Edouard est à son tour parti en vrille, je vous passe les détails du pugilat verbal !

-Et Margaret ?

-Elle comptait les points. Je ne l'ai pas entendue.

-Merci mademoiselle Kerenski. Vous pouvez disposer, je vous demande de rester à la disposition de la police.

***

-Qu'est ce tu en dis Henri ?

-D'abord ce *Larozépam* il va bien falloir qu'on sache ce que c'est. Serge Rich a évoqué un mystérieux produit classé top secret…À toi d'obtenir les autorisations nécessaires Charles…

-Rien ne dit que cette mixture soit à l'origine du meurtre d'Edouard…

-Cherche dans cette direction, tu n'as rien d'autre !

Edouard est loin d'être un personnage charismatique. Il est lisse, soumis à son père et là, subitement, il ose l'affronter…L'enjeu doit être important.

Henri prit une profonde inspiration :

-Allez Charles, ce soir on se couche tôt et demain on reparle de tout ça à tête reposée. Pour terminer la journée je te propose d'écouter un 78 tours que j'ai dégotté aux puces, du jazz vocal : *les Boswell Sisters* trois frangines *Martha, Connee* et *Vet*, des voix d'anges, sublimes, les premières à avoir chanté une chanson au titre futuriste : *Rock n'roll*, en 1934, oui mon p'tit vieux tu as bien entendu, en 1934 ! Écoute-moi ça…

Braquage au Val Églantier

René Daumier était convoyeur de fonds chez *All Secure* depuis 1958, il avait conduit à peu près 4000 fois son fourgon plein de biftons d'un point A à un point B sans anicroche. René et ses coéquipiers avaient développé un certain nombre d'automatismes leur permettant d'opérer en toute sécurité. Il fallait faire les choses dans l'ordre : quand on transférait les fonds du fourgon au coffre de la banque, le numéro un se postait dos à l'agence, main sur le colt pour couvrir le numéro deux qui portait les sacs. Le numéro trois verrouillait de l'intérieur les portières avant, ouvrait la porte arrière, se postait derrière le fourgon face à la rue. À la fin du transfert, le numéro trois verrouillait la porte arrière, déverrouillait de l'intérieur les portières avant pour laisser remonter ses collègues. Les numéros un et deux reprenaient leur place dans le fourgon en se protégeant l'un l'autre. Depuis quinze ans René se préparait à subir une attaque qui n'aurait peut-être jamais lieu. Il était pourtant devenu un expert en arme à feu et le meilleur tireur de son groupe, ce qui lui valait une prime tous les ans. Son score de dix-huit balles dans la zone 10 de la cible, soit trois chargeurs en tir tendu, n'avait jamais été égalé dans l'entreprise. Pour être le meilleur René s'infligeait une discipline rigoureuse : exercice quotidien en salle de musculation, course à pied, relaxation. Madame Daumier, mise à contribution à la cuisine - on avait encore à cette époque une conception ringarde de la répartition des tâches domestiques au foyer - participait à l'effort en concoctant quotidiennement pour son homme une ration riche en protéines et sels minéraux, goûteuse si possible afin qu'il reste au sommet de sa forme.

René collectionnait les articles de presse relatant les hold-up sur des fourgons blindés. Il avait ainsi répertorié toutes les méthodes employées par les truands pour forcer les coffres. À chaque braquage réussi, René dénonçait une anomalie de surveillance, un non-respect des procédures, un déficit de matériel. Les hold-up réussis étaient dus, selon lui, à la négligence du convoyeur plus qu'à l'inventivité du braqueur. Même en cas d'attaque au lance-roquette une bonne compagnie devait proposer à ses clients un blindage capable d'encaisser sans s'ouvrir comme une huitre. C'était le cas d'*All Secure*. Leurs fourgons jouissaient d'une excellente réputation. Les vitres anti-balles résistaient à un tir de kalachnikov, les pneus renforcés de gommes spéciales franchissaient les herses sans risque de crevaison. Le véhicule se transformait si besoin en véritable blindé avec fenêtres de tir ou en fortin inexpugnable. Le fourgon était totalement isolé de l'extérieur. Le constructeur avait même prévu sur les circuits d'aération, seuls endroits où il n'y avait pas de blindage, un système de chicanes afin d'empêcher l'assaillant d'introduire par ces orifices un engin dégageant du gaz soporifique.

Sans se l'avouer, René Daumier souhaitait presque un affrontement. Ses chefs verraient de quoi il était capable. En vérité il était un homme d'action condamné à vivre une vie sans histoire de chauffeur de bus.

Ce 13 octobre il devait assurer la tournée des petites entreprises qui distribuaient des avances en liquide à leurs employés. Il allait battre la campagne toute la journée à l'intérieur d'un périmètre passant par

Tancarville, Bolbec, Goderville, Octeville sur mer et Gonfreville l'Orcher. Cette mission était assez délicate car l'argent était déposé dans des coffres privés, dans un environnement moins sécurisé que celui d'une banque et il avait fallu imaginer une procédure spéciale pour cette opération. Les sommes déposées dans chaque société n'étaient pas énormes mais le contenu total du fourgon représentait un joli paquet. C'est au début de la tournée, sur la départementale 17 menant à Saint Nicolas de la Taille, au lieu-dit le Val Églantier, à 9h08, que se produisit l'évènement. Dans un bois de chênes la route se rétrécissait considérablement. Après une cinquantaine de mètres de ligne droite le fourgon devait ralentir pour passer sous un pont ferroviaire par une voie en sens unique puis négocier un virage à gauche assez raide. Il fallait, à cet endroit, klaxonner avant de s'engager sous le pont pour prévenir un éventuel véhicule arrivant en sens inverse. René, assis à la place passager dans un état de légère somnolence, mâchait consciencieusement une boule de gomme au miel censée calmer une pharyngite naissante.

Cent fois il avait imaginé un scénario d'attaque de son fourgon mais jamais de cette manière-là. Il eut juste le temps de remarquer un homme au volant d'une Mercedes garée sur le bord de la route avant le pont et de se dire que ce n'était pas prudent de stationner à cet endroit…Un liquide visqueux de la consistance d'une huile de vidange, tomba sur le pare-brise. Le chauffeur eut le réflexe de mettre en route son essuie-glace qui resta inopérant vu la densité du liquide, il était trop tard pour négocier le virage, le fourgon passa le tunnel, mordit le bas-côté et se planta dans le fossé. On y était ! René dégaina son arme, s'extirpa de son siège et alluma la CB dans l'intention de donner l'alerte pendant que ses deux collègues se mettaient en position de défense. Tout alla très vite, une mini explosion retentit sur la partie haute du fourgon, à gauche, puis à droite. Des débris métalliques tombèrent au sol. Aussitôt un gaz lourd envahit l'habitacle. René ne fut pas capable de prévenir le central, sa tête tournait. Il fallait prendre le risque d'ouvrir la porte arrière pour faire entrer l'air et affronter les bandits. René s'aperçut qu'un de ses deux collègues était déjà dans un état léthargique, les yeux grands ouverts. L'autre, guère plus en forme, brandissait son colt d'une main tremblante. René arma son fusil à pompe et essaya de déverrouiller la porte. Jamais il ne se rendrait…

***

Charles et Henri arrivèrent sur les lieux du braquage à 9h45 dans un concert de sirènes hurlantes au milieu d'un escadron de gendarmerie sur le pied de guerre, deux motards leur ouvraient le chemin. Henri avait toujours déploré ce genre de déploiement de force digne d'un scénario hollywoodien de série B. Les auteurs du hold-up étaient déjà loin. En s'engageant sur la D17 Henri remarqua que les braqueurs, après le passage du fourgon, avaient disposé un panneau de déviation afin de faire leur coup sans être gênés par la circulation.

L'équipage du fourgon, dos appuyé contre le talus, les fesses au frais dans une herbe grasse trempée par la rosée du matin se trouvait encore en état de sidération au point que Charles ne chercha pas à les interroger tout de suite. Henri pénétra à l'intérieur du fourgon. Bien que la porte arrière fut grande ouverte, une odeur lourde, infecte, rappelant celle de l'huile de foie de

131

morue régnait encore dans l'habitacle. Il remarqua tout de suite les petits éclats de métal et de verre tombés au sol. Les contours de la grille d'aération étaient maculés de traces noirâtres.

René Daumier, pupilles dilatées, découvrit un parterre de flics en uniformes penché sur sa personne. Il cherchait à comprendre ce qui lui était arrivé et se reconnecta à la réalité quand il aperçut ses collègues, assis à ses côtés, comateux, cheveux ébouriffés. On ne pouvait pas dire qu'ils dormaient, on avait plutôt l'impression qu'ils s'étaient offert en guise de petit déjeuner une omelette aux champignons hallucinogènes. René se releva péniblement et se glissa à l'intérieur du fourgon : rien ! Plus de talbins, le coffre avait été ouvert proprement, sans utiliser le moindre explosif.

-Vous êtes en état de répondre à nos questions ? Demanda Henri alors que les autres convoyeurs commençaient eux aussi à émerger.

René fit un vague signe de tête…

-Vous avez pu voir vos agresseurs ? Monsieur Daumier…

-J'ai vu un homme au volant d'une Mercedes garée sur le bas-côté…

-Il semble que les agresseurs aient balancé du pont une grosse quantité d'huile de vidange sur le parebrise et que vous soyez parti dans le décor.

-Tout juste, d'ailleurs j'ai vu deux personnes sur le ballast de la voie ferrée… Mais comment ont-ils fait pour nous droguer ? Il y a des chicanes dans les conduits d'aération pour empêcher qu'on glisse un fumigène dedans…

132

-Ils ont d'abord introduit des mini charges d'explosifs dans les circuits pour détruire les chicanes, puis ont balancé par les orifices des ampoules de gaz qui se sont brisées à l'impact sur le plancher. On a retrouvé des débris dans le fourgon. Dites-moi, monsieur Daumier c'est vous qui avez ouvert la porte du fourgon ? Il n'y a aucune trace d'effraction…

-J'ai déverrouillé la porte arrière pour répliquer. J'ai voulu l'ouvrir mais ils appuyaient dessus de l'extérieur. C'est la dernière chose dont je me souvienne.

-Les braqueurs voulaient que la drogue finisse de faire son effet. Après ça ils sont entrés tranquillement, équipés de masques.

-Mais les coffres à l'intérieur n'ont pas été forcés…

-Vous ne vous souvenez pas de les avoir ouverts ?

-Jamais on aurait donné la combinaison…

-Ils l'avaient peut-être…

-Impossible ! *All Secure* dispose d'un dispositif électronique qui génère un algorithme quotidien. Le code est donné au seul chef convoyeur, c'est-à-dire moi-même…Dites, ce sont vos hommes qui nous ont sortis du fourgon ?

-Non, on vous a trouvés confortablement installés en rangs d'oignons au bord de la route !

-Est-ce que ça veut dire…

-Oui monsieur Daumier rétorqua Henri, ça veut dire que les braqueurs n'ont pas voulu vous laisser trop longtemps exposés au gaz.

-Ça alors ! Charles faillit s'étouffer. Tu veux dire qu'ils ont pris soin de la santé des convoyeurs ? On a à faire à des beatniks ; faites l'amour pas la guerre, attaquez un fourgon blindé si ça vous plait mais sans haine ni violence… Dans la vraie vie Henri, ça n'existe pas !

-Faut reconnaître, ils sont forts : pas un coup de feu. Ces messieurs auront peut-être une légère gueule de bois demain matin mais sans plus...

Carl Gustav Jung

Georges avait fait l'acquisition du pas de porte d'un ancien atelier de confection attenant au *Pépito*. Le but était de disposer d'une annexe où se tiendraient les repas de famille des clients, genre mariages ou baptêmes. Simone, en fine femme d'affaires avait convaincu son homme de se lancer en plus dans le « service aux entreprises » pour améliorer l'ordinaire. Entre deux communions, l'annexe se transformait en salle de travail consacrée aux réunions professionnelles avec option déjeuner. De plus en plus de repas d'affaires s'y déroulaient. On avait ses aises, la cuisine était succulente, peu onéreuse et Simone veillait à satisfaire ses clients, mettant à disposition : viennoiseries, café, et même fournitures de bureau marquées aux armes du *Pépito ;* une feuille de laitue sur fond d'hermine rappelant ses origines bretonnes. Peu à peu l'établissement s'était fait une réputation sur la zone industrielle au point que le nom du restaurant était associé à une boutade devenue célèbre : *Encore une affaire qui s'est réglée au Pépito !* Signifiait qu'on était arrivé à un accord sans contrat écrit, en se tapant la main comme des maquignons autour d'une bonne bouffe.

C'était la première fois qu'une réunion de flics se tenait dans cette salle, pour quatre personnes seulement, ce qui interrogeait le bon sens du bistrotier.

-Vous seriez aussi bien au restaurant pour discuter, à moins qu'après le travail vous ayez l'intention de faire un tournoi de chistera en salle !

-T'occupe Georges ! Rétorqua Henri. J'ai mes raisons.

-Qui sera là ?

135

- Charles, Lucien et moi plus un jeune homme que tu ne connais pas. Pourrais-tu demander à Simone de nous préparer un ris de veau ?

-Compte sur moi…Mais pourquoi venir travailler chez moi, vous avez bien des salles de réunion au commissariat…

-Nos échanges ne pourraient en aucun cas avoir lieu dans un cadre de travail traditionnel, notre réputation en dépend… Je veux qu'on soit tranquille, ce ne serait pas le cas au commissariat où il y a toujours une oreille qui traîne, où il faut tout consigner par écrit. Je ne peux t'en dire plus Georges, je suis tenu par le secret professionnel…

***

Henri Poirier avait demandé à Serge Rich s'il acceptait de venir samedi matin au *Pépito* pour réfléchir sur la pertinence d'intégrer aux enquêtes de police en cours des données s'appuyant sur la *psychologie analytique ;* théorie connue mais non répertoriée dans les manuels de police. Avant de proposer cette rencontre Henri, en commissaire consciencieux, avait ingurgité en entier le célèbre ouvrage de *Carl Gustav Jung : Ma vie, souvenirs, rêves et pensées,* où l'auteur racontait, par le menu, l'histoire de son inconscient...

Serge Rich, incrédule, avait compris que le commissaire envisageait de s'appuyer sur ses rêves prémonitoires pour faire avancer les enquêtes, mais il s'étonnait qu'on en débatte au bistrot.

-Vous avez remarqué Serge que vous n'avez pas reçu de convocation. Je formule simplement un souhait en vous demandant d'être présent. Je suis sûr que vous êtes un bon citoyen et que vous répondrez favorablement à mon invitation, je ne connais aucun spécialiste dans ce domaine… Au fait aimez-vous les ris de veau ?

∗∗∗

Charles et Lucien avaient discuté au téléphone de l'étrange rendez-vous de travail que leur avait fixé Henri : samedi neuf heures à l'annexe du *Pépito*, pour, selon ses termes : *causer tranquillement sans être obligé de faire un rapport et, après l'effort le réconfort, s'abandonner au savoir-faire culinaire de Simone.* Charles se doutait un peu de ce qui les attendait car il avait remarqué qu'Henri se focalisait sur les rêves de Serge Rich ; une idée fixe selon lui. Il était curieux de savoir si le commissaire Poirier oserait se transformer en grand fakir devant des vétérans expérimentés tels que Lucien et lui. Les préoccupations de l'agent Porto étaient plus prosaïques. Il avait prévu de passer la soirée avec une petite fleuriste de Belleville et il n'avait aucune chance d'être de retour à Paname pour l'heure du rendez-vous.

Serge Rich était vaguement inquiet de parler devant des inconnus d'un aspect si intime de sa vie. Il avait accepté de venir parce que le commissaire Poirier prenait au sérieux un « don » qui, en d'autres temps, l'aurait conduit au bûcher.

-On mange à quelle heure ? J'ai déjeuné à l'aube à cause de toi Riton ! Fut la première question posée par Lucien Porto, ce qui n'étonna personne et provoqua l'hilarité du groupe…

Henri Poirier, en maître de cérémonie, commença à tracer des colonnes au feutre sur le tableau à feuilles.

-En préambule Serge, comment vivez-vous au quotidien cette propension à faire des rêves prémonitoires si perturbants ?

-Je le vivais mal durant mon enfance, j'ai réussi à l'apprivoiser peu à peu quand j'ai pris conscience que je n'étais pas un cas unique. Les expériences engrangées par les chercheurs en parapsychologie depuis une vingtaine d'années confirment l'existence de ce phénomène…Depuis l'antiquité, à toutes les époques, une multitude d'évènements ont été anticipés grâce aux rêves.

-Ne peut-on imaginer, observa Henri, que le cerveau soit capable d'enregistrer à notre insu pendant l'état de veille, une foule de renseignements de tous ordres : sons, vibrations, images imperceptibles, odeurs et qu'il va ensuite échafauder des corrélations entre ces différents signaux durant notre phase de sommeil. On serait alors victime d'une fausse impression de prémonition.

-Une sorte de raisonnement logique inconscient…C'est possible. Dans mon cas les songes délivrent des informations qui ne peuvent être connues de personne d'autre ! Je ne suis pas le seul à avoir vécu cette expérience. J'ai l'exemple de *Rudyard Kipling* en tête. Il raconte qu'il assiste en rêve à une cérémonie dans une salle pavée dont il remarque les dalles fissurées. Il voit mal la cérémonie à cause du gros ventre de son voisin, soudain une personne le prend par le bras et lui demande : *je voudrais vous dire un mot…* Quelques mois plus tard, il assiste à une cérémonie à l'abbaye de Westminster, tout y est : le dallage fissuré, le gros ventre de son voisin et dans la vraie vie une relation, le prenant par le bras, lui demande : *je voudrais vous dire un mot…*Etonnant non ?

-*Rudyard Kipling* est un excellent écrivain qui sait raconter des histoires, voilà tout ! Remarqua Charles

Roussel pendant que Lucien réprimait un discret bâillement.

-Je ne pense pas qu'on arrivera à se faire une opinion ce matin n'est-ce-pas Henri ? Charles dessinait au stylo à bille sur son carnet de notes un enchevêtrement de figures géométriques. Si tu nous expliquais plutôt comment tu comptes exploiter les rêves de monsieur Rich sans passer pour un farfelu ?

-Raisonnons à partir d'un postulat : nous placerons les songes de Serge au même niveau que n'importe quel autre élément concret susceptible de faire progresser le dossier des enquêtes portant sur : le sabotage de la voiture d'Édouard, l'assassinat de Victor et d'Ernest, la mort suspecte de Suzanne. De plus, il n'est pas exclu que notre enquête à Lucien et à moi sur les hold-up de banques n'établisse une corrélation avec ces trois affaires. Serge Rich est, à ce jour, la seule personne capable d'établir d'éventuels liens. Tout en parlant Henri lista les affaires dans une colonne, inscrivit des titres en haut de la page : *images communes aux affaires, liens possibles, orientations futures des enquêtes*. Il mettrait des croix dans les cases au fur et à mesure. Êtes-vous en mesure Serge, de vous rappeler le moindre détail de vos songes ?

-Sans aucun doute, ils sont gravés dans ma mémoire.

-Alors cherchez les images communes, récurrentes ou significatives d'un rêve à l'autre, dans l'ordre qui vous convient.

-Tout part du rêve initial, le seul qui ne soit pas prémonitoire, celui qui a perturbé mon enfance où je vois une jeune femme tuée d'un coup de canne à embout métallique. Elle repose sur un tapis aux couleurs chatoyantes. Deux hommes en manteaux noirs la jettent la tête la première sur une borne blanche…

Charles sursauta :

-Nous avons fait une perquisition chez Victor Malavoix après son assassinat, nous avons trouvé une collection de cannes anciennes dont certaines avaient un pommeau métallique, dans le salon il y avait un immense tapis persan très coloré.

-À l'époque, ajouta Henri, je suis sûr que l'hypothèse d'un coup de canne sur la tempe de la victime aurait intéressé le légiste. Selon lui l'impact de la borne kilométrique sur le crâne aurait dû provoquer une plaie plus large… Vous possédez quelques photos de votre mère je suppose, avez-vous essayé de comparer son visage avec l'image apparue dans votre rêve ?

-Bien sûr, quand j'ai compris qu'il racontait le meurtre de ma mère. J'ai trouvé une ressemblance sans plus. Mes souvenirs sont flous, dans le rêve son visage était déformé, par la peur ou la douleur. Si je me réfère au songe sur les meurtres du salon de coiffure, les hommes exécutés par pendaison portent les mêmes manteaux noirs que les tueurs de Suzanne. Mais surtout, l'un meurt en tenant une canne à pommeau métallique, l'autre un rasoir de barbier. Ma conviction, après analyse, est que Victor Malavoix est l'assassin et Ernest Grandon son complice.

Le ventre de Lucien gargouilla. Il était probablement en hypoglycémie, ce qui ne l'empêcha pas de faire une remarque pertinente :

-Tout cela est troublant mais l'affaire du meurtre de Suzanne est classée. Il faudrait pour rouvrir le dossier y verser un nouvel élément consistant !

-Soit, mais nous essayons là de démonter la cohérence de l'ensemble de mes rêves, n'est-ce pas ? Commissaire Poirier, dans la colonne titrée image commune aux affaires : *pendus de* Bérangeville et *meurtre d'Édouard* vous pouvez noter : *loup rouge*.

-On est en plein délire, s'esclaffa Lucien, ça n'existe pas un loup rouge !

-Je parle du masque de genre vénitien qui cache le haut du visage, pas de l'animal ! Dans la séquence des pendus, le bourreau qui exécute Victor et Ernest porte un loup rouge. Dans celle de l'accident d'Édouard un homme assis dans le parc, sur un banc, porte le même loup rouge et nous observe les Leclerc, Margaret et moi. C'est encore l'homme masqué au volant de la *Coccinelle* qui emmène Margaret loin des lieux de l'accident. Nous avons là un personnage commun aux deux affaires.

-Comment traduiriez-vous ces indices en langage clair sans utiliser le jargon du psychologue analytique ?

-C'est simple ! L'homme qui a exécuté Victor et Ernest est le même que celui qui est impliqué dans la mort d'Édouard, de plus il y a fort à parier, vu sa proximité avec Margaret, qu'ils se connaissent.

-Charles ; peux-tu montrer à Serge le portrait-robot du pseudo détective qui traînait sur les lieux du crime ? Le grand blond à moustache décrit par Diégo Kaldéra… C'est peut-être lui *l'homme au loup rouge* !

Serge observa attentivement le dessin durant une bonne minute…

-Le dessinateur ne doit pas être fameux ! Rien que chez les dockers je connais bien une demi-douzaine de personnes ressemblant à ce portrait !

Henri entoura « loup rouge » au feutre d'un geste rageur puis, s'adressant à Charles :

-Je n'ai pas d'ordre à te donner mais si j'étais à ta place je partirais sur l'hypothèse que le même homme est impliqué dans les deux affaires et je m'attarderais sur l'entourage de Margaret.

Serge s'inquiéta :

-N'allez pas la persécuter, elle a assez d'ennuis comme ça !

-Faites-nous confiance. Répliqua Henri, puis s'adressant à ses deux collègues :

-Je porte l'entière responsabilité de la manière dont je mène l'enquête. J'ai toutefois un service à vous demander : ne parlez à personne de la séance d'aujourd'hui, surtout pas à notre hiérarchie !

Vous avez appris dans vos recherches personnelles que votre père Hans Dieter avait été marié à une certaine Maria et qu'ensemble ils avaient eu une fille Monica…À Hambourg en avril 1945, dans l'assaut de l'immeuble tenu par Kurt Steiner face aux Anglais Maria Dieter et sa fille Monica ont perdu la vie. Et s'il s'agissait des mêmes personnes ?

Serge avait subitement pali :

-J'ai fait un autre songe commissaire dont je ne vous ai pas encore parlé. Ça se passait dans une ville bombardée ; je pensais au Havre, mais ça aurait pu être Hambourg. Un garçon de six ou sept ans et son oncle fuyaient les bombardements…L'oncle s'appelait Gustave Kostler.

Lucien adossé au mur, en équilibre sur deux pieds de chaise faillit tomber à la renverse…

-Ça alors ! Vous connaissez le nom de famille de vos ectoplasmes ?

-Encore deux personnages sortis des limbes ! S'exclama Charles. On s'amuse, je ne regrette pas d'être venu !

-Un autre détail me vient à l'esprit. Le petit garçon m'a dit *: si j'avais su je serais resté avec Mona…*

Un « blanc » s'installa, Lucien en profita pour avaler un croissant… Henri fut contraint de s'exprimer d'une voix forte pour couvrir un dérangeant bruit de mastication :

-On est d'accord pour dire que ces rêves prémonitoires sont liés à votre histoire personnelle ?

-Oui

-Si on adhère à ce principe, Mona pourrait être un diminutif de Monica ? Dans ce cas, l'oncle, ce Gustave Kostler pourrait-être un frère de Maria…Mais qui est le petit qui l'accompagne ?

-Tu supputes Riton ! Murmura Charles, alors là si le sous-préfet t'entendait il te renverrait illico dans les jupes d'Adélaïde !

Henri fit mine de ne pas entendre…

-Il est né en quelle année votre père ? Insista le commissaire Poirier.

-1918. Je le sais grâce à son livret militaire, les documents d'état-civil ont été détruits lors des bombardements.

- Et l'âge de Monica vous le tenez aussi du livret militaire ?

-Oui, elle est née en 1936.

-Hans Dieter aurait cinquante-cinq ans aujourd'hui, encore assez jeune pour dévaliser une banque et se venger d'un ancien Nazi responsable de la mort de sa famille ! Mais je reste dubitatif car les commandos gauchistes sont toujours constitués de jeunes gens…

Lucien Porto se tapa sur les cuisses :

Cette conversation est surréaliste les amis ! Je n'ai pas été habitué à travailler comme ça, il me faut du concret, du palpable, du vérifiable, vous m'embrouillez. On va finir la journée en Pow-Wow[12]sioux. Autour d'un feu, Henri, chamane en chef, mène la danse des esprits, nous, ses braves, le suivons avec une plume dans le…

-Et si je te demande, rétorqua Henri, avec l'aide de ton ami Helmut, de voir si on ne trouve pas trace d'un certain Gustave Kostler de Hambourg âgé aujourd'hui de 80 balais environ. C'est assez concret ?

-Oui chef.

-Tu n'es pas obligé de donner tes sources à la police allemande mon bon Lucien…

-Ça ne risque pas, je n'ai pas envie d'être ridicule…

Quelqu'un frappa timidement à la porte. Simone, les pommettes rougies par la chaleur des fourneaux, apparut dans l'entrebâillement de la porte.

-On déjeune à midi pile les garçons. Je vous propose une association céleri-poire pour accompagner le ris de veau, le tout arrosé d'un Meursault blanc, ça vous va ?

-Pour Simone hip hip hip…Hourra !

S'exclamèrent les nouveaux adeptes de *Carl Gustav Jung*.

Henri attendit que le calme fût revenu :

-Au fait Serge, le ministère a donné son accord à la levée du secret défense pour les besoins de l'enquête. Votre patron m'a révélé à quoi va servir le *Larozépam*…

---

[12] Rassemblement d'indiens d'Amérique du Nord.

1945 : Apocalypse

Depuis le 28 avril Hans Dieter et son ami Chris Beck étaient postés au rond-point nord de *Spaldingstrasse*, point stratégique qui contrôlait la jonction des deux autoroutes ouest et sud en direction de Hambourg-centre. Le groupe constitué de rescapés et de vieux de la *Volksturm* était censé freiner la progression vers le centre-ville du XII ème corps d'armée britannique. Mission impossible ; Hans et Chris savaient que tout était perdu mais ils avaient fait le choix de rester solidaires de leurs camarades jusqu'à la fin. En Normandie Hans avait été à deux doigts de déserter et de passer dans les rangs de la résistance française, cela n'avait pas pu se faire ; la *Wehrmacht* avait quitté Bérangeville trop précipitamment. À cette époque l'armée allemande était loin d'être vaincue et la résistance aux Nazis d'un Allemand antifasciste pouvait aller jusqu'à changer de camp. Aujourd'hui, dans la défaite, cette position était insoutenable ; après l'attentat raté de *Rastenburg* contre Hitler le 20 juillet 1944 les chances de paix s'étaient évanouies, même les opposants au régime en étaient réduits à défendre leurs villes, leurs quartiers, leurs maisons en maudissant Hitler et sa clique. Hans et Chris, plus expérimentés que les autres, essayaient de protéger leurs camarades des chars anglais et des représailles exercées par les SS sur les soldats soupçonnés de « défaitisme ». Le 30 avril le bruit courait que l'amiral *Doenitz* avait remplacé Hitler à la tête du Reich et que, sur son ordre, le général *Alwin Wolz* entamait des négociations avec les Britanniques ; encore quelques heures à tenir jusqu'à la reddition et Hans aurait rempli le contrat moral qu'il s'était imposé en souvenir de son père : rester fidèle aux idéaux antifascistes qu'on lui avait enseignés tout en défendant le *Vaterland*. C'est durant ces ultimes heures de résistance que Chris Beck prit une balle dans la tête alors qu'il portait quelques boîtes de ration à des camarades embusqués. Devant l'avancée rapide des blindés britanniques les soldats de la *Wehrmacht*, se replièrent en hâte. La mort de Chris avait bouleversé Hans au point qu'il s'était réfugié, hébété, sous des poutrelles métalliques reposant sur deux blocs en béton armé. Cet abri lui sauva la vie : une pluie de bombes s'abattit sur les positions allemandes. La RAF était de retour. Après dix minutes apocalyptiques Hans était encore vivant à l'abri des poutrelles. On n'entendait plus aucun coup de feu, tous ses compagnons avaient dû y rester. Hans aperçut un groupe d'éclaireurs anglais se déployant sur ce qui avait été autrefois un boulevard animé. Les *Tommies* observaient attentivement les ruines, craignant que des francs-tireurs ne s'y dissimulent. Hans songea un instant à se rendre, mais bien vite il changea d'avis, se planqua au fond d'un trou et resta immobile. Son immeuble se trouvait à 500 mètres de là, au bout de *Südenstrasse*. Il y avait de fortes chances qu'il soit réduit à un amas de décombres mais il voulait en avoir la confirmation. Heureusement que sa famille était réfugiée à *Ahrensburg* chez l'oncle Gustave. Grâce au bourgmestre, le village était tombé aux mains des alliés sans résistance épargnant ainsi la population.

Hans avait récupéré sur le corps d'un *Feldwebel* un *Luger* et une paire de jumelles. Il attendit que la colonne britannique s'éloigne avant de se mettre en route, traversa le boulevard et s'engagea dans les ruines en direction de *Wilhems Park,* carré de verdure miraculeusement préservé qu'il apercevait au loin. Il serait alors à mi-chemin, devrait longer un bassin en se faufilant derrière les docks sans jamais emprunter les rues dégagées par le génie britannique afin de faciliter le passage des camions de ravitaillement. Alors que Hans s'apprêtait à traverser ce qui restait de *Charlotten Stasse*, il entendit un faible appel au secours en Anglais. Il revint sur ses pas. Un jeune soldat gisait au fond d'un trou, une poutre en travers du dos. L'homme ne pouvait se relever, il geignait, du sang maculait son uniforme d'officier et rougissait les débris de plâtre sur lesquels il était allongé. Une balle lui avait traversé l'épaule. En voyant l'uniforme de Hans l'Anglais essaya de saisir son revolver. Hans posa la main sur son épaule d'un geste apaisant. L'homme s'abandonna. Hans réussit à faire levier jusqu'à ce que la poutre bascule de côté. Il remarqua que la cheville droite du blessé et le reste de sa jambe formaient un angle incongru mais il n'avait d'autre choix que d'agripper son uniforme et de tirer de toutes ses forces pour le sortir de là. Le pauvre type allait jongler. Au prix d'un effort considérable Hans le porta jusqu'au bord de la rue où il avait toutes les chances d'être récupéré par son armée ; plus aucun combattant allemand ne traînait dans le coin. Le *Tommie*, grimaçant de douleur, glissa un paquet de *Players* dans la poche de sa vareuse pour le remercier. Plus Hans se rapprochait de son immeuble, plus il percevait le claquement sec d'armes automatiques dont les salves nourries d'une MG 42 allemande. Il fut stupéfait de constater qu'il y avait encore de la résistance dans son quartier alors que les alliés avaient sûrement atteint le centre-ville. Hans longea les docks et chercha une position dominante afin d'apercevoir son immeuble.

L'opération était périlleuse. Sur sa droite un bâtiment semblait relativement épargné, Hans en fit le tour. Un accès n'avait pas été enseveli. Il pénétra dans l'immeuble et s'engagea dans l'escalier. Par des ouvertures béantes il découvrit le triste spectacle d'intérieurs abandonnés, de meubles renversés. Au deuxième étage Hans se hasarda dans un appartement donnant sur la rue dont le plancher paraissait solide. Dérangé, un corbeau juché sur un vaisselier s'envola par la fenêtre en croassant. Hans avait une vue générale sur son ancien quartier. Quelle ne fut pas sa surprise de voir que les tirs qui arrosaient les Anglais progressant par l'écluse provenaient de son immeuble. Un fantassin armé d'une MG 42, posté dans la cour arrière, empêchait les Anglais de prendre le bastion à revers. Un civil pendu par le cou au réverbère indiquait que les défenseurs de l'immeuble ne pouvaient être que des SS, spécialistes de ce genre de saloperie. Cette résistance était ridicule, dès que la RAF ou les blindés seraient de retour, la redoute serait écrasée. Il y avait peut-être d'autres civils à l'intérieur de l'immeuble. Une sourde angoisse étreignit Hans : et si sa famille était toujours là-dedans ? Hans contourna un peloton d'Anglais posté derrière l'immeuble effectuant un large détour à l'abri des décombres. Une demi-heure plus tard il était à portée de voix du mitrailleur SS.

-*Wehrmacht*, lui lança-t-il, *lass mich gehen*[13] !

-*Komm raus und zeige dich*[14] ! Répondit l'autre.

Hans respira un grand coup, piqua un sprint et sauta par-dessus le parapet. Des balles anglaises sifflèrent à ses oreilles. Il était dans l'arrière-cour. Le mitrailleur ne

---

[13] « Wehrmacht, Laisse-moi passer. »
[14] « Sors et montre-toi. »

faisait plus attention à lui. Il tirait sans arrêt, bien alimenté en munitions. Hans pensa un moment à le tuer, ce qui permettrait aux Anglais d'investir l'immeuble par l'arrière mais il n'avait aucune chance d'atteindre le SS à cette distance avec son Luger. Hans jeta un coup d'œil sur le pendu et reconnut le visage de Gert l'ainé des fils Lieberman, ses voisins du dessous. Il se précipita dans l'immeuble par la porte de derrière pour tenter de monter jusque chez lui mais au pied de l'escalier se trouva nez à nez avec un para au regard fou, visage noirci, qui obligeait à coup de crosse un jeune homme frêle à s'agenouiller, c'était Fritz, le petit frère du pendu. Le sigle SS ornait le revers de veste du soldat. Sans hésiter, Hans lui logea une balle entre les deux yeux. La scène avait duré trois secondes. Hans se précipita dans l'escalier mais Fritz le retint :

-Des SS tirent du palier du premier sur les Anglais, tu n'arriveras pas vivant à ton étage ! Ce sont eux qui ont tué mes parents.

-Et chez moi, Il y a du monde ?

-Oui Maria et Mona…

Hans vacilla :

-Que font-elles là ?

-Mona est malade. Maria est restée près d'elle.

Hans se rua à nouveau dans l'escalier, Luger en avant.

Fritz hurla :

-Si tu veux les sauver, aide-moi à ouvrir la porte de la cave aux Anglais, mais avant il faudra éliminer le mitrailleur qui arrose l'écluse depuis une meurtrière percée dans le mur. Avec ton Luger tu peux y arriver, tu bénéficieras de l'effet de surprise. Gert a essayé mais il a raté son coup, c'est pour ça qu'ils l'ont pendu…Ces cons se feront tuer plutôt que de se rendre…Suis-moi !

Une balle tirée par un officier descendu du premier étage faucha Fritz en plein élan. Hans eut le temps de s'engager dans l'escalier menant à la cave, d'ouvrir la porte, de la refermer derrière lui et de donner un tour de clé. L'officier tira dans la serrure, le mitrailleur agrippé à sa MG42 se retourna, ne comprenant pas tout de suite la situation ; le type qui arrivait derrière lui portait un uniforme allemand. Hans en profita pour lui vider son chargeur dans la poitrine puis il déverrouilla la porte donnant sur l'extérieur. À cet instant, une douleur fulgurante lui traversa les reins. L'officier SS qui le poursuivait venait de lui loger une balle dans le dos. Hans s'effondra. Il ne sentait plus ses jambes. Allongé sur le côté, il sentit le froid du canon de revolver de l'officier SS sur sa tempe et entendit le claquement sec du chien qui percutait à vide.

-*Plus de balles mon salaud !* Se dit-il.

Hans eut le temps de voir les fantassins anglais enjamber son corps avant de sombrer dans l'inconscience.

Révolution

1967 : Subversive Aktion

Depuis le début des années 60, la jeunesse étudiante allemande cherche un moyen de se faire entendre autrement qu'en adhérent aux partis de gauche réformistes. La *Subversive Aktion*, en tant qu'organisation, répond à cette attente et dénonce l'hypocrisie des politiques au pouvoir en Allemagne. Selon elle les démocraties occidentales sous-estiment à dessein les évolutions historiques naturelles des citoyens, les remplaçant par des besoins inhérents à la société de consommation. Tous les espoirs de justice sociale, toutes les aspirations intimes d'enfants élevés par des parents résignés, honteux de s'être fait rouler par Hitler sont assimilés à des utopies. La *Subversive Aktion* vise à former et à rassembler de nouveaux militants qui pratiquent la subversion des codes sociaux, se nourrissent de marxisme, de psychanalyse et de littérature d'avant-garde. Il faut œuvrer à « se faire révolutionnaire » en dénonçant les incohérences du système par l'affichage, la distribution de tracts, l'édition de l'*Anschlag* - le journal du groupe - puis agir par des actions spectaculaires non violentes marquant l'opinion. Ces groupes sont nomades, formés de cohortes qui incarnent l'action subversive, installent des espaces collectifs expérimentaux regroupés en « communes », se déplacent entre Berlin, Francfort, Munich ou Stuttgart dans l'objectif d'élargir leur réseau, créant toujours plus de micros-cellules.

Il faut dire que les agissements du président de la République Fédérale d'Allemagne, *Lübke*, ont de quoi énerver les plus compréhensifs. Le 2 avril 1967, lors d'une manifestation de jeunes contre la visite du dictateur et Chah d'Iran *Mahammad Reza Pahlavi* l'étudiant *Benno Ohnesorg* est tué d'une balle dans la tête par un policier. *Lübke* déclare ne pas s'être aussitôt occupé de l'affaire parce qu'il devait accompagner le Chah à l'Opéra. *Lübke* se rend célèbre en Afrique en saluant une assemblée par cette phrase : « mesdames, messieurs, chers nègres… ». Sachant que le président de la RFA s'est « illustré », sous le troisième Reich, dans l'équipe d'*Albert Speer*[15] auquel il fournira les plans de construction des camps de concentration, ce personnage, représentant l'état allemand, concentre à lui seul tout ce que haïssent les jeunes gens de *Subversive Aktion*.

Dénoncer le double discours de la sociale démocratie bien-pensante qui soutient n'importe quel régime pourvu que les intérêts économiques de la RFA soient préservés devient l'objectif prioritaire des « subversifs ». Convaincus que *J.F Kennedy* a été assassiné sur l'initiative du lobby militaro-industriel américain soutenu par le président *Lyndon Johnson*, les « subversifs » accueillent le vice-président *Humphrey*, en visite à Berlin, par une avalanche de puddings débordant de sucre liquide ; ce gâteau était le plus gros, le plus collant et le moins cher existant en pâtisserie. La « commune I » de Berlin est à l'origine de l'action. Ce jour-là les coups de matraques pleuvent mais la manifestation fait la une de tous les quotidiens.

***

Rosa et Karl, disciples de *Marcuse*[16], avaient fait connaissance en participant au « commando affichage »

---

[15] Premier architecte du troisième Reich et favori d'Hitler.
[16] Philosophe marxiste allemand.

de la commune de Munich en décembre 1964. Les organisateurs voulaient manifester contre la visite du dictateur *Tshombe*[17]. Bordés ensemble, Rosa et Karl étaient chargés de couvrir les murs d'affiches annonçant le lieu et l'heure de départ de la manifestation. Il leur avait fallu la nuit entière pour épuiser le stock d'affiches, l'un au volant de la Coccinelle, banquette arrière chargée de pots de colle et d'affiches, pendant que l'autre s'esquintait à arpenter les trottoirs et à jouer de la brosse. Démocratiquement ils se relayaient pour partager l'effort physique. La mission n'était pas sans danger, ils risquaient de croiser des flics ou des voyous fascistes armés de battes de base-ball. Rosa avait des allures de *Louise Brooks*[18] revue à la mode punk ; coupe au carré, cheveux noirs aux mèches bleues. Son jean et son blouson lui allaient à merveille et Karl fut tout de suite attiré par son naturel, son joli sourire et son humour caustique. Karl un peu plus âgé que Rosa, venait de Hambourg. Blond, bien balancé, il aurait obtenu sans problème du haut de son mètre quatre-vingt-cinq son certificat d'aryanité sous le troisième Reich. Rosa se sentait en sécurité à ses côtés parce qu'il possédait une grande vivacité d'esprit et savait prendre des décisions rapides. Amusée, Rosa lui avait dit qu'il avait l'âme d'un chef - ce qui n'était pas un compliment pour un « subversif » - et que chez les scouts il aurait dirigé la patrouille. Cette remarque l'avait amusé. Toute la nuit Karl n'avait parlé que de politique mais, sur le coup de cinq heures du matin, épuisé, il décida de faire une pause. L'heure de rendez-vous des manifestants

---

[17] Président du Katanga, premier ministre du Congo.
[18] Actrice américaine née en 1906.

était fixée le lendemain matin à onze heures sur *Marienplatz*, ce qui laissait quelques heures pour se reposer. Karl avait au fond de sa poche la clé d'un studio qu'un camarade lui avait prêté pour la nuit. Il la montra à Rosa au moment où elle piquait du nez, assise à ses côtés sur un banc public près de la gare :

-On serait mieux au lit… Lui avait-il dit, accompagnant son propos d'un clin d'œil qui, en d'autres circonstances, aurait paru un peu lourd.

Rosa acquiesça, se déplia et lui donna le bras jusqu'à la Coccinelle. Ils démarrèrent dans un long crissement de pneus qui réveilla tout le quartier.

La *Hofbräuhaus am Platze*, célèbre basserie de Munich proche de *Marienplatz* avait été choisie par le « commando affichage » comme lieu de rendez-vous. Les participants décidèrent de commencer la journée par une bonne bière accompagnée de quelques saucisses avant d'attaquer la manif. Le sujet du jour était la visite officielle en RFA de *Moïse Tshombé*, le président du *Katanga*, région sécessionniste de l'ex *Congo Belge*, pourvue de considérables ressources minières. Cette partition avait été soutenue par la France, la Belgique, l'Allemagne et les Etats-Unis par pur opportunisme. Cinq sociétés américaines contrôleront d'ailleurs 70% de l'industrie congolaise. Pour arriver au pouvoir *Tshombé*, dictateur lunatique, avait fait assassiner *Patrice Lumumba*[19] qui cherchait à obtenir l'intervention des Nations Unies afin de préserver l'unité du Congo. Il était scandaleux que ce meurtrier vienne se pavaner avec *Lübke* le faux-jeton dans les rues de Munich.

---

[19] Premier ministre de la République Démocratique du Congo.

Le commando fut scindé en deux groupes, l'un armé de « boules puantes » et l'autre de « tomates révolutionnaires ». *Subversiv Aktion* avait distribué les musettes garnies de munitions. Rosa et Karl rejoignirent le groupe devant la sortie principale de l'aéroport. Des gardes du corps baraqués se tenaient autour de trois berlines diplomatiques destinées aux visiteurs. Des barrières de sécurité placées devant un double cordon de policiers en uniforme maintenait la foule à distance. Le plan consistait à déborder les policiers d'une charge massive par les côtés afin de pouvoir balancer les tomates sur les officiels à leur arrivée. Malheureusement les manifestants, banderoles déployées, ne tardèrent pas à comprendre la ruse. Les personnalités avaient emprunté une sortie annexe. La présence de policiers et de voitures officielles était un leurre. Les organisateurs munis de talkies-walkies donnèrent aussitôt une nouvelle directive : rendez-vous dans les meilleurs délais devant l'hôtel de ville. Une demi-heure plus tard une trentaine de militants, foulard sur le nez, pénétraient dans le hall de l'hôtel de ville après avoir bousculé tous ceux qui s'opposaient à leur passage. Ils balancèrent des chapelets de boules puantes dans les bureaux, piétinèrent les portraits de *Lübke* et renversèrent les meubles. Le bruit avait couru que *Lübke, Tshombé* et sa suite étaient planqués quelque part dans le bâtiment officiel. On les chercha sans les trouver. Dehors la situation était tendue, un bataillon de flics casqués essayait de reprendre le contrôle de la place et de l'hôtel de ville. Rosa, Karl et une bande d'enragés s'étaient déjà colletés avec les journalistes haineux de la *bild-Zeitung*[20] renforcés de quelques sujets d'extrême-droite. Ils durent ensuite affronter une charge policière, Rosa trainée au sol par le revers de sa veste fut délivrée par Karl qui se rua sur le policier. Dans un accès de colère il le déposséda de sa matraque et tapa à tour de bras sur son casque. Ce fut Rosa qui l'empêcha de s'acharner. Elle prit conscience que Karl avait un côté violent et compulsif difficile à contrôler. Ils réussirent à s'extraire de la mêlée, se laissèrent porter par la foule dans la rue longeant l'hôtel de ville. *Tshombé* et sa clique en tenue d'apparat s'enfuyaient en courant vers un fourgon grillagé protégé par une police manifestement débordée. Un jet massif de « tomates révolutionnaires » bien pourries s'abattit sur les fuyards souillant costumes et uniformes. Malheureusement *Lübke* avait réussi à s'éclipser dans la cohue en abandonnant ses invités. Il échappa sans gloire à l'humiliation des jets de tomates.

La foule s'éparpilla dans les petites rues adjacentes menant au boulevard. Le jeu consistait à intercepter le fourgon de *Tshombé* ralenti par la circulation pour lui balancer les restants de fruits pourris, le huant copieusement jusqu'à sa destination ; le domicile privé du cardinal de Munich. Opération réussie malgré une charge policière qui laissa des traces. L'ordre de dispersion fut donné, mais les flics profitèrent que les manifestants se repliaient par petits groupes pour les poursuivre dans toute la ville et procéder à des arrestations. Rosa et Karl, reconnus par deux policiers qui les avaient vus se bagarrer avec les journalistes, se lancèrent à leur poursuite dans les ruelles sombres, armés de longues matraques. Rosa s'apprêtait à prendre

---

[20] Presse illustrée à scandale.

ses jambes à son cou quand, à sa grande stupéfaction, elle vit Karl armer un lance-pierres métallique d'une bille d'acier. Le premier policier fut atteint en pleine poitrine. L'homme tomba au sol en se tordant de douleur, une côte fracturée. Son coéquipier abandonna la poursuite afin de lui porter secours.

Par ce geste, Karl venait de choisir une option qui l'éloignait des directives non violentes de la *Subversiv Aktion*.

1968 : Le dandy

Sous l'influence de l'étudiant en sociologie *Rudi Dutschke*, *Subversiv Aktion* avait admis le caractère mondial des conflits sociaux. Un peu partout émergeaient des mouvements de libération : à Cuba, en Algérie, au Vietnam… Le principe de la lutte des classes restait applicable si on l'étendait à l'échelle mondiale. Le crédo des nouveaux partis révolutionnaires devenait : affaiblir l'impérialisme de l'intérieur, se solidariser avec les mouvements de libération des pays du tiers-monde. Cette tendance à la remise en cause de l'ordre établi provoqua en réaction une vague d'assassinats dans les années 60 : du *Che*, à *Martin Luther King*, en passant par *Robert Kennedy*. En Allemagne, *Rudi Dutschke* blessé à la tête lors d'un attentat, échappa de peu à la mort.

***

Rosa et Karl firent le choix d'un engagement radical, les multiples courants souvent antagonistes des mouvements étudiants et le côté « potache » des manifestations finissaient par leur sembler futiles, alors qu'en France le soulèvement de mai 68 rassemblant étudiants et ouvriers s'acheminait vers une vraie révolution sociale et politique. Le combat de Rosa et Karl s'orienta d'abord vers un rejet du passé national socialiste. Il fallait expurger de la classe politique et de la société en général tous les éléments au passé suspect qui s'étaient fondus dans la société allemande.

Un scandale absolu les avait poussés à franchir le pas et à s'engager dans la clandestinité. Le chef du département de la justice criminelle de RFA le haut magistrat *Éduard Dreher*, ancien procureur zélé du troisième Reich avait fait voter par le *Bundestag* à l'automne 1968 une loi, en apparence purement administrative, contenant un alinéa de quelques lignes à propos de *complices de meurtres pour lesquels les mobiles ne peuvent être prouvés*. Dorénavant, cette catégorie de complices n'était plus punie pour meurtre mais pour homicide volontaire, l'acte était alors prescrit au bout de vingt ans. Sous couvert de ce paragraphe il devenait quasiment impossible de prouver que le meurtre de juifs par des Nazis avait été motivé par une haine raciale personnelle. Avec un bon avocat un ancien tueur nazi était sûr de bénéficier de la prescription. Rosa et Karl étaient convaincus que l'état félon, à l'origine de ce coup monté équivalant à une mesure d'amnistie générale, devait être combattu par tous les moyens.

Rosa et Karl rencontrèrent *Andréas Baader* et *Gudrun Ensslin*[21] à Berlin en janvier 1968. En théorie ils partageaient un certain nombre de convictions radicales d'où cette rencontre informelle au *St Oberholz* un café du centre-ville. Mais leur première impression fut désastreuse dès qu'ils virent le couple franchir la lourde porte à tourniquet d'inspiration art-déco. *Baader* portait un manteau en vraie fourrure, ouvert, descendant jusqu'aux genoux. Sous le manteau on distinguait son costard gris foncé à rayures de bonne facture. Une écharpe en soie blanche jetée de manière faussement désinvolte autour du cou achevait de donner au personnage une allure de dandy. Dandy, peut-être, mais mal élevé puisque *Ensslin* qui le suivait de près se ramassa la lourde porte à tourniquet dans le nez ce qui lui arracha un méchant juron. À l'inverse, *Ensslin,*

---

[21] Maitresse de Baader, elle participera à son évasion en avril 70 avec Ulrike Meinhof.

emmitouflée dans un trenchcoat couleur muraille, un grand col roulé tricoté main lui mangeant le bas du visage, passait inaperçue.

Baader daigna enlever ses lunettes de soleil avant de se présenter au jeune couple puis les repositionna sur son nez bien que le fond du café soit faiblement éclairé. Était-ce pour se donner un genre ou avait-il les yeux fragiles ? *Ensslin*, une belle fille au demeurant, apparemment un peu plus âgée que lui, restait sur la réserve. Entre deux sourires de convenance, elle fronçait légèrement les sourcils et observait. *Baader* voulait renforcer sa « bande ». Rosa et Karl eurent l'impression qu'elle était là pour distribuer bons ou mauvais points et que son avis serait primordial en cas de recrutement.

Rosa avait suggéré à Karl de faire parler *Baader*, de le cuisiner pour savoir d'où il venait, quelles étaient ses intentions, quels moyens il comptait mettre en place et sous quelles conditions une alliance entre les deux groupes était envisageable. Eux en revanche ne révèleraient pas leur véritable identité, ne parleraient que du bilan de leur engagement dans la *Subversiv Aktion* sans rien révéler de leur vie privée.

La conversation s'engagea sur un terrain inattendu. Quand *Baader* et sa copine s'assirent à table, des effluves parfumées se répandirent dans le box. Les senteurs poivrées dominantes ne pouvaient être attribuées à un parfum de femme. Remarquant que ses interlocuteurs dilataient les naseaux, *Baader* préféra prendre les devants :

-Je ne me déplace jamais sans mon eau de toilette !

-tu as d'autres besoins essentiels du même genre ? répliqua Karl.

-Quelques-uns ; rouler en décapotable par exemple, tu es plutôt MG ou Austin Healey ?

Pendant le quart d'heure qui suivit *Baader* s'escrima surtout à démontrer qu'il était un vrai rebelle - vu ses goûts ça ne sautait pas aux yeux - d'ailleurs il avait fait de la prison dès l'âge de dix-huit ans et possédait un casier judiciaire dont il était fier.

-On t'a mis en tôle pour des motifs politiques ? Lui demanda Rosa, faussement ingénue.

-Sur le fond oui…La délinquance est une réponse à la violence capitaliste dont les jeunes sont les premières victimes.

-Pourquoi on t'a condamné ?

-Faux et usage de faux, je suis bon dans la falsification de documents, ça peut servir…J'ai aussi piqué des voitures que je conduisais sans permis…

-Je comprends le choix des décapotables…Elles sont plus faciles à voler ! Karl parlait le nez enfoui dans son verre de bière…

-Et ton permis, tu l'as passé j'espère ? Il y avait un peu de provocation dans la réplique de Rosa :

-Tu rigoles ! Se déplacer fait partie des droits fondamentaux du citoyen, la bagnole est faite pour ça. Pas besoin de l'autorisation de l'état ! Mon permis est un faux bien sûr !

Le moins que l'on puisse dire c'est que la conversation volait bien bas. Rosa et Karl se rendirent rapidement compte que *Baader* n'avait rien d'un théoricien, il voulait se faire un nom dans l'anarchisme comme d'autres dans le prêt à porter. *Ensslin* semblait moins désinvolte, elle utilisait les codes de langage des intellectuels. Ses diatribes anticapitalistes ressemblaient à des sermons, ce qui n'avait rien d'étonnant puisque son père était

162

pasteur. Au moins elle était engagée dans la vie associative et s'occupait à Francfort de jeunes asociaux.

Une jeunesse bouleversée par la guerre était le seul point commun entre Karl et *Baader*. Le père de Karl était revenu infirme, celui de *Baader* avait disparu sur le front de l'Est.

À la deuxième bière *Baader* posa directement la question au couple Rosa/Karl :

-Camarades, voulez-vous rejoindre les rangs de la *Fraction Armée Rouge* ? On projette une grosse action dans les mois à venir.

Rosa fronça les sourcils :

-De quel genre ?

-Ce n'est pas encore déterminé.

-Qui dit armée dit combattants et recours aux armes…J'ai compris que tu voulais lutter contre l'impérialisme américain. Cela veut-il dire que tu prendras pour cible des GI's basés en Allemagne, des pecnots qui viennent du fin fond de l'Oklahoma ?

-S'il doit y avoir des victimes, ce seront de hauts gradés…

-Ils seront toujours remplacés, tu peux mettre un « contrat » sur la tête de *Lyndon Johnson*, si c'est *Nixon* qui lui succède ce sera pire ! Rosa, déçue, avait hâte de s'en aller… *Ensslin* la fusilla du regard.

Baader prit un air mystérieux :

-Les actions contre les Américains viendront plus tard. Il faudra bien empêcher la prolifération des *Pershing*[22] sur le territoire allemand…

Karl engouffra une dernière rondelle de saucisse sèche avant de répondre :

---

[22] Missiles américains.

-Il ne faut pas y compter tant que les Soviétiques pointeront leurs *SS20*[23] sur l'Ouest. Pour le moment on a le choix entre la peste et le choléra… Les staliniens ne valent pas mieux que les impérialistes. Revenons aux sources, militons pour un gouvernement d'union populaire s'appuyant sur la classe ouvrière.

-Tu nous rejoues l'air des *Spartakistes* comme au bon vieux temps ?

Manifestement *Ensslin* se moquait.

Baader, s'adressa à Rosa, essayant de renouer le dialogue par le biais d'un autre sujet.

-On est d'accord pour dire qu'il nous faut soutenir les mouvements de libération progressistes du tiers-monde ?

…

-J'ai des contacts avec le *Fatah*[24]. Ils peuvent nous apporter une aide logistique.

Cette remarque était censée impressionner l'auditoire.

Rosa, les yeux fixés sur une rangée de chopes de collection alignées au-dessus du bar écoutait *Baader* distraitement :

-En retour tu aideras *Arafat* dans sa lutte contre l'ennemi sioniste ? Tu sais qu'il veut rayer Israël de la carte. Toi aussi ?

-Tu ne crois pas que les Allemands ont une dette envers les juifs ? Ajouta Karl.

Rosa se leva et enfila son manteau :

-Tu as vu l'heure Karl ? Viens, on y va…

---

[23] Missiles soviétiques.
[24] Mouvement de libération de la Palestine fondé par Yasser Arafat en 1959.

Rosa et Karl ne prirent plus au sérieux les allégations de *Baader* et d'*Ensslin* après cette conversation de comptoir. Pourtant, bientôt rejoint par *Ulrike Meinhof*[25], *la bande à Baader* allait ensanglanter le territoire. Le portrait de ses membres, récompense à l'appui, serait bientôt affiché dans tous les lieux publics. Apprenant dans la presse, le 02 avril 1968, que la fameuse « grosse action » de *Baader* consistait à poser des bombes incendiaires dans deux grands magasins de Francfort, Rosa et Karl se félicitèrent d'avoir décliné son offre. Les bombes avaient été réglées pour exploser la nuit. Dans l'avenir la future *Fraction Armée Rouge* n'aurait plus jamais le souci d'épargner la vie des innocents…

---

[25] Editorialiste de la revue *Konkret*, s'allie en 1968 à la Fraction armée rouge.

1970 : Gammlers

Finalement, après la rencontre décevante avec *Andreas Baader* le mouvement décida de conserver son organisation en microcellule composée de cinq membres : Rosa, Karl, les initiateurs et leurs trois complices historiques Peter Grüber, David Epstein et Christina Volochek. Mise à part Rosa, les autres étaient issus du prolétariat. Parmi eux, seul Karl avait suivi des études grâce aux sacrifices consentis par son père. Karl était curieux de nature. Il passait son temps le nez dans les bouquins et possédait une culture assez éclectique. Réussir ses examens correspondait plus à un défi personnel qu'à une volonté de gravir les échelons. Se faire une place de choix dans la société n'avait aucun sens pour lui. Malgré ses diplômes Karl continuait à faire des petits boulots pour survivre. Rosa l'aidait quand il était dans le besoin. Elle avait des rentrées d'argent régulières, voyageait sans que personne ne lui demande où elle allait, ni d'où elle venait, même pas Karl. La confiance entre les membres était la force principale du mouvement. Le deux-pièces que Rosa louait à Hambourg était un refuge partagé avec le groupe. Chacun pouvait s'y reposer quand il le souhaitait à condition de se tenir tranquille, de ne pas y faire la fête. Un « règlement intérieur » fut voté à la mode anarchiste. Le but était d'éviter de se faire repérer, de ménager les voisins afin de ne pas provoquer une descente de police. Pour cela il fut décidé que l'appartement ne serait jamais occupé par plus de deux personnes à la fois et exclusivement réservé aux membres du groupe. Pas question d'inviter un ou une petite amie. Pratiquer « l'amour sans entrave » n'empêchait pas de s'astreindre à une discipline, à condition qu'elle fut librement consentie. Ce refuge était une sorte de sas de décompression, une fenêtre entrouverte sur une vie tranquille où chacun pouvait se ressourcer, réfléchir et échafauder des plans d'action. Karl avait même une réputation de gentil garçon dans l'immeuble. Il demandait systématiquement aux vieilles résidentes si elles avaient besoin de quelque chose quand il allait faire ses courses. Il y avait une part de stratégie dans ce comportement mais au fond Karl aimait rendre service sûrement parce qu'il s'était occupé de son père infirme. Il mettait toutefois un point d'honneur à ne pas investir l'appartement de Rosa pendant son absence, préférant regagner son abri personnel, une modeste colocation dans un meublé d'*Elbestrasse*.

***

Les jeunes contestataires allemands de gauche dans les années 70 analysaient la société d'un point de vue strictement marxiste. Chaque individu était classé selon son origine sociale ce qui conduisait à une certaine forme de méfiance entre catégories : des sous-prolétaires, prolétaires, aux travailleurs, employés, commerçants, marchands, jusqu'à la petite, moyenne et haute bourgeoisie. La *bande à Baader* était issue de la petite et moyenne bourgeoisie. Les prolétaires, quant à eux, rejoignaient, la plupart de temps, les centrales syndicales, les partis de gauche réformistes traditionnels. Les « révolutionnaires » se méfiaient d'eux considérant qu'il y avait de moins en moins de « cols bleus ». Grâce aux promotions internes dans les boîtes, pas mal d'ouvriers avaient rejoint les « cols blanc », devenaient moins fiables et souvent hostiles aux plus radicaux. Le sous-prolétariat pouvait être lui aussi politisé. On appelait les plus jeunes d'entre eux les *Gammlers* ou « chevelus vagabonds ». Cette catégorie était réputée ne pas courir après le travail proposé par « l'exploiteur », sauf ponctuellement en cas de besoin. Employés aux tâches ingrates, fumeurs de hachich ils se livraient à de petits trafics et s'alcoolisaient facilement. Beaucoup, parmi les *Gammlers* avaient une conscience politique de type anarchiste ou « noire » qu'ils défendaient haut et fort notamment devant les militants « rouges » venus des universités. Par leur extraction sociale les sous-prolétaires « chevelus » se sentaient plus légitimes que les étudiants à porter des revendications. Hermétiques aux discours sophistiqués, ils entretenaient avec eux des relations parfois tendues, allant jusqu'aux échanges musclés mais, dans l'ensemble, cellules noires et rouges se supportaient et se retrouvaient côte à côte dans les manifestations anticapitalistes. Les anars avaient leurs propres rites. Par exemple, refusant de payer 20 marks pour assister aux concerts de rock, ils avaient pris l'habitude d'entrer en force dans les salles de spectacles provoquant des échauffourées mémorables comme le jour où, au concert de *Waldbühne,* Ils obligèrent les forces de l'ordre à évacuer les Rolling Stones par hélicoptère.

En Allemagne, le mouvement anarchiste était à reconstruire. Les anarchosyndicalistes historiques étaient marginalisés, les anciens d'avant-guerre avaient été exterminés par Hitler. Ne restaient en vie que quelques rescapés de la guerre d'Espagne qui ne se reconnaissaient guère dans les agissements des plus jeunes. Pourtant un nouvel élan idéologique porté par la jeunesse réfractaire attira à Berlin Ouest, pendant quelques années, les anars du monde entier.

Les jeunes radicaux, rouges ou noirs, quelque soient leurs origines sociales se retrouvaient autour du même slogan : *ne faites jamais confiance à quelqu'un de plus de trente ans !* Toute personne ayant vécu sous le troisième Reich était considérée comme suspecte. *À l'époque,* disaient-ils, *l'immense majorité des Allemands avaient la main tendue et aujourd'hui encore le monde était plein de Nazis.* Les plus aigris scandaient que les alliés n'avaient condamné à mort que 3000 Nazis et que c'était trop peu…Rosa, Karl et leurs amis ne faisaient pas exception à la règle.

Peter, David et Christina étaient de vrais *Gammlers* d'origine contrôlée et ça se voyait à leur allure : pour les garçons, cheveux et barbe en bataille, tatouages, boucles d'oreille de cap-hornier, fringues rapiécées, pour la fille décoloration blond platine, quelques mèches de couleur, frange sur les yeux contrastant avec la nuque rasée, piercings, fripes froissées, jupe très courte, pataugas en cuir noir, chaussettes rayées rouges. La relation amicale qu'ils avaient établie avec Rosa et Karl, intellos confirmés, en étonnait plus d'un.

Peter était surnommé *Kong* dans le squat d'*Orianensburgstrasse* de Hambourg à cause de sa carrure et de l'épaisse toison qui dépassait de son col de chemise. Le diamètre de ses biceps et sa puissance impressionnaient mais il savait faire preuve de délicatesse quand il le fallait. Il venait d'une petite bourgade d'Allemagne de l'est. En 1953 son père avait été obligé de s'enfuir à l'ouest avec femme et enfant parce qu'il avait la police aux trousses après plusieurs tentatives de cambriolage. À Berlin-ouest le paternel s'était tenu à carreau quelques temps, vivant d'expédients jusqu'à ce qu'il replonge dans la délinquance et se retrouve au pénitencier pour des années avec une circonstance aggravante mentionnée dans son casier : complicité d'assassinat. La mère de Peter fila à Hambourg où vivait sa sœur. Elle fut recrutée par une société de nettoyage ce qui lui permis d'inscrire son fils en primaire. Peter savait lire et écrire, c'était déjà ça. Vite happé par l'ambiance délétère de son quartier peuplé d'un sous-prolétariat aux abois il eut la chance de s'attirer les bonnes grâces de Mark Vödel, son voisin garagiste. Le vieil homme était père de cinq filles qui se fichaient éperdument de son boulot et il fut tout content d'avoir sous la main un jeune garçon passionné de mécanique. Peter le harcelait de questions dès qu'il soulevait un capot. Mark devint formateur par plaisir et l'embaucha comme apprenti. Peter faisait les vidanges, changeait les pneus, peu à peu il attaqua les réparations sous l'œil vigilant de Mark. Il devint le « spécialiste bagnoles » du groupe Rosa / Karl, sachant aussi bien les voler, les conduire, les maquiller que les réparer. Peter possédait un autre savoir-faire. Lors d'un séjour en prison il avait fait la connaissance d'un imprimeur qui lui avait appris à confectionner de faux papiers.

La boule de nerfs qu'on voyait souvent dans le sillage de Peter s'appelait David. Son visage broussailleux couvert de poils frisés rendait encore plus expressifs ses grands yeux fiévreux, d'un noir profond. Issu d'une famille juive orthodoxe de Hambourg, David tenait à ses origines même s'il s'était déclaré athée dès l'âge de douze ans. Le simple fait de lui poser une question sur son passé tragique le mettait en rogne. Il en voulait à tout le monde y compris à sa propre communauté qui aurait dû, selon lui, se révolter en masse contre les Nazis, quitte à périr les armes à la main. Il ressassait sa rancune envers les Soviétiques de ne pas avoir secouru le ghetto de Varsovie, envers les alliés de ne pas avoir fait de l'aide aux populations juives une priorité, il en voulait à tous ceux qui avaient fait semblant d'ignorer l'existence des camps de concentration. La vengeance, dans l'esprit de David, était plus que jamais d'actualité.

Son père, sa mère et ses deux sœurs avaient passé les années 1939 et 1940 dans un modeste appartement partagé avec d'autres familles juives. Le but d'Hitler était d'avoir les juifs sous la main en attendant de décider de leur sort. À cette époque David était encore un nourrisson et sa mère l'avait confié à une amie d'enfance à la campagne afin qu'il échappe à la promiscuité. Cette initiative sauva la vie du garçon. Le père de David, ouvrier qualifié dans une usine reconvertie dans l'armement, seul secteur où le niveau de compétence primait sur l'origine raciale, entretenait de bons rapports avec son patron. Cet homme courageux avait aussi embauché sa femme afin de protéger toute la famille. En 1943, l'usine touchée par les bombardements alliés dut fermer. Les parents et les sœurs de David furent expédiés à Dachau d'où ils ne revinrent pas. Après-guerre, soutenu par des associations caritatives juives David put aller à l'école et, plus tard, fut recruté par la municipalité de Hambourg à un poste d'aide-bibliothécaire. Lui aussi passa beaucoup de temps à lire et à explorer des archives privées stockées dans une annexe par la bibliothécaire en chef. En quelques années David réussit à se créer un fichier d'anciens membres influents du parti nazi exerçant des activités en RFA. Cette occupation tournait à l'obsession. En dehors de son travail, surtout la nuit, David menait une vie de bohème dans un milieu sensible aux thèses d'extrême gauche. Ses amis l'appelaient *black Rat* faisant allusion à ses fonctions de « rat de bibliothèque » et à ses éternelles tenues noires.

Le 9 novembre 1969 - date anniversaire de *la nuit de cristal*[26] - un drame fut évité de justesse dans la synagogue de la *Fasanenstrasse* à Berlin, emblème de la présence juive dans la partie ouest de la ville. Une bombe armée découverte par une femme de ménage put être désamorcée à temps. David pensa comme tout le monde qu'elle avait été posée par un groupuscule néo-nazi, ce qui le rendit fou de rage et le décida à rejoindre un mouvement armé. Finalement l'attentat fut revendiqué par les *Tupamaros Berlin-Ouest*, venus de l'extrême gauche propalestinienne, et motivés par la lutte contre l'état d'Israël. L'errance idéologique était à son comble, David avait besoin de repères, c'est pour cette raison qu'il avait rejoint Rosa et Karl.

Christina venait de RDA comme Peter. Son père avait été tué lors du bombardement de Leipzig par la Royal Air Force le 4 décembre 1943. Leipzig, conquise par la 3ème armée américaine passa dans la zone d'occupation soviétique après l'accord du *protocole de Londres*[27]. La mère de Christina connaissait la réputation d'occupants impitoyables que les Russes traînaient derrière eux, elle subit leur joug quelques mois et réussit à passer en zone d'occupation britannique. Avec sa fille elle erra dans

---

[26] Pogrom organisé par le 3ème Reich la nuit du 8 au 9 novembre 1938.
[27] Attribution des zones d'occupation entre les alliés.

172

l'ouest du pays dévasté à la recherche d'un endroit où poser ses valises ce qui la conduisit à Hambourg où elle dénicha un emploi de serveuse dans une grande brasserie. Sa fille put enfin aller à l'école. Christina était vive, intelligente et possédait une âme de combattante dans tous les sens du terme. Adolescente, elle avait été initiée par un ressortissant hongrois amoureux d'elle, à une technique de combat inspirée de la boxe française. Savoir se battre quand on fréquentait les squats pouvait servir, les *Gammlers* révolutionnaires ou non, souvent bagarreurs, étaient de toutes façons sacrément misogynes. Se servir de ses pieds pour se défendre arrangeait Christina dotée d'un petit gabarit, de poignets fragiles et de mains de couturière. Peter et elle avaient sympathisé à cause de leur parcours semblables ; tous deux avaient vécu la misère dans les années sombres avec leur mère. Un temps ils furent amants. Le couple, explosif, était connu chez les *Gammlers* de Hambourg et même au-delà. Christina était la plus ancienne du groupe à vivre en marge dans ce milieu complexe, elle connaissait les tendances, les personnes influentes, les alliances possibles, les moindres rumeurs et, dotée d'un solide bon sens elle devint un rouage important du mouvement. À ses moments perdu Christina fréquentait une troupe de théâtre Underground. Contre une poignée de marks elle faisait de la figuration, s'improvisait à l'occasion coiffeuse, maquilleuse ou costumière.

Rosa et Karl surent s'appuyer sur les personnalités attachantes et fiables de leurs trois complices et sur un socle idéologique compréhensible par tous définissant des limites à ne pas franchir. Ils usèrent de leur savoir avec pédagogie sans jamais prendre de haut leurs interlocuteurs et furent aussitôt acceptés en leaders incontestés, mais en légitimant la violence, même à l'encontre d'anciens Nazis, ils se condamnaient à l'escalade criminelle sans moyen de revenir en arrière.

1972 : Der Wikinger

Otto Mansen était né en 1924. Aussi loin qu'il se souvienne la propagande hitlérienne faisait partie de son quotidien à l'école, au collège, dans les meetings, pendant les séances de sport et autres jeux de pistes en plein air destinés à endurcir les futurs guerriers. Son père, Wilfried Mansen, chef de bureau à la poste, avait adhéré au parti nazi en 1937 pour ne pas être viré. Gravement blessé en 1917 il pressentait une nouvelle boucherie mais, pragmatique, comprenait que tout manque d'enthousiasme envers le régime se paierait au prix fort et qu'il valait mieux dissimuler ses sentiments. À la maison Otto observait son père. Une foule de détails lui faisait comprendre qu'il ne portait pas les Nazis dans son cœur. Sitôt revenu d'une réunion du parti il balançait ostensiblement son insigne dans un tiroir comme s'il lui brûlait les doigts, quand Hitler pérorait à la radio il changeait immédiatement de station. Il ne parlait jamais de politique avec ses amis ni devant ses enfants, sauf avec sa femme, en tête à tête, quand la porte de leur chambre était fermée. La réticence de Wilfried vis-à-vis du régime était due à la rigueur de son éducation protestante, la famille continuait à fréquenter le temple et à participer aux œuvres de charité. Otto fut longtemps perturbé parce qu'il aurait dû, en tant que jeune aryen fidèle au Führer, parler à ses supérieurs du comportement inapproprié de ses parents mais, lui-même imprégné de cette culture protestante n'envisagea jamais de le faire.

Les Mansen furent durement touchés par la mort, en juin 1940 du côté de Dunkerque, de leur fils aîné.

L'hostilité de la famille envers le régime fut de plus en plus difficile à cacher.

***

David Epstein et Christina Volochek connaissaient Otto Mansen, le solide chef jardinier de la mairie. Ils se retrouvaient le midi dans une gargote bon marché de *Sankt Pauli Fischmarkt,* une sorte de cantine fréquentée par les marins et les ouvriers municipaux. Le football, et notamment les performances du club de *Hambourg SV,* les avait rapprochés. Les tables se touchaient, ce qui facilitait les liens entre clients, c'est ainsi qu'Otto se mêla, à une conversation entre David et Christina portant sur la *Hitler Jungend.*

-Comment veux-tu faire confiance à quelqu'un qui a été broyé pendant des années dans une pareille moulinette à propagande ? Il doit rester des séquelles… Soutenait David, parlant en général de la classe politique au pouvoir.

-Détrompe toi ! À moi tu pourrais faire confiance ! Répliqua Otto.

-Tu as fait partie des *HJ* ? Christina était prête à lui voler dans les plumes.

-Mon seul tort fut d'avoir quinze ans en 1939 ! Je te rappelle que le passage par les *HJ* était devenu obligatoire cette année-là, impossible de se débiner…J'étais très mauvais élève et nul en sport, ça m'a valu des blâmes, mes parents ont été menacés. Ensuite la formation est devenue exclusivement militaire et ils m'ont incorporé… j'avais à peine 18 ans ! Direction les Balkans, deux blessures…J'ai subi la guerre sans jamais croire aux salades des Nazis.

-C'est ce que disent tous les anciens de ton âge. Répliqua David entre deux gorgées de bière…

-J'ai eu la chance d'avoir un père protestant pratiquant qui démontait à la maison toutes les théories de hiérarchies raciales qu'on essayait de m'inculquer. Mettre en garde le fils qui lui restait contre la barbarie était sa manière de résister après la mort de mon frère… Dans tous les secteurs de l'éducation le niveau des élèves diminuait d'année en année. Tous les professeurs étaient Nazis, inscrits à la *Ligue Nationale Socialiste de l'Enseignement*. On les envoyait dans des écoles spéciales où on leur enseignait les thèses de *Mein Kampf*. Du jardin d'enfants aux universités, en tant que fonctionnaires, ils prêtaient serment au régime. Plus tard on les a même obligés à servir dans les *SA*[28]. Les professeurs d'université, suivaient un stage d'observation de six semaines, évalués dans un centre par des experts Nazis. Bref ces gens devenaient des fanatiques et des brutes.

Otto s'arrêta un instant pour déguster son hareng-saur pommes à l'huile. Son regard se perdit au fond de la salle puis s'attarda sur le garçon qui défiait les lois de l'équilibre en tenant à bout de bras deux plateaux chargés de chopes vides et de cendriers encore fumants. Otto sembla soudain se perdre dans ses pensées…

-T'en a bavé mon gars…Lâcha Christina compatissante.

-Quand tu penses que ces gens n'ont même pas été inquiétés…ajouta David.

-Je me rappelle un instructeur particulièrement redoutable pendant ma première année aux *HJ*. Il s'appelait Muller, Anton Muller, professeur de *sciences raciales* de son état. Il avait conçu un système de

---

[28] Sections d'assaut : organisation paramilitaire nationale socialiste des travailleurs allemands.

punitions par type de fautes dont une série de brimades physiques, inspirées des méthodes SS : forcer à courir jusqu'à épuisement, encaisser des coups à tour de rôle. Parfois il organisait des combats à mains nues pour régler les litiges, il envoyait les gens au cachot, lumières allumées en permanence, privation de nourriture. Un fou furieux… Nous autres les Aryens, devions être endurants et impitoyables si on ambitionnait de dominer les races inférieures. Le mauvais sujet était forcément catalogué « juif sans le savoir ». Il convoquait les parents pour nous effrayer, vérifiait leur certificat d'aryanité et passait son temps à faire des rapports à sa hiérarchie. Il s'était vanté d'avoir été un des premiers à militer pour l'interdiction d'employer des juifs dans le corps enseignant…Muller prenait plaisir à serrer de toutes ses forces la base de la nuque de ses élèves jusqu'à leur arracher un cri de douleur. On avait tous des bleus...

-Il est mort pour Hitler ce salopard ? Demanda Christina.

-Non. Je vous ai réservé le meilleur pour la fin…J'ai un fils qui va au lycée *Friederich Flick*, en passant il faut savoir que ce *Friederich Flick*, certes fondateur du lycée, est un ancien riche industriel qui a été condamné à mort comme criminel de guerre au procès de Nuremberg…Ça en dit long sur l'actuel état d'esprit de nos dirigeants…

-Ça alors ! David, sous l'effet de la surprise, crama une touffe de poils en allumant une cigarette roulée.

-Donc dès les premiers jours de la rentrée scolaire je remarque que Mathias, mon fils, a un énorme bleu de chaque côté du cou… Ça réveille des souvenirs. Qui t'as fait ça ? Je lui demande.

Christina et David, en apnée, attendaient la suite…

-Mon prof d'histoire, me répond-il, pas loin de la retraite, un dénommé Muller…Il attrape le dernier entré dans la classe par la nuque, et serre jusqu'à ce que l'élève mette un genou à terre, ça le fait rire…

-Anton Muller ?

-Tu le connais Papa ? On pense que c'est un détraqué…

-Je n'ai pas répondu. Par acquis de conscience je suis allé au Lycée, j'ai attendu la récréation et, du trottoir, derrière la grille, je l'ai vu.

-Qu'a tu fais ?

-J'ai écrit à l'inspection académique du *Lander* ; autoriser un ancien Nazi à enseigner l'histoire ne vous pose pas de problème ? Ils m'ont répondu que monsieur Muller avait les compétences requises, qu'aucune charge n'avait été retenue contre lui. J'ai écrit à Berlin au ministère, je n'ai jamais reçu de réponse…

Bien, les amis je vous laisse, j'ai les parterres de la mairie à nettoyer… Le café, c'est pour moi…

***

Accepter qu'un Anton Muller avec son palmarès enseigne encore aux enfants allemands était aux yeux du groupe Rosa-Karl une faute impardonnable de l'état, un exemple flagrant de son incurie. Une mesure de représailles contre cet individu et sa hiérarchie prenait tout son sens dans la logique du groupe. L'exemple d'Anton Muller, petit fonctionnaire de la terreur recyclé en enseignant respectable, probablement bien noté, devait être dévoilé au grand jour. La question de la forme que prendrait cette action fut longuement débattue, après tout Muller n'était pas à coup sûr un assassin au sens propre du terme, même s'il avait contribué à propager des idées de mort chez des adolescents sous influence.

Les membres du groupe identifièrent facilement Muller et se relayèrent pour le suivre. Au bout de deux semaines ils avaient une bonne idée de son emploi du temps et de celui de son épouse. Madame Muller s'absentait de son pavillon de banlieue les lundi et mercredi après-midi de 13 à 17 heures pour faire des courses et du sport en salle. Le mercredi Anton Muller rentrait chez lui vers 13 h 30 et n'avait pas cours l'après-midi. Il fut donc convenu que l'action se déroulerait le mercredi après-midi après le départ de madame. Peter ferait le guet devant la maison au volant d'une *Saab* qu'il avait « empruntée » pour l'occasion, Rosa et Karl se posteraient en sentinelles sur le trottoir près de la maison. David, un vieux 7.65 *Makarov* d'Allemagne de l'Est au fond de sa poche et Christina munie d'un passe-partout, se chargeraient de l'opération. Entre 13 h et 13 h 30 la maison était vide. Ils entreraient par un cellier attenant à la maison qu'une haie isolait du voisinage. Une fois dans la maison il leur suffirait d'attendre tranquillement l'arrivée d'Anton Muller. À 13 h 05 pétantes, avec le feu vert des trois guetteurs, Christina et David sautaient par-dessus le portail, traversaient le jardin en courant et contournaient la maison. Christina ouvrit la porte du cellier sans problème. L'opération avait pris trois minutes. La pièce dans laquelle ils pénétrèrent servait de bureau au professeur Muller. Sur le bureau, trois piles de cahiers et trois autres de copies corrigées au stylo rouge étaient alignées au cordeau, les fournitures rangées dans des boîtes étiquetées, les livres pédagogiques classés avec soin sur des étagères exemptes de la plus infime trace de poussière. Devant les volumes trônaient quelques objets personnels : une croix de fer de deuxième classe de 14-18 encadrée, un buste de Wagner, un autre de Clausewitz en uniforme de Général Major de cavalerie et une grande photo du couple Muller endimanché accompagné d'un jeune homme en uniforme de soldat de la République Fédérale, sûrement leur fils. David s'aida du passe-partout pour jeter un coup d'œil dans les tiroirs du bureau. Il découvrit un dossier où étaient rangée une brochure sur les activités annuelles d'une association nommée *Der Wikinger*[29] rattaché au *HIAG*[30], une liste de membres, une carte au nom d'Anton Muller ainsi qu'un gros carnet bourré d'adresses, de numéros de téléphone et de rendez-vous. Un de ces rendez-vous attira particulièrement l'attention de David, il s'agissait d'un banquet cent pour cent nazi programmé le 22 décembre sans que le lieu ne soit encore défini. Il fourra le tout dans son sac.

David avait déjà entendu parler de la *HIAG*, fondée en 1951 par *Otto Kumm*, le dernier commandant de la *1ère division SS Leibstandarte Adolf Hitler*. Le statut d'anciens combattants de la guerre 39-45 n'existait pas en Allemagne mais certaines associations étaient autorisées et militaient pour l'obtention de pensions. Ainsi ça se précisait, Muller avait dû finir son parcours dans la peau d'un SS et fréquentait aujourd'hui encore une association nazie. Christina de son côté s'activait à crocheter la porte de l'immense armoire à glace occupant le mur du fond. Elle égrena les pires jurons

---

[29] Le viking.
[30] Association d'entraide mutuelle des anciens membres de la Waffen SS.

Gammlers en découvrant le contenu de l'armoire…L'intérieur ressemblait à un autel dédié au culte des ancêtres, il ne manquait que les bougies et l'encens. Au centre de l'installation, sur fond de drapeau nazi trônait, posé sur un petit chevalet, un exemplaire de *Mein Kampf* avec une note dédicacée d'*Heinrich Himmler* : *Au valeureux Anton Muller : juillet 1933. Meilleur souvenir, vive notre Reich en marche pour mille ans de règne… Heil Hitler !* Le reste de la panoplie se composait de breloques nazies : médailles, insignes et autres colifichets dont une *Croix du Mérite* épinglée sur fond de velours rouge à son nom. Sur l'étagère du bas, sur une photo, Anton se mettait en scène en grand uniforme des SA avec des collègues, pourtant en 1934 leur patron, Ernst Röhm, et beaucoup de membres de la SA avaient été assassiné par Hitler. Manifestement Anton Muller avait su naviguer. Christina prit des photos.

***

-Qui es-tu ? Je ne te connais pas, dégage de chez moi…

Anton Muller faillit avoir une syncope en découvrant le spectacle qui s'offrait à lui dans son propre salon. Une espèce de hippie blonde, assise en tailleur sur son canapé, jupe retroussée laissait apparaitre sans-gêne sa petite culotte en synthétique rose. Non seulement elle essuyait ses Pataugas crottés sur le velours moiré mais elle sirotait au goulot, par petites lampées, son meilleur Cognac.

Sous l'effet de la surprise la peau luisante de Muller se mit à rougir par plaques, ses narines se dilatèrent pour alimenter en oxygène ses éponges soumises au stress. Il laissa tomber son cartable, souffla comme un bœuf et se précipita vers le téléphone, son ventre ballotait à chaque pas de manière grotesque. Le fil du téléphone était coupé, la fille du canapé, toujours impassible se fichait de lui. Muller fit un pas dans sa direction avec la ferme intention de la foutre dehors, mais il fut arrêté net dans son élan. David arrivé par derrière venait de lui faire un habile croche-pied. Muller chuta lourdement sur le nez. Truffe saignante il fut contraint de s'asseoir à son bureau, un revolver pointé sur le cœur. Le couple lui faisait face.

-Qu'est-ce que vous me voulez p'tits cons, je n'ai pas d'argent…

-Je suis juif, répondit David, tes amis ont tué ma famille et je suis venu pour me venger !

Muller devint livide, ses yeux affolés parcouraient la pièce sans trouver la moindre issue de secours :

-Vous êtes dingues, je n'ai rien contre les juifs, pourquoi vous êtes là ?

Christina se leva et ouvrit l'armoire en grand.

-Pour ça ! C'était le bon temps ! Nostalgie quand tu nous tiens…En passant elle lui administra une grande claque…

David arma son *Makarof* puis sortit un magnétophone portable de son sac.

-On ne veut plus que tu enseignes aux gamins allemands ! Tu vas décliner ton identité puis répondre à mes questions au sujet de ton itinéraire d'enseignant durant le troisième Reich et de ta nomination scandaleuse au poste de prof d'histoire de la République Fédérale. Si je sens que tu racontes des bobards, et crois-moi je suis bien documenté, mon amie te punira.

Christina, en guise de préambule, lui asséna un coup de bottin téléphonique, pas trop fort pour commencer, sur le dessus du crâne.

-Si tu refuses de coopérer tu es mort…

-Vous ferez quoi de la bande ?

Muller claquait des dents.

-La presse aura un bon sujet d'article. Ce n'est pas tout ! Tu rédigeras une demande de démission en bonne et due forme à l'intention de l'Académie. Au fait, à quelle date es-tu entré dans la SS ?

-Mais je n'y suis jamais entré…

-Ne raconte pas de blague Anton - David avait vu sa carte de membre de *Der Wikinger* dans le tiroir du bureau - Enlève ta chemise et lève les bras.

Muller avait sûrement essayé de faire enlever le tatouage de son groupe sanguin, preuve de son appartenance aux SS, mais le résultat n'était pas probant.

-Nous y sommes ! triompha David.

Il se retira d'un pas pour permettre à Christina d'abattre sur la tête de Muller pour cause de mensonge son arme favorite, l'annuaire des postes.

***

Trois-quarts d'heure après Anton Muller avait raconté sa carrière au micro, notamment son passage par les *Hitler Jungend*, les SA puis les SS. Partout, il fut zélé et bien noté, devançant les désirs de ses chefs. Ce parcours sans accroc se prolongea après-guerre. En haut lieu on pensait à lui pour les palmes académiques à son départ en retraite, ce qui lui vaudrait une majoration de pension. Seuls quelques parents d'élèves avaient protesté contre ses méthodes musclées sans aller plus loin ; l'Allemagne restait un pays discipliné où il était difficile de remettre en cause l'autorité. Anton Muller était convaincu d'avoir agi pour le bien de son pays et des jeunes gens qu'on lui avait confiés. La lettre

184

de démission fut plus compliquée à faire rédiger, l'annuaire s'abattit deux fois de suite pour arracher une signature.

David, au bord de la nausée avait hâte de prendre l'air. Il se désintéressa un peu trop tôt de sa victime et lui tourna le dos juste avant d'atteindre la porte du bureau. Il entendit alors presque simultanément la menace de Muller, *tiens attrape ça sale juif*! Et la mise en garde de Christina, *Attention David*!

Le prof brandissait un *Luger*, David se jeta au sol en se retournant, son *Makarov* cracha une seule fois, Muller s'écroula, un trou sanglant au-dessus de l'œil.

Un étui contenant un revolver chargé était fixé sous le bureau. Heureusement le système d'armement du *Luger* est peu aisé à manœuvrer ce qui avait donné à David un avantage décisif.

Christina sentit David quelque peu déstabilisé par l'évènement, elle décida de prendre les choses en main.

-Il est « vierge » ton pétard ?

-Jamais servi, d'après le vendeur, mais ce n'est pas garanti…

-Aide-moi…

Ils assirent Anton Muller sur son siège de bureau et posèrent sa joue sur une pile de cahiers. Christina enleva l'étui de dessous le bureau, mis le *Luger* dans son sac, ramassa le magnétophone et plaça le *Makarov* dans la main du mort. La balle avait traversé le crâne et s'était logée dans le mur. Elle déposa en évidence sur le bureau la lettre de démission puis nettoya soigneusement à l'aide d'un mouchoir tous les objets que David et elle avaient touchés, enfin elle referma à clé les tiroirs du bureau et l'armoire.

-Le plan initial a foiré, ça n'a plus de sens de tout balancer à la presse maintenant qu'on l'a tué...Remarqua Christina. La thèse du suicide ne tiendra pas longtemps, Muller n'a pas le profil du type plein de remords qui se sent obligé de démissionner... Mais ça sèmera le doute quelques temps...

Ils s'enfuirent par où ils étaient venus. Le reste du groupe commençait à trouver le temps long, heureusement qu'ils avaient changé les plaques d'immatriculation car ça faisait une heure que Peter au volant de la *Saab* était posté devant la maison. La discussion s'engagea sur le trajet du retour. De l'avis général David n'avait rien à se reprocher, il avait agi en état de légitime défense et, de toutes façons, il était normal qu'il se mettre en rogne si on le traitait de sale juif.

Crime et Châtiment

1973 : Larozépam

Les Leclerc possédaient, depuis un siècle et demi, une superbe villa bourgeoise de style Néo-Normand dans le quartier *Félix Faure*. Natacha Kerensky, vêtue de la traditionnelle tenue noir et blanc de l'employée de maison modèle ; coiffe et mini tablier bordé de dentelle, accueillit Henri Poirier sur le perron et l'introduisit dans le petit salon Louis XV. Le commissaire était un homme aux goûts simples, les relations intimes qu'il entretenait avec son épouse suffisaient largement à préserver une libido encore convenable pour quelqu'un de son âge. À peine avait-il de temps en temps quelques phantasmes érotiques basiques dont celui de la soubrette soumise. Il eut l'impression, en suivant Natacha, d'être immergé dans une couverture de *Playboy*. Elle avait raccourci sa jupe noire, échancré son chemisier, ajusté parfaitement son uniforme afin de mettre en valeur son corps de rêve. Le commissaire, bien élevé, détourna le regard et s'installa dans une bergère renaissance aux moelleux coussins.

-Pour vous faire patienter monsieur Leclerc m'a demandé de vous servir une coupe d'un bon cru de son vignoble de champagne.

-Merci mon petit… Henri eut à peine le temps de profiter du décolleté de Natacha alors qu'elle se penchait pour servir les bulles. Julien Leclerc fit irruption dans la pièce avec sa fille Margaret. Une fois les présentations faites, Margaret se retira.

-Que me vaut l'honneur de votre visite monsieur le commissaire ?

Julien Leclerc se servit une coupe. Il était d'une extrême pâleur, le front couvert de fines gouttelettes de

188

sueur. Il trembla imperceptiblement en portant la coupe à ses lèvres. Henri se demanda si c'était sa visite qui le mettait dans un pareil état.

-Vous vous sentez mal monsieur Leclerc ? Voulez-vous que j'appelle un médecin ?

-Non merci commissaire, c'est juste un petit malaise passager...

-J'ai quelques questions à vous poser sur le *Larozépam*.

-Je sais que vous avez obtenu les autorisations nécessaires auprès du ministère de la défense pour votre enquête, mais je ne pourrai vous confier que des informations générales sur le produit.

-Ça me suffira. Il y a quelques jours, un fourgon blindé a été attaqué. Les malfaiteurs ont suivi un mode opératoire original, une première dans le genre. J'ai tout lieu de penser qu'ils ont neutralisé l'équipe de convoyeurs en envoyant par les conduits d'aération une ampoule de verre qui, en se brisant, a dégagé un gaz. Les agresseurs n'ont utilisé ni explosifs, ni outils pour ouvrir le coffre, les convoyeurs n'ont pas été menacés, vous voyez où je veux en venir ?

-Vous pensez qu'ils ont utilisé du *Larozépam* ? Impossible, le produit n'est pas commercialisé, nous en sommes au stade de validation des expérimentations.

-Elles sont concluantes ?

-Et comment ! Je n'ai pas attendu la parution des résultats officiels, j'ai testé le produit sur moi !

Henri, sous l'effet de la surprise, avala de travers une gorgée de champagne et se mit à tousser bruyamment dans sa manche de veste au niveau de la pliure du coude par réflexe sanitaire suivant ainsi les recommandations de l'Office Mondial de la Santé.

-Mais pourquoi avoir pris ce risque ?

-Cela me permettait de gagner du temps et de me rassurer avant d'engager la phase de commercialisation. C'est mon collaborateur Serge Rich qui pilotait l'opération. Sous l'effet de la drogue, dans un complet état de léthargie, j'ai répondu à ses questions, puis il m'a demandé d'effectuer un certain nombre de déplacements dans la pièce. À mon réveil, je n'avais aucun souvenir de ce que j'avais fait ! Bref, succès complet ! Pour en revenir à votre braquage de fourgon…Les agresseurs possédaient la combinaison du coffre sans aucun doute. Vous avez envisagé la complicité d'un convoyeur ?

-Ça ne va pas dans le sens de l'enquête. Le *Larozépam* annihile toute volonté, vous êtes bien placé pour le savoir. Il semble que le chef de convoi sous l'emprise d'une drogue a donné la combinaison du coffre et, comme vous, n'en a aucun souvenir ; mêmes symptômes, étrange coïncidence…

-Vous insinuez que quelqu'un aurait volé notre produit pour commettre ce forfait…

-Où est stocké le *Larozépam* ?

-À ce stade nous ne possédons que quatre flacons d'un litre. Ils sont au coffre, dans mon bureau. Vous voulez les voir ?

Julien Leclerc consulta une fiche cachée dans un « guide du pêcheur à la mouche » puis ouvrit le coffre après avoir aligné sur le sélecteur une palanquée de chiffres. Quatre flacons étiquetés, pleins d'un liquide jaune tirant sur le vert étaient posés entre des dossiers et une liasse de billets de cent dollars.

-Et ça qu'est-ce que c'est ?

-Un lanceur et quatre projectiles qui seront chargés de *Larozépam*, le lanceur sert à propulser le projectile si le volume à « traiter » est important.

-Quelle quantité de *Larozépam* est nécessaire pour agir dans un lieu clos et hermétique d'environ 10 mètre cubes tel un fourgon blindé ?

-Quelques centilitres suffisent…

Henri but une deuxième coupe avec Julien Leclerc qui reprenait peu à peu des couleurs. Ils parlèrent de pêche à la ligne jusqu'à son départ.

Dans le hall, Natacha Kérensky aida le commissaire à enfiler son manteau, elle aussi avait le visage fermé comme si elle hésitait à prendre une décision.

-Il n'a pas l'air en forme votre patron…

-Il ne va pas bien du tout. Madame c'est encore pire elle ne sort plus de sa chambre…

-Le décès d'un fils est une terrible épreuve…

-Il n'y a pas que ça monsieur le commissaire !

Natacha entraina Henri dans la cuisine et referma la porte derrière elle.

-Vous sortirez discrètement par la porte de service. Je n'ai pas envie que mes patrons sachent que je vous ai parlé.

Sous l'effet de l'émotion une petite plaque rouge se formait à la base de son cou…

-Vous avez quelque chose à me dire mon petit ?

-J'étais en train de faire les carreaux du hall d'entrée quand on a sonné. C'était le facteur qui amenait un courrier recommandé à remettre en mains propres à monsieur Leclerc. Le patron a ouvert le courrier au milieu du hall, soudain il s'est immobilisé, a mis la main devant sa bouche. Il a vacillé au point que j'ai été obligé de l'aider à s'asseoir. Il a posé le courrier sur son bureau, est sorti de la pièce comme un fou…La porte était ouverte, je suis curieuse, j'ai lu le pli en vitesse. Quand monsieur est revenu il a jeté le courrier au feu dans la cheminée avant de refermer la porte de son bureau.

-Vous devinez la question que je vais vous poser chère mademoiselle Kérensky…

-Je m'en doute. Quelqu'un avait écrit, tenez-vous bien : *La mort de ton fils n'a rien d'accidentel. Si tu ne veux pas que Margaret subisse le même sort tu devras nous remettre deux litres de Larozépam actif, deux projectiles et un lanceur. Rendez-vous mardi prochain à 15 heures précise sur le parking principal de la forêt de Montgeon. Un motard t'y attendra. Si tu préviens la police nous tuerons ta fille... Et pas de garde du corps, sinon gare…*

***

-Bonjour monsieur Rich, commissaire Poirier à l'appareil…

-Que puis-je faire pour vous monsieur le commissaire ?

-Vous avez participé à une expérience sur la personne de votre patron en lui faisant inhaler du *Larozépam* ?

-Oui, à sa demande. J'ai essayé de l'en dissuader puisque les essais officiels sont programmés mais il a insisté. Je n'ai pas compris.

-Il était pressé ?

-C'est ce qu'il m'a dit pourtant on n'était pas à deux semaines près…

-Il y a quatre échantillons dans le coffre ?

-Non, il y en a six…

-Un lanceur ?

-Non, deux.

-Et quatre projectiles ?

-Non, il y en a six.

-Dites-moi monsieur Rich, avec deux litres de ce produit, on peut anesthésier combien de personnes ?

-Un litre suffirait à agir sur toutes les personnes se trouvant confinées dans un lieu clos de plusieurs centaines de mètres carrés même avec une hauteur de plafond supérieure à la moyenne…

-Votre amie Margaret est au Havre pour combien de temps ?

-Quelques semaines. Sinon elle se partage entre Gand où elle a un poste à l'université et ses missions à l'étranger : en Allemagne notamment.

-Vous vous voyez souvent ?

-Oui.

-Vous êtes amants ?

Un long blanc s'installa avant que Serge ne se décide à répondre :

-Oui, depuis peu, j'espère que notre relation aura une suite…

***

Charles Roussel, pensif, avait gardé l'écouteur du téléphone collé à son oreille bien qu'Henri ait raccroché depuis un moment :

-Julien Leclerc a menti. À qui a-t-il remis les deux flacons manquants, le lanceur et les deux projectiles ?

-Si notre hypothèse se confirme une quantité infime de *Larozépam* a pu servir à l'attaque du fourgon, ils ont peut-être voulu tester le produit en situation. Que compte faire les maîtres chanteurs avec deux litres ? Dévaliser la banque de France…

-Endormir l'Élysée et kidnapper Pompidou ?

-En tout cas mon bon Charles…Dans nos enquêtes le nom des Leclerc revient en force…

193

-Rappelle-toi Henri : Serge Rich nous avait dit en se basant sur ses rêves : *l'homme au loup rouge* est impliqué dans les meurtres et connait Margaret…

-qui l'eut cru ? Charles est devenu un adepte de la parapsychologie ! Bientôt chez les Roussel on va faire tourner les tables !

-Et si *l'homme au loup rouge* était aussi impliqué dans les braquages ?

-À partir de maintenant, même combat ! On reconstitue notre duo de choc, comme autrefois, on fait suivre Margaret et son paternel vingt-quatre heures sur vingt-quatre.

Henri interpella Cheunou et Balluquet qui déambulaient dans le couloir.

-Venez nous voir les gars, on a du boulot pour vous, tout le monde sur le pont, haut les cœurs !

Puzzle

Du nouveau se profilait du côté de Hambourg. L'enquête de la *Deutsche Polizei* sur le *Mouvement du 15 janvier* avait sensiblement progressé et, contre toute attente, d'après les recherches de Lucien, un homme âgé de quatre-vingt-trois ans nommé Gustave Kostler correspondant au profil recherché vivait encore aujourd'hui dans la périphérie de Hambourg.

La curiosité du commissaire Poirier l'emporta sur sa trouille de l'avion. Devant l'insistance de Charles Roussel, il accepta pour la première fois de poser ses fesses dans un jet. En route pour deux heures de cauchemar aéroporté : vol *Lufthansa,* décollage d'Orly à midi pile, ce 25 octobre 1973... Les mains moites d'Henri, crispées sur l'accoudoir de son siège, ne se desserrèrent que pour saisir un verre de whisky apporté en urgence par une hôtesse de l'air ayant remarqué son teint plombé de pétochard. Charles, par sécurité, avait emmené un tube de *Valium* au cas où le stress de son ancien chef se serait transformé en crise de panique. Il avait bien fait d'être prévoyant. Un orage conséquent chahuta l'appareil. Sous l'effet du tranquillisant Henri passa la douane allemande dans un état semi-comateux.

Lucien les attendait à l'aéroport flanqué de son ami Helmut Kraus qui, pour l'occasion, ferait office de guide et d'interprète. Helmut n'avait rien d'une mauviette ; front haut coiffé d'un feutre, élégant, visage taillé à la serpe, il avait un petit côté mâle dominant sans un poil de graisse, comme celui qui tient le rôle du détective séduisant dans les films hollywoodiens des années cinquante. Au volant d'une BMW de la *Deutsche Polizei* d'un vilain vert kaki il fit faire aux Havrais un tour de ville suivant l'itinéraire des bus touristiques. Il faisait froid mais beau, une intense lumière blanche inondait la cité hanséatique, les passants s'attardaient sur les bancs publics pour profiter de cette embellie inespérée. Les flics firent le tour de *Speicherstadt* le quartier des entrepôts et des vieilles demeures aux façades néogothiques, passèrent devant l'hôtel de ville, magnifique exemple de l'architecture extravagante de la Renaissance puis filèrent au marché aux poissons. Helmut dégota une gargote pittoresque où ils dégustèrent un *Fischbrötchen*, célèbre sandwich composé de hareng Bismark mariné, d'oignons, de gros cornichons et de sauce au Raifort. Henri criait famine, il n'avait rien pu avaler durant le vol.

Le commissariat de police d'*Ottensen* était situé dans le quartier festif de Hambourg fréquenté par une jeunesse turbulente aimant chahuter les forces de police. En revanche à l'intérieur du bâtiment, à l'image des Allemands de plus de quarante ans en général et des flics en particulier, l'ordre régnait à tous les étages ; on aurait pu piqueniquer dans les toilettes et lécher la moquette marron-glacé. Une odeur d'encaustique et de produit lave-vitres régnait dans les locaux où une cohorte de femmes de ménage en tenue bleu-clair s'activait. Chaque officier de police disposait d'un espace personnel vitré, doté du meilleur matériel. Le commissariat était divisé en sections possédant toutes un tableau d'affichage couvert de plannings, remis quotidiennement à jour. Des flics détendus arpentaient les couloirs recouverts d'une épaisse moquette, dans un silence absolu. Le contraste avec le commissariat du Havre, sorte de ruche bourdonnante où l'on s'interpellait sur fond de jazz diffusé par l'électrophone d'Henri était saisissant. Ici le seul bruit perceptible était celui du trousseau de clé et du coupe ongle de Lucien Porto s'entrechoquant au fond de sa poche.

Helmut présenta Charles et Henri au commissaire principal Meyer qui, après le traditionnel « *Willkommen* » demanda des nouvelles de Montmartre qu'il avait bien connu lors de son passage à Paris dans les années quarante sous l'uniforme *Feldgrau* :

-Ach ! Cher collègue, la guerre, quel malheur ! Dit-il à Henri qui se garda bien de répondre par une vacherie alors qu'il en mourrait d'envie.

Helmut entraîna ses invités dans son bureau, prépara le café et extirpa du placard un mètre linéaire de dossiers cartonnés :

-J'ai des nouvelles du *Mouvement du 15 janvier* grâce à un indicateur qui travaille pour moi dans le milieu *Gammlers* …Helmut s'exprimait dans un français plus que correct.

-Quésaco les *Gammlers* ? Demanda Henri en portant la tasse de café à ses lèvres.

-Ça veut dire « chevelus », plutôt anars, du genre beatniks, répondit Lucien devenu expert en sociologie teutonne grâce à ses nouveaux amis d'outre-Rhin.

Helmut, faisant preuve d'une certaine autorité reprit la parole :

-Je vous explique. Nous avons récemment enquêté sur la mort d'un professeur de lycée en activité nommé Anton Muller. Cet homme a été assassiné. Ses assassins ont voulu faire croire à un suicide. Muller fréquentait une association d'anciens SS. Cette histoire a fait les gros titres de la presse locale. Au-delà de l'affaire criminelle un débat s'est rapidement imposé dans les médias : fallait-il permettre à un ancien professeur nazi d'enseigner dans nos lycées ? Il se trouve que le *Mouvement du 15 janvier* a participé au débat par tracts interposés signés Rosa et Karl…

Charles, selon son habitude prenait quelques notes sur son carnet :

-Vous pensez qu'ils ont quelque-chose à voir avec ce crime ?

-La balle qui a tué Anton Muller est du 9mm. C'est le calibre du *Makaroff* qu'il a utilisé pour se « suicider ». Ce qui nous a semblé bizarre c'est qu'on n'a retrouvé aucune trace de poudre sur sa main et que la trajectoire du projectile semblait fantaisiste si vraiment il s'était supprimé assis à son bureau. Ça me rappelait l'histoire de la « balle magique » tirée par *Lee Harvey Oswald*, projectile qui est entré et sorti trois fois du corps de JFK avant de le tuer ! En fouillant le domicile de Muller on a retrouvé une boîte de balles 7.65 parabellum. Sa femme a d'ailleurs admis que son mari possédait un *Luger P08* qui datait de la deuxième guerre et dont les munitions sont bien du 7.65. Alors pourquoi ne s'est-il pas suicidé avec son *Luger,* où cette arme est-elle passée ? On peut en déduire que le ou les tueurs ont tiré les premiers avec le *Makaroff,* l'ont mis dans la main de la victime et ont piqué son *Luger* pour compenser la perte de leur arme. On a aussi retrouvé une lettre de démission sur le bureau de Muller peut être écrite sous la contrainte car sa femme nous a soutenu qu'il n'avait aucune intention de démissionner.

-Si c'est le cas, c'est un acte politique de forcer Muller à démissionner, vu son passé… Ajouta Henri.

-*Natürlich*, l'auteur du crime est un antinazi. On a retrouvé chez Muller un tas de breloques du troisième Reich, ça a dû mettre les assassins en rogne.

Lucien s'impatientait :

-Bon, d'accord Helmut, le type ne s'est pas suicidé…Et alors…

-J'ai eu l'idée de montrer le *Makaroff* à un de mes informateurs qui, à l'occasion, se livre à un modeste trafic d'armes ; un revolver par ci par là… Ce type je le contrôle, depuis longtemps…Il m'a avoué que c'est lui qui a vendu ce revolver à un *Gammlers*.

-Comment il l'a reconnu le pétard ? objecta à juste titre Lucien Porto.

-Avant de vendre une arme il efface le matricule pour la rendre intraçable puis donne un coup de poinçon en forme de trèfle sur la culasse, c'est sa griffe, un accord codé entre trafiquants.

Henri entortillait les poils de son sourcil droit, signe d'une nervosité grandissante :

-Et quel était l'heureux propriétaire du *Makaroff* ?

-L'arme a été remise en main propre à un dénommé David Epstein. Il forme avec Christina Volochek et Peter Grüber un trio inséparable connu et respecté dans le milieu *Gammlers*. Ces gens vivent d'expédients et se déplacent de squat en squat. Ils sont fichés chez nous pour des délits mineurs liés au trafic de hashish.

-Vous possédez leurs empreintes ?

-Bien sûr ! D'après les rumeurs rapportées par mon indic ces trois-là appartiendraient au *Mouvement du 15 janvier*. Vous avez l'air déçu commissaire Poirier…

-J'espérais trouver une relation directe entre nos affaires sur le territoire français et les agissements du *Mouvement du 15 janvier* en Allemagne…

-Ce n'est pas fini. D'après le boulanger du coin cinq personnes se trouvaient dans la *Saab* garée devant chez Muller. Le chauffeur, un baraqué blond correspondant au signalement de Peter Grüber et deux couples, un vêtu normalement, l'autre conforme au look *Gammlers ;* la fille avait des mèches rouges. Un quart d'heure plus tard le chauffeur était seul dans la voiture. Dans la maison de Muller on a retrouvé un long cheveu de couleur rouge et surtout les empreintes de Christina Volochek sur un bottin téléphonique. Je parie qu'elle se trouvait dans la maison avec David Epstein…

-Et l'autre couple, où était-il passé ? Henri attaquait maintenant le tressage des poils de son sourcil gauche…

-Je ne sais pas. Il faisait peut-être le guet. Ils n'avaient pas besoin d'entrer à quatre dans la maison…

-À tous les coups les deux autres sont Rosa et Karl, CQFD… S'exclama Charles enthousiaste.

Lucien s'enfila le restant de la cafetière :

-Je suppose Helmut que tu les as faits filer tes loustics ?

« Loustic » ne faisait pas partie du vocabulaire d'Helmut néanmoins il comprit le sens de la question :

-Je pense bien ! D'abord grâce à Christina Volochek on est remonté jusqu'à l'imprimerie qui réalise les tracts : perquisition, saisie de deux cents tracts du *Mouvement du 15 janvier.* Vous comprenez pourquoi j'ai des certitudes. On a intimé l'ordre à l'imprimeur de ne rien dire à la bande pour ne pas l'alerter, sous peine de prison…Il a juste écopé d'une amende.

Henri, l'ancien résistant, n'aurait jamais imaginé qu'un jour il dirait du bien de la police allemande :

-Excellent !

-Deuxième chapitre : on a « logé » Peter et David dans un appartement au *22 Krieterstrasse* au cœur de *Wilhelmsburg ;* bizarre, le bon standing du lieu n'est pas en rapport avec leur profil !

-Vous avez perquisitionné ?

-La bande s'est volatilisée. Ça fait deux mois qu'on les cherche ! Je savais votre visite imminente, j'ai préféré vous attendre. On va se passer de mandat, crocheter la serrure et s'atteler à un grand chantier de relevés d'empreintes. On a celles de trois des membres présumés, par déduction on aura les deux autres. Ensuite on attendra l'occasion de serrer tout ce petit monde dans l'appartement…

***

La concierge de l'immeuble connaissait bien le couple qui habitait au troisième étage ; L'appartement était loué par une jeune femme du nom de Karol Hauffman qui payait régulièrement son loyer et vivait avec un jeune homme fort bien élevé très apprécié des voisins. Le couple ne résidait pas ici toute l'année. La concierge nous fit savoir qu'ils prêtaient parfois l'appartement à des gens aux dégaines discutables mais dont personne n'eut jamais à se plaindre et qu'elle identifia en voyant les photos de Peter, David et Christina.

Henri envoya Charles et Lucien chez l'agent immobilier qui percevait les loyers pour essayer d'en savoir un peu plus sur Karol Hauffman.

Les *Gammlers* auraient été incapables de payer un loyer mensuel de 500 marks. Le couple présentant bien, aperçu dans la Saab devant chez Muller était plus du genre à résider à *Wilhelmsburg*. La concierge et les voisins en firent une description précise : ils étaient blonds, elle fluette, cheveux courts, très jolie, lui visage plutôt carré mesurait pas loin d'un mètre quatre-vingt-dix.

Le salon de l'appartement, d'une banalité affligeante, était meublé sans aucun souci de décoration : une table en formica et quatre chaises, un canapé à ressort en mauvais état, un vieux poste de télé, une bibliothèque rudimentaire aux étagères bas de gamme pliant sous le poids des bouquins, des matelas pneumatiques roulés dans un coin. Deux experts accompagnant Helmut se mirent aussitôt au boulot afin de relever un maximum d'empreintes. Henri Poirier, muni de gants, s'attarda sur le contenu des étagères. Bon nombre d'ouvrages de littérature et de philosophie ; Sartre, Beauvoir, Marcuse et Young étaient édités en français. Henri s'empressa d'ouvrir des dossiers, intercalés entre les livres, dans lesquels étaient classés des polycopiés de cours sans entête en allemand et en français. Les éléments de cuisine, hormis quelques conserves, contenaient une réserve importante de tablettes de chocolat Menier introuvable en Allemagne ; Karol Hauffman semblait addict à la fève de cacao. Dans la chambre une quantité importante de fringues étaient pendues sur un portant protégé par une housse de toile. L'attention d'Henri fut attirée par un bureau surmonté d'un grand miroir et couvert de produits cosmétiques. Dans un des tiroirs du bureau, jetés en vracs se trouvaient toute une collection de postiches divers, de la perruque à la moustache en passant par les rouflaquettes, dans un autre des flacons de teinture, dans un troisième le nécessaire du parfait coiffeur : peignes, ciseaux, fers à friser et sèche-cheveux. Le moral d'Henri remonta d'un cran. Il pouvait déduire de sa visite que la locataire était sûrement française, plutôt une intellectuelle issue du milieu universitaire qui privilégiait une littérature dénonçant l'ordre établi. Elle et ses copains aimaient se travestir, ce qui lui rappelait les attaques de banques, peu à peu le puzzle se mettait en place.

Charles Roussel, satisfait, tendit à Henri la photocopie d'une photo d'identité de Karol Hauffman remise par l'agent immobilier. La malheureuse tache noire sur laquelle quelques traits à peine visibles apparaissaient n'était pas suffisante pour permettre une identification. La jeune femme avait présenté un passeport allemand lors de la constitution de son dossier, elle s'exprimait, parait-il, avec une légère pointe d'accent…

L'oncle

Les habitations d'Ahrensburg, petite localité située à trente kilomètres au nord-est de Hambourg, étaient regroupées autour d'un magnifique château renaissance entouré d'un vaste parc à la française. Le village avait été plutôt épargné par les bombes en 1945, ce qui avait incité les Anglais à installer leur quartier général au château ; autant faire la guerre dans un cadre agréable, de plus, à deux pas, une distillerie encore en état de marche produisait le meilleur schnaps d'Allemagne !

Gustave Kostler habitait *au 45 Alexanderstrasse* dans une maison à colombages aux tuiles vernissées, caractéristique des villages typiques allemands. Sur les rebords des fenêtres des jardinières de fleurs multicolores ajoutaient au charme de la maison. Helmut Kraus n'avait aucune idée de ce que les *Franzosen* venaient faire chez les Kostler. Il avait accepté de servir d'interprète pour leur être agréable mais au fond la curiosité le tenaillait ; quel lien y avait-il entre cette visite et le *Mouvement du 15 janvier* ?

-Je vais participer aux conversations se disait-il, *ils vont bien être obligés de me mettre au parfum.*

Helmut avait vu juste. Charles l'invita à prendre une bière dans un *Gasthaus* sur la place centrale du village, à deux pas du domicile des Kostler. Attablés devant une choppe en barbotine à chapeau représentant une scène de chasse à courre, les Havrais lâchèrent le morceau. Helmut le nez dans sa bière passa à deux doigts de la fausse route…

-Ah, ah, ah ! S'esclaffa-t-il. Je comprends mieux pourquoi vous ne vouliez rien me dire ! Je croyais que la France était la patrie de Descartes !

Henri piqua son fard et répondit sous le regard admiratif de ses deux collègues :

-Justement dans le *Discours de la Méthode* il est écrit : *le bon sens est la chose au monde la mieux partagée...*

-T'as des lettres s'exclama Charles !

-...C'est au nom du bon sens que nous effectuons cette démarche mon cher Helmut, notre méthode d'investigation nous y contraint au regard de la concordance des évènements ! Puis s'adressant à Charles et Lucien : Au fait, ce n'est pas utile de se pointer en meute chez les Kostler, on va leur faire peur ! J'irai seul avec Helmut. Je vous propose de nous attendre ici. Je vous raconterai le contenu de notre discussion pendant le vol de retour ça m'évitera de penser que je suis suspendu au-dessus des nuages !

***

Gustave et sa femme Gaby étaient des gens charmants. Helmut les avait prévenus par téléphone de la visite d'un policier français qui enquêtait sur une vieille affaire criminelle et avait besoin de précisions sur certains membres de leur famille, sans donner plus d'explications, ce qui avait plongés les Kostler dans un état de profonde perplexité. Ils accueillirent chaleureusement Henri et Helmut avec une pointe d'appréhension. Malgré ses quatre-vingt-trois printemps Gustave était encore vif d'esprit. Sa femme Gaby servit un thé gourmand accompagné de pâtes de fruits et s'installa à l'autre bout de la table. Gustave roula une cigarette pendant qu'Helmut sortait un dictionnaire de poche Allemand-Français en cas de défaillance.

Henri choisit de ne pas finasser et de poser des questions fermées. Il avait pris des notes sur le contenu du fameux rêve de Serge Rich auquel, évidemment, il ne ferait jamais allusion.

-Monsieur Kostler, je vous demande de répondre franchement à mes questions même si elles vous semblent un peu bizarres : avez-vous un neveu ?

-Oui le fils de ma sœur Maria, épouse Dieter...

-Le mari de votre sœur s'appelle Hans ?

-Oui, le pauvre est en fin de vie touché par une longue maladie comme on dit...

Helmut traduisait instantanément avec maîtrise mais peinait à se faire entendre ; il devait monter dans les tours car la voix puissante de Gustave était celle d'un baryton fumeur, grave et légèrement voilée.

Hans Dieter...Le cœur d'Henri s'emballa, une salve d'extrasystoles ventriculaires rapprochées lui fit craindre un malaise. Il allait devoir remettre en cause tout ce qu'on lui avait appris dans les manuels. L'approche rationnelle d'une l'énigme n'était pas le seul moyen de la résoudre...

-Comment s'appelle votre neveu ?

-Frantz, Frantz Dieter...

-Né le...

-10 mars 1938.

-Il avait donc sept ans en avril 1945 au moment de la prise de Hambourg par les Anglais.

Le petit garçon que Gustave tenait par la main dans le rêve avait à peu près cet âge-là.

-D'après un recensement administratif de 1936, Hans et Maria Dieter avait déjà une fille prénommée Monica...Poursuivit Henri.

Helmut marqua un temps d'arrêt :

206

-Monsieur et madame Kostler se demandent pourquoi vous vous intéressez tant à leur famille. Qu'est-ce que je réponds ?

-Ne dévoilez rien, mais promettez-leur que je leur expliquerai tout dès que l'enquête sera bouclée.

Les Kostler échangèrent un regard et acquiescèrent :

-Monica et sa mère ont été tuées pendant l'assaut de Hambourg par les Anglais. Dit Gustave en soupirant.

-Monsieur Kostler, où emmeniez-vous votre neveu alors que la ville était sous les bombardements ?

-Mais enfin c'est insensé ! Qui vous a rapporté cet épisode ? Monica souffrait d'une méningite, elle n'était pas transportable. Maria est restée près d'elle. L'immeuble où ils résidaient a été transformé en redoute et fut assiégé par les Anglais. Elles sont mortes durant les affrontements. Ma sœur m'avait demandé quelques jours auparavant d'emmener Frantz à *Ahrensburg* pour le mettre en sécurité. Le petit et moi avons traversé la ville à pied pour rejoindre la grande banlieue où était garée ma voiture ; les rues du centre-ville n'étaient plus praticables, j'espérais encore pouvoir gagner le village par la route mais en arrivant sur place nous avons été pris dans un terrible bombardement, la voiture a été démolie. Nous avons fait dix kilomètres à pied, c'est un miracle si nous avons survécu…Un autre drame a frappé ce qui restait de la famille Dieter. Hans défendait Hambourg sous l'uniforme allemand, il a essayé de s'introduire dans l'immeuble pour sauver sa famille et il a pris une balle dans le dos. Les Anglais l'ont sauvé mais il est resté paralysé.

-Qu'est devenu Hans Dieter ?

-Au début sa vie a été un calvaire…

Helmut dut chercher la traduction de calvaire sur le dictionnaire.

-…Petit à petit il a retrouvé le goût de vivre, même en fauteuil roulant. Après-guerre Il est devenu comptable. Frantz a vécu chez nous quelques années puis il s'est installé chez son père. Il a suivi de brillantes études : sciences humaines et droit.

-Frantz a une bonne situation ?

Gustave semblait un peu gêné…

-À vrai dire, il n'a jamais travaillé depuis qu'il est diplômé. Il a dépassé trente ans tout de même…Son père et moi avons tenté de lui faire la leçon, en vain…Il est très engagé politiquement dans le milieu étudiant qu'il n'a jamais vraiment quitté, ça lui prend tout son temps.

-À gauche ?

-Comme son père et son grand-père

-Vous le voyez souvent ?

-Non mais il nous téléphone fréquemment.

-Il a une amie ?

-Oui, Rosa, une très jolie jeune fille qu'il nous a présentée.

Henri Poirier sortit de sa poche le portrait-robot du grand blond réalisé d'après le témoignage de Diego Kaldera, le ferrailleur de Goderville et le montra à Gustave.

-Reconnaissez-vous Frantz Dieter ?

-C'est ressemblant… Il n'a rien fait de mal au moins ! Parfois j'ai peur qu'il se laisse entraîner, on ne sait jamais avec cette fichue politique…

-Peut-on voir Hans Dieter ?

-Est-ce vraiment nécessaire ? Il est très faible. Je ne lui parlerai même pas de votre visite.

208

-D'accord, pour l'instant nous en savons assez. Merci Monsieur Kostler…

Scène de ménage

-Je ne te pardonnerai jamais…

-Je n'ai pas voulu tuer ton frère…

-Tu as donné l'ordre de saboter la bagnole, tu es responsable. De plus ça n'a servi à rien, une simple menace suffisait…Tu t'es bien gardé de me prévenir…

-Je voulais frapper fort d'emblée, ne pas me contenter d'une simple lettre anonyme. Te rends-tu compte des enjeux ? On a les armes pour mener à bien nos projets maintenant. Si on réussit on ralliera tous nos camarades à la Révolution, on tirera un trait sur le passé !

-Tu me fais peur…

-J'ai fait une erreur, je n'aurais jamais imaginé un accident mortel en pleine ville. Il faut que tu me pardonnes. Je le paie assez cher puisque tu ne veux plus de moi dans ton lit ! Tu m'as vite remplacé d'ailleurs…

-Ne me dis pas que tu es jaloux ! Voilà un sentiment « petit bourgeois » qui ne te convient guère. Je fais ce que je veux de mon corps !

-Évidemment ! Ne t'emballe pas…Et puis, mon rival je l'aime bien, plus que tu ne le penses…

-Depuis qu'on est au Havre je te trouve bizarre. Les autres sont de mon avis. Tant qu'ils ont confiance en nous ils obéiront sans discuter mais ça ne durera pas si tu leur caches quelque-chose.

-Ça n'a rien à voir avec notre engagement.

-Tu veux dire que tu règles des affaires personnelles en parallèle avec notre mission au Havre ? Je ne comprends pas, tu n'as jamais mis les pieds ici…

-Je t'expliquerai plus tard, fais-moi confiance. En attendant il faut qu'on finalise les détails de l'opération.

Le plus dur est fait : Christina est embauchée pour la soirée du 22 décembre…

    -Et les armes ?

    -On les aura : filière yougoslave. Tu as la liste des invités ?

    -Oui, les pires ordures que la terre ait portées !

    -Fais voir… Nom de Dieu ! Ils sont tous là…

Les vampires

Je rêve que je rêve. Je flotte dans le noir, angoisse… Soudain, au loin, une lueur… J'ouvre les yeux pour m'assurer que je suis bien couché dans mon lit, tintamarre, une voiture passe sous mes fenêtres, pot d'échappement percé… La chambre est dans l'obscurité, pas de figure menaçante dans les fleurs du papier peint mais au milieu du mur la lueur devient de plus en plus brillante, le halo s'agrandit doucement. J'ai froid. Je me lève et vais jusqu'à la penderie. J'enfile mon plus gros pull-over, celui que j'ai acheté en Irlande ; le labo m'avait envoyé à Cork visiter un fournisseur. Le soir, après avoir mangé une assiette d'*Irish stew* archi mijoté sur un coin de bar dans un pub, je m'étais arsouillé au whisky. C'était la première fois que ça m'arrivait de boire seul, Margaret m'obsédait. J'ai de plus en plus froid… Il doit me rester un fond de *Jameson* dans le bahut. Pas besoin d'allumer dans la chambre, la lueur du mur éclaire tout l'appartement. Je bois la dernière lampée, ça me réconforte puis je me tiens debout au pied du lit, face au mur. Les fleurs dansent, j'ai l'intuition qu'en avançant d'un pas je vais passer de « l'autre côté ». Je ne sais pourquoi, je m'attendais à me retrouver dans le fameux pub… J'avais déjà l'odeur du lieu dans les narines, mélange de bière et de tabac froid, j'entendais la musique celtique et les vociférations des lanceurs de fléchettes. J'ose faire le pas en avant. Le mur s'efface. Surprise et déception…Je ne suis pas en Irlande.

Tout est blanc, des flocons serrés descendent du ciel, la neige m'arrive aux genoux. Je suis en pyjama, pieds nus, tout à l'heure dans la chambre j'avais froid, maintenant je ne sens plus rien…Silence absolu, visibilité réduite. Typique ambiance du rêve visionnaire, désincarnation, transformation ectoplasmique, il faut accepter le changement d'état, garder sa lucidité, retenir les enseignements, les extraire du songe, les ranger pour mieux les retrouver, plus tard… Ça monte, région vallonée, j'avance péniblement dans la neige vers une forme sombre qui barre l'horizon. C'est un bois. Subitement, distance abolie, je pénètre dans le bois. Branchages sur la neige, je marche dessus, ils devraient craquer, écorcher mes pieds nus ; rien, mais ils craquent sous les pieds de quelqu'un d'autre. Le bruit vient de ma droite. Je distingue cinq silhouettes, deux femmes et trois hommes. Je m'approche d'eux pour les identifier, prudemment d'abord puis je m'enhardis. Je me rends compte qu'ils ne m'entendent pas. Je me mets en travers de la route, bien décidé à leur demander qui ils sont et où ils vont. Tout est blanc ; les branches ploient sous le poids de la neige. Une des femmes porte une tenue blanche impeccable, très stricte, la rendant presque invisible dans le décor. Ils vont bien être obligés de s'arrêter, de me parler. Ils marchent d'un bon pas, les yeux fixes ; la visibilité est nulle, je suis transparent, ils passent à travers moi. Quand ils sont tout près, je remarque qu'ils sont masqués avec des loups de carnaval, je m'en doutais ! Celui du plus grand des garçons est rouge, les autres sont noirs…

Je ressens une profonde inquiétude. Je ne sais pourquoi je m'inquiète pour eux. J'essaie de parler : *je m'appelle Serge Rich, à qui ai-je l'honneur ?* Aucun son ne sort de ma bouche. Ça me désespère…J'éprouve soudain le besoin de reprendre contact avec la réalité pour me rassurer, ouvrir les yeux ne serait-ce qu'un instant, retrouver le cadre apaisant de ma chambre, écouter les bruits de la rue, m'imprégner de la lumière naturelle filtrant entre les lattes des volets. D'habitude j'arrive à profiter de ce court bien-être avant de replonger dans mon histoire. Mais là, impossible de sortir, blocage complet. Le groupe masqué s'est retourné, m'a enfin regardé. *L'homme au loup rouge* me fait signe de les suivre. À la lisière de la forêt, le ciel s'éclaircit, paysage somptueux, au loin on entend l'angélus. Un village d'allure médiévale est perché à flanc de côteau. Au sommet un château, style romantique débridé genre Louis II de Bavière revu et corrigé par Charles Perrault, domine la vallée enneigée. *Ça pourrait ressembler au Tyrol...*Me dis-je *ou plutôt à une image illustrant un conte pour enfants se déroulant au Tyrol.* Nous traversons le village désert, franchissons une haute grille en fer forgé, un jardin somptueux et la porte grande ouverte du château... Personne... Nous remontons une galerie des glaces chargée de dorures, les fenêtres sont grandes ouvertes, rideaux frémissant sous l'effet d'une bise glaciale, on entend une musique de fond ; Richard Wagner au meilleur de sa forme. On distingue au bout d'une galerie d'ancêtres aux airs constipés une impressionnante porte en chêne encadrée par deux domestiques coiffés d'une perruque poudrée et boudinés dans une livrée de satin. On s'approche de la porte. Derrière un indicible brouhaha, rumeurs, chants, éclats de rire, claquent les bouchons de champagne. Les domestiques s'inclinent à notre arrivée et poussent les lourds battants de la porte. *L'homme au loup rouge* mène le groupe, il domine les autres d'une tête. Une des deux filles me prend par la main. La porte s'ouvre sur une immense salle médiévale. Des armures dorées disposées aux quatre coins de la pièce, aux murs des armes, des blasons, des oriflammes rouge et noir, un feu de cheminée crépite, au centre se pressent cent convives autour d'une table rustique, majorité d'hommes habillés de costumes sombres. Ils en sont au dessert et bouffent un énorme bavarois. Ils fêtent quelque chose. En nous voyant, sous l'effet de la surprise, les petites cuillers restent en suspension devant les bouches grandes ouvertes. Leur teint est gris, leurs yeux injectés de sang. Des vampires…On dirait des vampires, *happy birthday* Dracula ! Je n'ai sur moi, ni eau bénite ni crucifix… Soudain *l'homme au loup rouge* pénètre dans la salle, sort de sa besace un marteau de forgeron, il devient *Odin* fils de *Thor*, la foudre jaillit de son outil, les vampires tombent le nez dans l'assiette, crament les uns après les autres. Nous sommes heureux, j'enlace la fille qui me tient par la main, nous dansons. Je connais son parfum. Wagner, après une dernière orgie de décibels s'arrête en douceur pour laisser place à de la musique celtique ; association incongrue. Quand j'ouvre les yeux, sachant que ce n'est qu'une illusion puisque le rêve se poursuit, je reconnais le pub de Cork, la fille masquée avec qui je dansais tout à l'heure s'est transformée en belle rousse à la carnation laiteuse, les petits enfants roux en pull jacquard qui dansent avec nous sont les siens. La bonne odeur de ragout mijoté au feu de bois flatte mes narines. Le pub est un sas de sortie en douceur, le vrai réveil approche.

Je suis debout au pied du lit, le nez collé au mur. Il fait grand jour dans la chambre. J'ai réellement enfilé mon pull irlandais, et fini la bouteille de *Jameson.* À sept heures pile la radio me réveille, distillant une musique d'*Alan Stivel,* harpe, bombarde, cornemuse écossaise,

215

flute irlandaise, toute la panoplie… Plus celtique tu meurs… Curieuse coïncidence…

-*Le folklore sert à noyer le poisson.* Me dis-je. *Seuls comptent les faits et gestes de l'homme au loup rouge.*

1945 : L'infirmière

Les *Tommies* qui pénétrèrent dans la cave de l'immeuble comprirent qu'ils devaient une fière chandelle au soldat allemand gisant au sol. L'homme avait réglé son compte au mitrailleur. Une demi-heure durant sa MG 42 avait décimé les rangs des Britanniques empruntant la passerelle de l'écluse.

Les commandos avaient nettoyé la redoute à coup de grenades et tué les SS qui résistaient dans les étages. Les quelques civils coincés chez eux : deux jeunes gens, un couple de personnes âgées, une jeune femme et une fillette avaient perdu la vie durant les combats. L'officier SS responsable du massacre, Kurt Steiner, avait été expédié dans un camp provisoire de détention en attendant d'être auditionné par un tribunal allié qui déciderait de son sort. Il était accusé d'avoir fait exécuter des prisonniers britanniques au mépris des accords de la convention de Genève, sans compter ce que révèlerait son passé de SS.

Après l'assaut les *Tommies* avaient ramassé leurs blessés. Le soldat allemand passé de leur côté était salement amoché. Un long canal sanglant barrait le bas de son dos sans compter sa plaie au crâne ; quand il s'était effondré sa tête avait heurté une margelle en béton. Il était inconscient. L'hôpital de campagne anglais, bien équipé, était dressé non loin de là. Hans Dieter fut placé sous perfusion - la perte massive de sang est la première cause de mortalité en cas de blessure par balle - puis transporté dans une unité de soins dirigée par le commandant Mike Robinson, neuro chirurgien réputé dans le civil.

Un ensemble de circonstances favorables m'a sauvé la vie dira Hans plus tard. Dans les moments de dépression il ajoutera : *malheureusement…*

La première chose que vit Hans Dieter en se réveillant après un mois de coma fut le visage ravissant de l'infirmière Liz Fawcet. Ses jolis yeux verts en amande soulignés d'un discret coup de crayon noir scrutaient son visage à la recherche d'un indice encourageant. Elle sourit quand elle eut la conviction que son patient reprenait bel et bien ses esprits.

-Wie fühlen Sie sich ? Meine Name ist Liz. Wie nennen Sie sich ?[31]

Ânonna-t-elle en allemand, ayant bien conscience que ses questions devaient sembler saugrenues à un homme revenant de l'enfer après avoir passé un mois dans un coma profond. L'objectif de Liz était de savoir si son patient était capable d'un minimum de lucidité et si sa fracture du crâne avait laissé des séquelles. Elle fut surprise d'entendre le soldat s'exprimer en Français, langue qu'elle et son chef parlaient convenablement.

-Je m'appelle Hans Dieter…

Fut la seule phrase qu'il prononça ce jour-là avant de resombrer dans l'inconscience. Robinson rassura son infirmière, le blessé s'était simplement endormi. Hans expliquera plus tard qu'à son réveil, ayant réalisé à son accent que l'infirmière n'était pas allemande, s'était exprimé en français, seule langue étrangère qu'il parlait couramment.

Une douzaine d'heures de sommeil plus tard, Hans fut saisi par une indicible angoisse : il n'arrivait plus à

---

[31] Comment vous sentez-vous ? mon nom est Liz, comment vous appelez-vous ?

bouger les jambes, le bas de son corps était mort. Il saisit une épingle nourrice fichée dans une bande Velpeau posée sur sa table de nuit, souleva le drap et se piqua l'extérieur du mollet jusqu'à ce que le sang jaillisse. Il ne sentit pas le moindre début de sensation de douleur, ses jambes étaient devenues deux souches inertes…Hans s'extirpa des draps en s'agrippant aux barreaux de la tête de lit, pivota sur lui-même, posa les pieds au sol et s'effondra lamentablement. Il émit une sorte de râle qui se termina par un hurlement de désespoir. Son voisin de lit, un solide Écossais dont les fesses étaient criblées d'éclats d'obus, essaya de le calmer et appela à l'aide. Liz se précipita, prit la tête de son patient entre ses mains et la serra contre sa poitrine. Hans sanglotait comme un enfant. Aidée par l'Écossais, Liz le recoucha et lui tint la main jusqu'à ce qu'il se calme.

Dès le lendemain le docteur Robinson se rendit à son chevet. Hans Dieter, prostré, répondait du bout des lèvres à ses questions. Il s'aperçut rapidement que son patient souffrait d'amnésie, incapable qu'il était de donner le moindre détail sur sa vie d'avant-guerre. Hans se contentait de répéter son numéro matricule et son appartenance au deuxième régiment de marche de la Wehrmacht, réflexe conditionné de n'importe quel prisonnier.

-La balle est entrée par le côté, dit Robinson au blessé sans quitter sa fiche des yeux, vous avez dû vous mettre de profil au moment où le SS a tiré, c'est ce qui vous a sauvé la vie. La balle est ressortie par le poumon gauche abimant au passage la moelle épinière. Vous échappez de justesse à la tétraplégie. Votre poumon va se cicatriser, de ce côté pas de séquelle, quant à l'évolution de vos symptômes amnésiques, je suis assez confiant. La guerre est finie Hans, c'est pour ça qu'on peut s'occuper de vous. On va vous transférer dans un hôpital qui a échappé aux bombardements dans la banlieue de Hambourg. Les alliés vont le réorganiser avec l'aide des services de santé allemands. Vous serez sous surveillance médicale et on vous apprendra à vous adapter.

-C'est-à-dire à me servir d'une chaise roulante…

-Entre-autres… Liz est mutée dans cet hôpital, elle pourra suivre votre convalescence. Au fait, monsieur Dieter, êtes-vous Alsacien ou volontaire français engagé dans la Wehrmacht ?

-Jamais de la vie, nous sommes antifascistes dans la famille, par tradition.

-Vous m'avez dit ne rien vous rappeler au sujet de votre famille…

-C'est vrai, ce n'est qu'une intuition…

-Votre action a sauvé la vie à pas mal de soldats britanniques, merci pour eux…

Robinson tendit la main à Hans avant de quitter les lieux.

Au fil des semaines, à l'hôpital, le lien de confiance entre Hans et Liz se renforça. Elle stimula sa mémoire sous le contrôle de Robinson. L'amnésie cessa spontanément en l'espace de cinq minutes quand Liz suggéra à Hans qu'il s'était peut-être introduit dans l'immeuble volontairement :

-Et si c'est le cas Hans, pourquoi avoir pris un tel risque ?

-Pour sauver Maria et Mona ! s'exclama-t-il. Où sont-elles ?

Devant la mine défaite de Liz, Hans comprit aussitôt …

Il se retourna dans son lit, se blottit contre le mur, le corps secoué de spasmes. Liz le laissa pleurer tout son soûl et s'éclipsa sur la pointe des pieds. En tout cas la guérison de son amnésie se précisait.

Hans cessa de s'alimenter et n'adressa la parole à Liz que trois jours après :

-J'ai un service à vous demander. Mon fils Frantz devrait être réfugié chez son oncle Gustave Kostler au 45 *Alexanderstrasse* à Ahrensburg. Pourriez-vous me le confirmer ?

-Je vais envoyer quelqu'un...

-Frantz m'a très peu vu durant ces années de guerre. Je ne tiens pas à ce qu'il me retrouve dans cet état, je ne suis pas prêt.

-que dois-je faire ?

-Dites simplement à monsieur Kostler que je le recontacterai après ma convalescence.

Hans Dieter ne pouvait confier à personne la réalité de ses sentiments, même pas à Liz. Il venait de perdre sa femme et sa fille qu'il adorait. Sa tristesse, son abattement étaient bien réels pourtant, inéluctablement, c'est vers Suzanne que ses pensées secrètes le portaient. Il avait partagé avec elle un amour véritable dans ce petit village normand où il aurait aimé refaire sa vie. Il était honteux d'avoir caché à Suzanne sa situation familiale. Elle s'était donnée à lui sans calcul parce qu'elle le croyait libre de tout engagement. La culpabilité le tenaillait et l'annonce de la grossesse de Suzanne avait décuplé ce sentiment. Malgré son départ précipité Hans avait la ferme intention de revenir en Normandie s'il arrivait à sauver sa peau. Il avait prévu de régulariser sa situation familiale en divorçant de Maria dès la fin de la guerre. Sa relation avec elle avait commencé à se dégrader à la fin des années 30. Au début Maria était dubitative lors de l'arrivée de Hitler au pouvoir, puis au fil des années elle commença à approuver certaines prises de décisions du régime nazi, reconnaissante au pouvoir en place d'avoir fait reculer le chômage ; l'industrie de guerre générait en effet des milliers emplois, elle-même avait trouvé du travail. Convaincue par une propagande incessante elle se mit peu à peu à haïr les démocraties occidentales. *Le traité de Versailles, conséquence de la trahison d'une certaine partie de la société allemande soumise aux juifs, a saigné l'Allemagne à blanc…* Répétait-t-elle. De plus en plus souvent les conversations avec Hans tournaient à l'affrontement. La situation lui parut intolérable quand Maria commença à défiler avec les Nazis, à assister aux grands rassemblements et à émettre l'idée que Frantz pourrait entrer aux jeunesses hitlériennes dès qu'il en aurait l'âge. Hans, à bout de nerfs, quitta le domicile conjugal avant d'être mobilisé. Il voyait ses enfants chez l'oncle Gustave auquel Maria les confiait quand, croix gammée à la boutonnière, elle militait dans l'association des femmes nazies de son quartier. Mona et Frantz étaient beaucoup trop jeunes pour recevoir une éducation politique leur permettant de résister à la propagande pourtant, Hans fit jurer à Gustave, proche de ses idées, de s'y atteler s'il perdait la vie sur le front polonais.

Au lendemain de la guerre, invalide, il n'était plus question de se rapprocher de Suzanne. Elle finirait par l'oublier et, jolie comme elle était, trouverait bien un bon parti qui s'occuperait d'elle et de son enfant. Cette issue, déchirante pour Hans, était la seule solution raisonnable.

Hans avait gardé les coordonnées des Schmidt. Il les convaincrait de le faire passer pour disparu et leur demanderait de lui donner, de temps en temps, des nouvelles de la femme et de l'enfant.

Hans Dieter savait d'avance qu'il n'oublierait jamais la jolie serveuse du *bar des cyclistes…*

1973 : La sente du pain de sucre

Henri Poirier et Charles Roussel subissaient dans leur chair les effets de la panne du système de régulation de chauffage resté bloqué en position haute. Dans les bureaux du commissariat le thermomètre oscillait entre vingt-trois et vingt-cinq degrés Celsius. Henri avait mariné dans son jus deux jours durant, résultat il avait développé une crise d'emphysème : respiration sifflante et chevilles gonflées. Adélaïde n'aurait pas apprécié que son époux regagne le foyer en mauvais état après son escapade professionnelle, aussi Charles conseilla-t-il au vétéran de prendre un rendez-vous avec le docteur Anatole Gibus ancien médecin officiel du *Havre Athlétic Club* reconverti dans l'acupuncture depuis qu'il fréquentait une Pékinoise. Les gars de la maintenance devaient intervenir pour changer la pièce défectueuse du régulateur encore fallait-il qu'ils trouvent le temps de le faire ; les coupes sombres de Raymond Marcellin dans les effectifs avaient fait du dégât !

Le sujet du jour portait sur le mémorable savon que le sous-préfet venait de passer à Charles. L'administration réclamait des résultats rapides dans les affaires de meurtres non résolus qui n'en finissaient pas d'alimenter la rubrique *fait divers* du *Havre Libre*. D'habitude le commissaire tenait sa hiérarchie informée sur l'avancement des enquêtes. Là, c'était silence radio…La presse locale se posait des questions ; la mort suspecte du fils Leclerc, le double meurtre de Bérangeville faisaient jaser, de plus, les banquiers normands enjoignaient la préfecture de déployer des moyens supplémentaires afin de démanteler la bande de casseurs qui sévissait sur le territoire.

Il y avait une bonne raison pour que les flics ne communiquent pas sur leur enquête. À vrai dire Charles Roussel risquait sa place si la théorie d'Henri Poirier s'avérait fausse et si toutes les affaires n'étaient pas liées. Il aurait bonne mine s'il racontait que son équipe œuvrait à démasquer *l'homme au loup rouge*, personne n'ayant vu le personnage autrement qu'en rêve ! Il fallait vraiment qu'il ait une confiance aveugle en son ancien chef pour se laisser embarquer dans cette histoire.

-Viens Henri on va quitter cette étuve et faire un tour à pied pour mieux réfléchir. On pourra causer tranquillement…

Charles gara la voiture au pied du phare de la Hève puis les flics longèrent la route du Cap. Ce ne fut qu'en s'engageant dans la rue de l'Hippodrome dominant la baie qu'ils commencèrent à causer.

-On connait le paysage et pourtant on ne s'en lasse pas ! Fit remarquer Charles. Regarde, c'est exceptionnel ! On arrive à voir Ouistreham aujourd'hui…

Henri était passablement bougon :

-En plus de l'emphysème j'ai un début de cataracte mon vieux, alors tu sais, même avec des jumelles… Je comprends que tu sois inquiet pour ta carrière mon p'tit Charles ! Tu es en train de te dire : *Est-ce que le vieux possède encore toutes ses facultés ?* Je vais essayer de te rassurer ! Cheunou et Balluquet ont filé les Leclerc avec une abnégation qui force le respect et le rapport qu'ils ont rendu est explicite.

-Mais enfin, c'est à moi qu'ils auraient dû remettre ce rapport !

-Ils ont été sous mes ordres pendant vingt ans ! Ce que tu es susceptible ! Rien d'intéressant du côté de

225

Julien Leclerc : on le fait chanter, il doit attendre la suite des instructions. Par-contre, suivre Margaret est plus instructif. Cheunou et Balluquet ont du mérite ; cette fille est un vrai courant d'air ! À la gare du nord elle a pris un billet aller/retour pour Amsterdam, à peine rentrée un autre pour Cologne…On ne sait si ces voyages ont un rapport avec ses travaux universitaires, on enquêtera plus tard auprès de l'académie. Pour l'instant évitons d'attirer son attention, bornons-nous à examiner ses déplacements au Havre :

Henri s'était arrêté et avait attrapé Charles par la manche pour mieux attirer son attention.

-Margaret voit Serge Rich chez lui, c'est normal ils sont amants. Le couple est souvent en compagnie d'un troisième larron, nommé Éric Rohrman, docker occasionnel avec lequel Serge s'est lié. Margaret se rend d'ailleurs de temps en temps chez cet Éric Rohrman qui réside dans un pavillon mitoyen d'une ancienne cité ouvrière au *10 rue des Canadiens* à Aplemont.

-Tu crois que le trio vit une histoire sexuelle débridée ? C'est de leur âge…

-Peut-être, ce qui est sûr c'est qu'Éric Rohrman partage sa location avec Peter Grüber, Christina Volochek et David Epstein…Identités confirmées par la *Deutsche polizei* au vu des photos prises par l'agent Balluquet en planque *rue des Canadiens*. Du coup on a trois personnes de plus à filer. Autre découverte intéressante : Peter Grüber s'est déplacé pour rencontrer un type à Rouen dans un jardin public. On épluche les fichiers dans l'espoir de l'identifier. La police rouennaise est sur le coup…

-Bon, la probabilité qu'Éric Rohrman de son vrai nom Frantz Dieter alias Karl et Karol Hauffman de son vrai nom Margaret Rich alias Rosa soient à l'ouvrage est élevée…Le *Mouvement du 15 janvier* au complet nous fait l'honneur d'une visite au Havre !

-Tu as raison de laisser une part au doute. Isaac Newton a dit, critiquant la méthode cartésienne : *il ne faut pas confondre conjecture et certitude.* Soyons réalistes. Ce que nous prenons pour une quasi-certitude n'est en fait qu'une simple conjecture, c'est-à-dire une hypothèse méritant d'être considérée…

-Tu ne changeras jamais Riton, tu te fais plaisir en te référant aux classiques. Forcément, en retraite tu as le temps de lire ! Moi, je me fie à mon instinct de vieux flic ; on les serre et on discutera après !

-Je te le déconseille…Sois patient. On peut avoir recours à une méthode policière qui a fait ses preuves, tu vois laquelle ?

-Le relevé d'empreintes bien sûr ! Alphonse Bertillon, policier anthropologue, a pincé son premier criminel grâce à une prise d'empreintes il y a soixante-dix ans…

-Exact ! Réfléchis Charles : Les Allemands possèdent dans leurs fichiers les empreintes des *Gammlers* : Peter Grüber, David Epstein et Christina Volochek. J'ai demandé confirmation à Helmut. Une des empreintes relevées sur une baladeuse dans le garage d'Édouard Leclerc appartient d'ailleurs à Peter Grüber. C'est ce Peter le saboteur. La bande est bien impliquée dans la mort du fils Leclerc.

-Là c'est pareil ! C'était à moi d'appeler Helmut ! Je suis le chef tout de même !

-Pas de ça entre nous ! Quand l'affaire sera bouclée c'est toi qui en tireras les bénéfices, j'suis pas un concurrent Charles, bientôt Adélaïde redeviendra mon chef attitré, *ad aeternam…* Pour en revenir aux empreintes : Christina Volochek a oublié d'effacer les siennes sur un bottin téléphonique chez Anton Muller quant à David Epstein il est impliqué dans l'achat du pétard qui a tué Muller. Conclusion : que ce soit prémédité ou pas la bande a zigouillé Anton Muller. Ce n'est pas tout. N'oublie-pas que les Allemands ont fait un travail de recherche d'empreintes dans l'appartement de *Wilhemsburg*. Seuls les membres du *Mouvement du 15 janvier* y ont mis les pieds. On a déjà les empreintes des *Gammlers* par déduction on aura celles des deux autres qui sont...

-...Frantz et Margaret, je parie. On arrête la bande *rue des Canadiens* ?

-C'est trop tôt...Quand l'extrême gauche révolutionnaire attaque des banques c'est pour financer un gros coup à des fins politiques, il est indispensable de savoir lequel. Quand on le saura, l'idéal serait de les pincer en « flag ».

Charles frotta son menton mal rasé émettant un bruit de râpe à fromage :

-Tu es peut-être trop ambitieux l'ancien ! Et puis il y a un truc qui me chiffonne : Margaret fait partie de la bande mais tu crois vraiment qu'elle aurait adhéré au projet de tuer son frangin pour impressionner son père et le faire céder au chantage ? Les membres de la famille avaient parfois des rapports tendus mais tout de même !

-En effet. Quelque chose a foiré dans leur plan...Soit ils n'ont pas imaginé provoquer un accident d'une telle ampleur en pleine ville, soit, une partie de la bande, à l'insu de Margaret, a projeté d'éliminer Édouard...On sait qu'il était vexé que son père ne lui ait pas proposé de travailler sur le projet *Larozépam* préférant embaucher une relation de Margaret sans qualification.

Ils ont peut-être eu peur qu'Édouard se rebiffe et contrarie leur plan…Si j'ai bien compris, ayant eu connaissance du rêve de Serge Rich, Margaret a demandé à son frère de ne pas prendre sa voiture ce jour-là mais il est passé outre, ce qui prouve qu'elle voulait le protéger…

-On a fait le choix d'admettre que les rêves prémonitoires de Serge Rich ont un sens. Frantz Dieter endosse alors le rôle de *l'homme au loup rouge* n'est-ce pas ?

-Exact Charles. Je sais ce que tu vas me dire. Si le fils de Hans Dieter est *l'homme au loup rouge*, c'est comme, si au passage, entre deux braquages de banque, il avait entrepris de venger son père en éliminant ceux qui autrefois lui avaient nui.

-Hans l'aurait peut-être fait lui-même après la guerre s'il n'avait pas été cloué dans une chaise roulante…

-Comment Hans a-t-il su ce qui était arrivé à Suzanne ?

-Il y a fort à parier qu'il avait gardé le contact avec les Schmidt.

-Il n'empêche ! Autant je vois bien Frantz coller une balle dans la tête au banquier de Hambourg, ancien Nazi, responsable de la mort de sa mère, de sa sœur et de l'invalidité de son père autant je ne vois pas Hans lui demander de jouer au vengeur masqué à sa place trente ans après les évènements.

-On est d'accord, ce qui est sûr c'est que Hans a raconté à son fils sa douloureuse histoire…

-Tu crois que Serge Rich sait que Frantz Dieter est son demi-frère ?

-Je n'en sais fichtre rien…Ce que je sais c'est que le *Mouvement* a intérêt à contrôler Serge Rich qui est chargé de coordonner les recherches sur le *Larozépam*.

-Ils ont peut-être voulu l'enrôler dans leur bande…

-Possible ! Maintenant pas de blague ! tout le monde sur le pont ! Charles tu rameutes les matelots disponibles. Il ne s'agit pas que nos jeunots se fassent la belle !

Les deux flics descendirent la *sente du Pain de Sucre* et entrèrent au *Week-End* en attendant que se dissipe une petite ondée automnale. L'établissement, équipé d'un *Vinyl Juke Box Rocket 88*, plaisait aux collégiens installés tout l'après-midi aux places assises sans rien consommer, au grand dam du patron. Quand le ciel fut dégagé, Henri et Charles décidèrent de suivre le bord de mer avant de rejoindre la voiture, ça leur laisserait du temps pour peaufiner le plan de surveillance des membres du *Mouvement*.

Frérot

Serge Rich ne s'était toujours pas remis de son dernier songe. Il avait tourné et retourné dans sa tête cette histoire de vampires festoyant dans le « château de la belle au bois dormant » sans trouver le moindre rapport avec sa propre vie alors qu'il devait y en avoir un puisque *L'homme au loup rouge* était de la partie, prenant la forme d'un *Odin* vengeur précipitant la foudre sur la tête de ses ennemis, mais rien n'était identifiable que ce soient les situations, le décor ou les protagonistes…

Cette fois la simple relaxation ne suffirait pas à le mettre en condition. Serge devrait avoir recours à la course à pied pour décrypter son rêve. À l'effort son cerveau sur-oxygéné faisait office de vidéo projecteur. Il était capable de se faire une « projection » du rêve prémonitoire de son choix, même pas besoin de télécommande, ralenti, marche avant-arrière possible avec un peu d'entraînement…Il fallait pour cela atteindre un seuil aérobie à 75% de sa fréquence cardiaque maximum sans que la production d'acide lactique ne s'envole. Avec l'entrainement Serge savait rester longtemps dans cette zone d'endurance maximum. Son cerveau développait alors des ressources insoupçonnées...

Il enfila un bas de jogging, chaussa ses supers *New balance* déboula dans l'escalier et traversa la ville au petit trot pour rejoindre le boulevard Clémenceau, puis il accéléra. C'est en arrivant au niveau de *l'Estacade* face au *Palais des Régates* de Sainte Adresse que le processus s'enclencha. Son « visionnage » par séquence ne lui apprit rien de nouveau, déception, pourtant une petite voix intérieure l'incita à continuer…Serge accentua son effort. Il atteignit 88 % de sa fréquence cardiaque maximum, dépassant le seuil anaérobie, production maximum de lactase, risque d'effondrement physique imminent. C'est seulement arrivé à ce niveau d'effort qu'il comprit ce qui lui manquait. Dans ses rêves il était capable de reconstituer des situations où tous ses sens étaient sollicités. Son odorat venait de retrouver la mémoire. Il avait dansé avec une fille masquée, délicatement parfumée. Ce subtil parfum était celui de Margaret. Elle était bien là, dans le sillage de *l'homme au loup rouge*. Cela voulait dire qu'ensemble ils allaient se lancer dans un effroyable projet.

***

Rentré du jogging Serge eut à peine le temps de prendre une douche que retentissait la sonnette de la porte d'entrée. Éric et Margaret l'air sérieux se tenaient sur le seuil de la porte. Serge, en robe de chambre, fut surpris de les voir arriver ensemble. Ils ne venaient jamais à l'improviste. Depuis quelques temps le trio se voyait beaucoup. Souvent Margaret et lui allaient chercher Éric à la sortie de son travail ; cela donnait à Serge l'occasion de revoir ses amis dockers. Ensuite ils filaient au cinéma, au restaurant ou à *l'Étable*, la dernière boîte à la mode. La soirée se terminait chez Serge à refaire le monde devant un dernier verre.

-Je ne vous attendais pas aujourd'hui. Vous vous êtes rencontrés dans l'escalier ?

-Non, lui répondit Margaret, rougissant légèrement alors que ce n'était pas son genre. Il faut qu'on te parle…

Ses rêves lui avaient appris que Margaret et *l'homme au loup rouge* se connaissaient. Dès qu'il vit Margaret, l'air mystérieux, et Éric plantés sur le paillasson il eut une certitude. Ils étaient là, devant lui, ceux que le commissaire Poirier appelait Rosa et Karl, tout se recoupait. Serge, un peu gauche, les invita à s'asseoir.

-De quoi voulez-vous me parler ?

-Frantz et moi nous sommes connus à Munich en 1964, dans une manifestation contre la venue du dictateur *Tchombé*. À l'époque je faisais des stages dans les universités allemandes. Depuis, politiquement, on a évolué…

-Frantz ?

-Oui, Éric Rohrman est un nom d'emprunt, Frantz s'est fait embaucher sur le port muni de faux papiers, c'est une excellente couverture.

Serge avait noué avec Henri Poirier une relation d'estime réciproque. Jusque-là il avait raconté ses rêves au commissaire afin de l'aider à résoudre des affaires criminelles mais sa dernière vision lui avait démontré que Margaret était empêtrée dans une sale histoire. Il avait le choix entre deux attitudes : ne rien cacher à ses deux amis de ses relations avec les flics, ce qui était une manière de choisir leur camp ou se taire en attendant d'y voir plus clair dans leurs projets, il pourrait ainsi les dissuader de faire des bêtises. Serge choisit la deuxième solution. Dorénavant il serait obligé de garder ses distances avec le commissaire Poirier. Le rôle d'indicateur de police ne lui convenait pas. Serge prit le parti d'être direct, un peu par provocation :

-Vous êtes recherchés ? Vous avez viré dans la lutte armée ?

-Nous n'excluons pas d'utiliser des armes si nécessaire, répondit Margaret, mais pas comme Baader/Meinhof.

-Un assassin reste un assassin…

Jusque-là Frantz s'était montré discret. Assis à califourchon sur une chaise il se contentait d'observer les réactions de Serge. Il choisit ce moment pour intervenir :

-Je connais tes opinions Serge, je sais que tu es sincèrement de gauche, contre une société capitaliste basée exclusivement sur le profit et qui use de tous les moyens pour casser les organisations ouvrières. En France vous êtes beaucoup trop influencés, jusque dans les syndicats, par le PC ou la gauche réformiste. Ces partis ont fait la preuve de leur inefficacité. Il n'y a pas de modèle à l'Est. Les satellites de Moscou sont soumis à un régime stalinien ; une des pires dictatures. Il faut inventer de nouvelles formes de lutte. Nous sommes soumis à la politique insensée des Américains et notre société allemande, sous prétexte d'apaisement, tolère la présence d'anciens Nazis proches du pouvoir. L'antisémitisme revient en force, dans tous les milieux, les mouvements néo-nazis renaissent ; à croire que nous n'avons rien compris…

-Vous avez déjà usé de violence ?

-Jamais contre d'honnêtes citoyens.

-Il manque deux litres de *Larozépam* dans le coffre de Julien Leclerc, c'est toi qui les as fauchés Margaret ?

-Non. Comment le sais-tu ?

-Je m'en suis aperçu…

Serge l'avait su par les flics, il réalisait par ce mensonge qu'il en était réduit à jouer double jeu, ce qui le mit mal à l'aise.

-On a « convaincu » Julien Leclerc de nous les donner. Ajouta Frantz.

-Vous préparez un sale coup…Comment as-tu pu abuser ton propre père Margaret ?

234

-Je l'ai fait pour une cause qui te dépasse. Frantz voulait juste l'intimider, lui faire peur en s'en prenant à Édouard mais ça a mal tourné…

-Tu m'as fait embaucher par ton père uniquement parce que tu pensais que je pourrais vous être utile ?

-Il est vrai que j'y ai pensé mais c'était surtout pour te garantir un meilleur avenir. Répondit Margaret. Cela ne retire rien aux sentiments que j'ai pour toi.

Frantz afficha un petit sourire en coin :

-Nous avons le produit il nous manque le nouveau projectile que vous venez de sortir, plus efficace que le premier. Tu pourrais nous en fournir deux…Si tu n'es pas d'accord on demandera au patron. On le menacera de tuer sa fille en cas de refus !

-Ne comptez pas sur moi ! Vous êtes cinglés ! Et si je vous dénonçais ?

-Tu ne ferais jamais ça.

-Pourquoi ?

-Tu sais quel est mon nom de famille ?

-Comment le saurais-je ?

-Dieter : mon nom est Frantz Dieter, fils de Hans… Bonjour frérot ! Tu n'irais pas dénoncer l'amour de ta vie et ton propre frère !

Serge pâlit et sentit le besoin de s'asseoir sur le sofa. Margaret prit place à ses côtés et se serra contre lui. Ainsi, dans son rêve, le petit garçon que Gustave Kostler tenait par la main, sous les bombes, c'était son frère...

-Hans est encore vivant ?

-Oui, mais très malade.

-Tu peux me dire où il habite ?

-Plus tard.

-Tu savais que j'étais ton frère depuis le début ?

-Hans m'a raconté son histoire en France durant les années quarante…Joins-toi à nous frérot. Tu sais que notre mouvement est légitime, tu perpétueras ainsi une longue tradition familiale, ton grand-père paternel a tout sacrifié à l'idéal spartakiste.

-Et Monica qu'est-elle devenue ?

Frantz fixa Serge dans un état complet de sidération :

-Comment connais-tu l'existence de ma sœur ?

-J'ai fait quelques recherches…

-C'était l'aînée, née en 1936. Elle est morte avec ma mère en avril 1945 pendant la bataille de Hambourg. Que connais-tu d'autre de ma vie frérot ?

-Des choses que tu n'imagines même pas…

-Quoi par exemple ?

-Que tu es un menteur. Tu ne tues pas que des Nazis Frantz. Tu as exécuté Victor Malavoix et Ernest Grandon, je comprends qu'Hans les déteste mais ce n'est pas à toi de faire justice.

Frantz était programmé pour réfléchir et agir en matérialiste marxiste-léniniste convaincu or, à cet instant, son cerveau moulinait dans le vide. Pour la première fois de sa vie il ne trouvait aucun argument logique lui permettant d'éclaircir une situation compliquée. Son visage exprima tour à tour surprise puis incrédulité, ses yeux se froncèrent laissant apparaître une foule de petites rides profondes au coin de ses yeux d'un bleu délavé. Son corps se raidit. Désemparé il se tourna vers Margaret comme s'il attendait de sa part un début d'explication…

-Je crois savoir pourquoi Serge est si sûr de lui… Répondit Margaret.

-Vous devriez réfléchir, prêchait Serge, vous allez finir en tôle comme la bande à Baader si vous ne prenez

236

pas une balle ou deux dans le buffet avant… Arrêtez-vous tant qu'il en est encore temps, d'après le canard les flics sont sur les dents et elles sont bien aiguisées, prêtes à bouffer du gauchiste…

Frantz ne souriait plus, il essuyait ses mains moites sur son blue-jean. Un méchant spasme lui vrillait l'estomac. Il se servit une rasade de scotch, porta la main à sa poche intérieure et en sortit un petit Browning qu'il posa sur la table du salon.

-À quoi jouez-vous tous les deux ? Je ne rigole plus. Margaret, c'est maintenant qu'il faut m'expliquer !

-Serge a des dons…Il voit des scènes en songe et les interprète…

-Tu veux dire que c'est un voyant ? Allez frérot, qu'attends-tu pour sortir les tarots et la boule de cristal. Montre-nous ce que tu sais faire ! Frantz éclata de rire avant d'enchaîner… Rejoins-nous Serge, le mouvement a besoin d'un grand sorcier ! Frantz riait de plus belle.

-Je sais que vous préparez un gros coup insista Serge…

-Ah oui, où ça ?

-J'ai vu un paysage de neige, à la montagne…

…

-Et un étrange château…

…

-Vous serez cinq : trois garçons et deux filles dont Margaret…

Frantz baissa les yeux. Il caressa nerveusement le Browning puis le remis dans sa poche intérieure :

-Impressionnant…Est-ce que notre expédition se termine bien au moins ?

-Non…

Serge mentait encore, le rêve s'était terminé en queue de poisson, sans fin explicite. Il tentait sans trop y croire de les faire douter.

-Margaret, tu n'es pas obligée de le suivre… Ajouta-t-il.

-Nous ne nous verrons plus pendant un certain temps Serge. Répondit-elle. Attends-moi, s'il te plait…

Frantz se leva, suivi de Margaret. Avant de sortir il lança :

-Ne t'inquiète pas pour nous Serge, tout se passera bien. À mon retour nous reparlerons de Papa !

Hypochondre

Deux années durant, Liz Fawcet et Mike Robinson avaient réorganisé le service de neurochirurgie du centre hospitalier universitaire de Hambourg. Ils avaient supervisé la rééducation de Hans tout en l'aidant à surmonter moralement son handicap.

Fin 1946, Hans se sentait prêt à redémarrer une nouvelle vie. Ses retrouvailles avec Frantz eurent lieu à *Ahrensburg* chez l'oncle Gustave. Les Américains, puissance d'occupation à l'ouest, refusaient que les militaires allemands blessés soient considérés comme des victimes de guerre. Le statut d'ancien combattant dans l'Allemagne vaincue n'existait pas. Gustave dès la fin de la guerre avait milité, désireux de se rendre utile, à la *Fondation des Handicapés Physiques*. Cette fondation, soutenue par les *Länders*, contourna le problème en attribuant des aides de première urgence à bon nombre de blessés de guerre handicapés[32]. Hans, put dans ce cadre, toucher une allocation qui lui permis une relative indépendance, le temps de trouver un emploi de comptable. Il vécut avec son fils dans un rez-de-chaussée du centre-ville dont les accès avaient été aménagés par Gustave, puis s'installa au *28 Waldstrasse* dans un petit pavillon entouré d'un jardin quand sa situation financière s'améliora. L'essentiel du budget de Hans était consacré aux études de son fils. Après l'obtention de ses diplômes Frantz prit son indépendance mais revint régulièrement voir son père pour s'assurer qu'il ne manquait de rien. Hans savait que

---

[32] En 1955 cette fondation prend le nom de VdK (Verband der Kriegs) : Fédération des victimes de guerre.

Frantz militait à gauche dans des mouvements étudiants, il s'en félicitait mais déplorait son hésitation à s'engager dans un projet professionnel à la hauteur de ses capacités.

Nombre de leurs conversations portaient sur la question sociale et l'histoire du prolétariat en Allemagne. Hans raconta à Frantz le parcours spartakiste de ses grands-parents Wilhem et Greta, les circonstances de la mort de Wilhem assassiné par les Nazis en 1935. Il raconta aussi sa propre épopée dans la Wehrmacht, la guerre, ses positions anti hitlériennes même sous l'uniforme feldgrau.

Frantz se nourrissait du vécu de sa famille, se documentait et posait d'incessantes questions. Il lui semblait impensable que l'Histoire s'arrête là. Il restait tant à faire : revenir aux sources, inciter les partis ouvriers à renouer avec l'idéal révolutionnaire, chasser les profiteurs et en finir avec le capitalisme sauvage.

***

Le destin de Hans Dieter bascula au printemps 1973. Il ressentait depuis des mois une douleur à l'hypochondre droit. Quand le cancer fut diagnostiqué Hans ne voulut pas inquiéter son fils. Il demanda au médecin d'évaluer le temps qu'il lui restait à vivre. Serge, le fils qu'il n'avait pas connu fut au cœur de ses pensées. Les Schmidt décrivaient Serge comme un garçon courageux dont ils s'occupaient avec joie, plein d'avenir malgré son passage à l'assistance publique. À partir de 1963 Hans, ne recevant plus de nouvelles, avait fait des recherches auprès de l'état-civil. Les Schmidt étaient décédés mais Serge Rich résidait toujours au Havre. Hans choisit de ne pas se manifester de peur de perturber sa vie. Dans son état que pouvait-il lui

240

apporter d'autre que des contraintes ? Le risque d'une mort prématurée avait changé la donne. Hans sut, grâce à Gustave, que Frantz fréquentait une jeune fille du nom de Rosa. Si cette histoire aboutissait peut-être que Rosa aiderait Frantz à se stabiliser, fonderait avec lui une famille dont Serge ferait partie. Cette issue le comblerait, l'aiderait à supporter une fin de vie difficile. Il fallait que Frantz parte à la recherche de son frère…

Hans croyait de son devoir de transmettre son expérience à son fils sans trop ressasser un douloureux passé à l'origine d'une fracture entre générations ; délicat travail d'équilibriste dans un pays bourrelé de remords.

Frantz s'était absenté deux mois durant lesquels il avait entrepris une « collecte de fonds » en dépouillant des banques. Quand il revit son père à l'hôpital il éprouva une peine immense au point qu'il songea à abandonner tous ses projets. Hans subissait une puissante chimiothérapie. Jamais il n'avait parlé à son fils de sa rencontre avec Suzanne, mais ce jour-là, en proie à une grande fébrilité, sûrement sous l'effet des drogues il fut beaucoup plus disert que d'habitude. Il raconta tout de son passage en France : ses sentiments pour Suzanne, sa mort suspecte, l'existence d'un frère en Normandie, les salauds d'indicateurs de Bérangeville, les Schmidt, son projet avorté de rejoindre la résistance française…

Frantz fut abasourdi, par son récit mais aussi par la coïncidence ressemblant à un signe du destin : l'histoire de son père se passait non loin du Havre, dans la ville où vivait Margaret et son frère, là où était mis au point le *Larozépam*, là où sa mission devait le conduire.

241

Frantz, sur une dynamique de vengeance, avait déjà réussi à éliminer le directeur de banque Kurt Steiner, le bourreau de la famille Dieter, il y aurait d'autres exécutions parmi les salauds de Nazis qui se pavanaient dans certains milieux de la bonne société sans jamais regretter les atrocités qu'ils avaient commises. Il fallait marquer les esprits. Tout de suite sa décision fut prise. Il allait profiter de son passage au Havre pour ajouter à son tableau de chasse les collabos hypocrites qui avaient fait souffrir son père. Une question lui brûlait les lèvres :

-Tu m'as dit que ton intention était de divorcer de maman en revenant du front. Que t'avait-elle fait pour que tu envisages de refaire ta vie avec Suzanne ?

-Rien mon garçon, tout est ma faute, je suis tombé éperdument amoureux d'une autre voilà tout…

Hans savait que la révélation des convictions nazies de sa mère aurait plongé son fils dans un profond désarroi. Heureusement Frantz n'avait aucun souvenir de son engagement et gardait d'elle une belle image…

De son côté Frantz décela dans les propos de Hans le souhait de voir Serge avant de mourir. Il se jura de lui faire ce dernier cadeau une fois sa mission terminée.

La rue des Canadiens

Henri Poirier et Charles Roussel commençaient à se détendre parce que le dispositif de surveillance des membres du *Mouvement du 15 janvier* était enfin en place.

Le maillage autour du Havre devait être suffisamment serré s'il prenait l'envie aux membres de la bande de s'éparpiller dans la nature. Charles Roussel dut déployer des trésors d'ingéniosité pour obtenir du préfet la mobilisation d'agents supplémentaires venus de Rouen. Assisté d'Huguette et d'Adélaïde Poirier il avait échafaudé un plan machiavélique…

Madame la préfète était désignée pour préparer et animer le loto annuel dédié au financement des travaux d'aménagements des centres de vacances pour ados de la police nationale. Cet exercice ne l'enchantait guère. De plus elle souffrait d'un début de grippe H2N1 apparue précocement dans les foyers du bas Calvados où elle résidait. Huguette Roussel et Adélaïde Poirier proposèrent leurs services pour la remplacer. Madame la préfète fut ravie. Elle évitait ainsi de propager l'épidémie grippale au sein des forces de police tout en se dispensant d'une corvée majeure. La femme du haut fonctionnaire avait vingt ans de moins que son mari et savait se montrer persuasive. Renvoi d'ascenseur…Grâce à son intervention, un escadron d'agents rouennais fut mis à la disposition des époux de ses copines.

De son côté Henri ne resta pas inactif et s'appuya sur son réseau. Son ancien compagnon brigadiste Hervé Dumouriez, chef de la DST avait ses entrées à la gendarmerie. En cas de menace mettant en danger la sécurité de l'état il avait toute autorité pour solliciter le

GIGN créé tout récemment. Il suffisait de faire monter le niveau de menace terroriste de trois à quatre pour placer automatiquement les costauds de la gendarmerie en état alerte.

***

-Ça y est Charles, Lucien vient de m'informer que la DST a identifié l'homme que Peter Grüber a rencontré dans le jardin public de Rouen. Tu ne devineras jamais…

Charles venait à peine d'attaquer la première bouchée de son traditionnel sandwich club mixte jambon-laitue-tomate-œuf dur-mayo-cornichons, opération délicate puisqu'il fallait, après avoir ouvert le four au maximum, se concentrer sur une mastication adaptée à l'association d'ingrédients peu homogènes entre eux. La bouche pleine, Charles se contenta d'exprimer une vague interrogation en levant les sourcils le plus haut possible.

-…Il s'agit du Serbe Piotr Pétrovitch, lieutenant d'Alexis Krisma, une des stars du trafic d'arme en Europe ; filière yougoslave…

-Ces gens-là ne se déplacent pas pour trois francs six sous. Ils fourguent des armes de premier choix, détournées des stocks biélorusses, bichonnées, lubrifiées, vieillies en caisses de chêne. C'est du garanti. S'ils prennent la peine de faire des affaires avec les jeunots c'est qu'ils ont du potentiel et de la « fraîche »…Marmonna Charles après maints efforts de déglutition.

-Exact, à l'heure qu'il est Rosa, Karl et compagnie sont sûrement pleins aux as… Des nouvelles de la rue des Canadiens ?

244

-Je suis en liaison permanente avec Balluquet. Pour l'instant tout est calme. Quatre membres de la bande sont arrivés à motos hier vers quinze heures, sacoches pleines. Le cinquième, avant de rejoindre les autres est passé par le parking du bois de Montgeon où Julien Leclerc lui a remis un paquet.

-Chantage, suite et fin ?

-Probable…

-Leurs trois bécanes sont garées sous un appentis dans la cour. La bande n'est pas ressortie. Encore hier soir on les voyait circuler à l'intérieur de la maison, les lumières s'allumaient et s'éteignaient...

-Vous avez vérifié les plaques des motos ?

-Elles sont fausses, c'était prévisible.

-Qu'est-ce qu'ils trafiquent ? Quelle heure il est ?

Charles jeta un rapide coup d'œil sur sa montre LIP plaqué-or achetée en juin 1973 par solidarité avec les ouvriers autogestionnaires qui contrôlaient depuis peu les lignes de production de l'usine à Besançon.

-Il est quatorze heures ! Tu m'as l'air bien nerveux Riton…

-Je me méfie, les mômes sont déterminés et malins, Dis à Balluquet de ne pas se relâcher !

-Le quartier est bouclé, les équipes relais sont prêtes pour la filature, les radios en veille, que veux-tu qu'il arrive ?

Quatre cafés et un paquet de Petits-Beurre plus tard la situation n'avait pas évoluée :

-Quelle heure il est ?

-Je croyais que tu avais acheté une LIP toi aussi…

-Adélaïde me l'a piquée…

-Il est quinze heures trente.

-J'ai un mauvais pressentiment. On va sur place !

-Si tu veux mais il ne s'agit pas d'arriver dans le dispositif avec la légèreté d'un Boulonnais tirant une herse dans un champ de patates…

-Tu me prends pour un bleu ? Tu sais ce qu'il te dit le Boulonnais…

Un quart d'heure plus tard les flics étaient à pied d'œuvre et s'entretenaient avec Balluquet. L'agent avait revêtu un blouson de surplus américain XXL adapté à son torse bodybuildé, ses oreilles disparaissaient sous un bonnet de laine noire, le reste de son visage était mangé par une barbe poivre et sel de trois jours. Posté sur la terrasse d'une HLM située non loin du pavillon, Balluquet paraissait contrarié. Allongé, équipé d'une radio portative, d'une longue vue sur trépied camouflée sous un filet kaki, il grimaçait de douleur ; ses lombaires le tourmentaient à cause du temps de chiotte ; crachin, vent d'est, son bas ventre trempait dans une flaque d'eau. Henri et Charles rejoignirent leur collègue à petites enjambées, courbés pour ne point être vus et s'assirent le cul dans l'humide, dos contre le parapet.

Les deux commissaires regardèrent dans la longue vue à tour de rôle. Henri remarqua aussitôt un panneau accroché à la clôture d'une des maisons mitoyennes : *Bientôt, à cet emplacement, construction d'une résidence de standing : la Roselière.*

-Ils ne sont pas frappés d'alignement les pavillons au moins ? demanda Henri à Balluquet :

-Je n'en sais rien chef. Pourquoi ?

-Si c'était le cas ils ne devraient pas être ouverts à la location…Tu as vérifié Charles ?

La remarque, par le biais d'une transmission synaptique appropriée, incita Charles Roussel à solliciter le paquet de neurones adéquat, trop tard ! Le

246

vieux s'était aperçu avant tout le monde de sa négligence, Balluquet et lui méritaient d'encaisser une de ces réflexions acidulées dont son ancien chef avait le secret mais Henri, grand seigneur, n'en fit rien.

-Balluquet, joins le service urbanisme pour faire le point ! Dit Charles, d'un air contrit.

L'agent s'exécuta puis tendit à Henri un rapport de surveillance protégé de la pluie par une pochette plastique. Tous les mouvements aux alentours du 10 *rue des Canadiens* étaient consignés sous forme de liste, avec les horaires correspondants.

Charles, un brin agacé, subtilisa le document :

-J'ai le droit de lire, non ?

Balluquet se confondit en excuses. Henri réprima un sourire et lu par-dessus l'épaule de son collègue :

-Tu as noté des mouvements chez les voisins ? Henri semblait soucieux.

-Oui, le 8 est occupé par un couple assez jeune et une adolescente, treize, quatorze ans environ, c'est écrit Besnard sur leur boîte aux lettres, le 12 par un couple de personnes âgées du nom de Levasseur. On les a vues entrer et sortir plusieurs fois pour faire des courses.

-Je vois ça. Et là, les Besnard et les Levasseur sont chez eux ?

-Non, les vieux sont partis en 4CV à 10 heures ce matin et ne sont pas revenus, le couple et la fillette une heure avant. Ils ont mis un gros sac dans le coffre de la 404, comme s'ils partaient en week-end.

-C'est bien ce qui m'inquiète. Tu perçois l'embrouille Charles ?

-J'en ai peur…

À voir la tête des chefs, Balluquet eut le sentiment que l'opération, malgré les moyens déployés, s'acheminait vers un fiasco :

-Les voisins ont forcément été contrôlés au barrage de la rue Paul Verlaine ou de la rue du Bois au Coq, ajouta-t-il, prouvant qu'un fonctionnaire de base pouvait aussi avoir un cerveau. Les motards n'ont rien dû trouver d'anormal sinon ils nous auraient prévenus… Et puis un couple de personnes âgées plus un couple et une fillette, ça fait trois femmes et deux hommes. La bande est constituée de trois hommes et deux femmes si je ne m'abuse…

-Bel effort Balluquet, répondit Henri. Mais voilà, les jeunots sont passés maître dans l'art de la fabrication de faux papiers et dans celui du travestissement. Transformer une femme en fillette et un homme en vieille femme ça ne leur fait pas peur.

-Ah bah évidemment ! Railla Balluquet. Si vous ne prenez même pas la peine d'informer la base… Nous, après, on passe pour des quiches !

Henri préféra ne pas polémiquer :

-Allez, Charles, on file au 10 voir s'ils ont laissé des traces à l'intérieur. Ah ! Les vaches, ils nous ont bernés !

-Messieurs les commissaires ! s'exclama prudemment Balluquet. Je viens d'avoir confirmation : les pavillons du 8 au 12 sont bien frappés d'alignement, depuis une semaine. L'électricité n'est même pas encore coupée.

Complètement abattu, pantalon trempé, l'agent rangea son matériel en vociférant.

Henri et Charles dévalèrent les marches du HLM à toute allure. Leurs voix viriles résonnaient dans la cage d'escalier. Au deuxième palier Henri s'arrêta, le souffle court.

-On est plus à deux minutes près Charles. Si je comprends bien les mômes ont quitté leur planque à dix heures du matin et il est...

-Seize heures trente...On a bonne mine aux cuisses...Ils sont loin...

-Je ne sais pas comment ils ont su que les pavillons étaient inoccupés, peut-être un complice... Ce qui est sûr c'est qu'ils nous avaient repérés pour avoir eu l'idée d'un tel   plan !

-Si seulement ça les dissuadait d'agir, mais j'en doute, à partir d'aujourd'hui ils changent de braquet, ça doit les exciter... Merde ! Qu'est-ce que je vais dire au préfet...

-Il faut faire un signalement à Interpol et mettre Serge Rich et Julien Leclerc en garde à vue. Je ne les crois pas complices mais leur proximité avec le *Mouvement* est indéniable...

-Merci du conseil Henri, répondit Charles de fort mauvaise humeur, heureusement que tu es là, je n'y aurais jamais pensé !

Un seul coup de bélier suffit à pulvériser la porte du *10 rue des Canadiens*. Un trou percé dans le mur mitoyen du garage donnait accès au 8, un autre dans une chambre permettait de s'introduire au 12. Les flics trouvèrent un système d'allumage programmé des lampes et des outils abandonnés au milieu du salon. Des fringues avaient été brûlées dans la cheminée, probablement celles que les membres de la bande portaient en arrivant.

La 404 et la 4CV furent retrouvés sur une départementale à proximité de Gainneville. Un témoin anonyme téléphona aux flics affirmant avoir vu deux couples dont un âgé à l'allure étonnamment déliée et une fillette s'engouffrer dans une camionnette Renault blanche garée sur le bord de la route. Charles fit suivre l'information mais émit des réserves, persuadé qu'il s'agissait d'une fausse piste transmise par les fuyards eux-mêmes.

***.

Julien Leclerc, démoralisé apprit de la bouche des flics que Margaret, complice des autres, l'avait manipulé. Non seulement il avait perdu son fils, mais sa fille risquait au mieux de finir en prison, au pire d'être abattue. Assisté d'un des meilleurs avocats de la place du Havre Julien Leclerc, victime d'un chantage, comprit qu'il bénéficierait de larges circonstances atténuantes et que sa peine serait des plus légères s'il collaborait avec la police.

Serge Rich s'était juré de ne rien dire aux flics. Il ne voulait pas avoir sur la conscience l'arrestation de Margaret et de son frère. Serge tomba des nues quand il comprit que tous les membres du *Mouvement du 15 Janvier* avaient été identifiés. Pendant sa garde à vue le prestige d'enquêteur et l'ouverture d'esprit d'Henri firent la différence. Serge finit par admettre que la meilleure façon d'aider Margaret et Frantz étaient de les empêcher d'être à l'origine d'un bain de sang qui les enverrait en tôle jusqu'à la fin de leurs jours.

-Je peux vous donner une information concrète. Annonça-t-il timidement. Ils ont forcé Julien Leclerc à leur fournir deux projectiles adaptés au *Larozépam*…

-Ils en avaient déjà deux…

-Oui, mais là il s'agit d'un nouveau modèle, plus performant.

-Un lanceur plus deux projectiles contenant chacun un litre de produit, peut signifier deux actions

d'importance ; ils ont de quoi endormir une caserne…
S'inquiéta Charles.

-Pour le reste vous allez être déçus ! Reprit Serge. Je
ne peux vous parler que d'un songe…J'ai vu *L'homme au
loup rouge* et sa bande pénétrer dans un château baroque,
il neigeait…

-Dans un château baroque ? C'est la meilleure ! ils
sont passés par le pont levis je suppose, chevauchant de
blancs destriers ! Vous m'auriez dit une ambassade, une
base de l'OTAN, je comprendrais mieux…Mais un
château… Qu'est-ce que c'est que cette histoire ? Pesta
Charles.

Henri calma son collègue et se cala confortablement
dans son fauteuil ;

-Allez-y Serge, racontez…

Liste noire

David Epstein avait dressé une liste de cinq Nazis en liberté méritant la mort. Tous faisaient partie de l'association d'entraide mutuelle des anciens SS : *der Wikinger*.

Lothar Wertel, Untersturmführer SS, chef de l'Einsatzgruppen III en Pologne, docteur en pharmacie avant-guerre, s'était particulièrement investi dans l'organisation du ghetto de Varsovie. Il avait été à l'origine de plusieurs razzias dans des villages polonais proches de la capitale, organisées dans le but de rafler la population juive. Cet homme capturé par les alliés au camp de Dachau où il avait été muté, fut jugé en 1947 pour crimes de guerre et libéré faute de preuves. David Epstein avait une raison personnelle d'en vouloir à ce Wertel ; à Dachau il avait choisi sa sœur ainée Sarah pour faire le ménage et la cuisine dans ses quartiers. Sarah fut régulièrement battue par son maître mais son emploi d'esclave sexuelle lui donna le droit d'être logée, nourrie et d'avoir, de temps à autre, le droit d'utiliser la salle de bains. Quand le SS se lassa d'elle il la renvoya au camp où elle mourut de privations. L'Untersturmführer s'était particulièrement enrichi sur le dos des juifs en Pologne. On racontait qu'il avait enterré son magot quelque part, que cet argent lui avait servi après-guerre à corrompre ses juges et à s'offrir une pharmacie à Hambourg.

David Epstein avait fini par retrouver sa trace dans les archives ainsi que des témoignages de rescapés de Dachau confirmant son sadisme et sa cruauté. Il aurait pu régler son compte lui-même à l'assassin de sa sœur mais il préféra patienter et s'inscrire dans le projet collectif du *Mouvement*.

Hebertus Kibber intéressait plus particulièrement Margaret que ses périples universitaires conduisaient régulièrement aux Pays-Bas. À Rotterdam elle se lia d'amitié avec Clotilde, militante de gauche, fille d'un partisan arrêté par la Gestapo en 1944 et expédié au camp d'Erika, réservé aux résistants hollandais, où sévissait Hebertus Kibber surnommé *le bourreau*. Ce chef gardien sanguinaire, de sinistre réputation, avait tué de ses mains le père de Clotilde. Kibber, SS hollandais naturalisé allemand, fut interné à la libération. Il réussit à s'évader et s'installa en Allemagne de l'Ouest où il coula des jours paisibles grâce à sa citoyenneté allemande. Le gouvernement d'Allemagne fédérale refusait en effet d'extrader ses ressortissants. Cette prise de position énervait considérablement les membres du *Mouvement du 15 janvier*. Il fallait faire justice à tout prix…

Hans Dieter s'occupait du standard téléphonique au camp de Bérangeville. Sa proximité physique avec les officiers d'état-major lui permettait d'entendre les conversations des gradés, dont celles d'Herman Sacksman. Cet Hauptmanführer SS avait rejoint la deuxième compagnie de marche à Bérangeville après un passage remarqué au camp de Natzweiler-Struthof situé en Alsace. Ce camp, d'abord consacré à l'extraction du granit jusqu'à épuisement des prisonniers devint peu à peu un camp d'extermination destiné à se débarrasser des résistants récalcitrants. Sacksman, homme de main zélé de la Gestapo, se vantait auprès des membres de l'état-major d'avoir fait exécuter, quand il ne le faisait pas lui-même, bon nombre de prisonniers dans un lieu discret à proximité du camp appelé *la sablière*. Hans Dieter avait évoqué en présence de Frantz le souvenir de ce sinistre personnage, de sa morgue et de son cynisme. Sacksman n'avait même pas été inquiété après-guerre, ce qui décida Frantz à l'inscrire sur la liste.

Christina Volochek connaissait l'Oberscharfürer SS Frantz Dürer de réputation. Il avait été arrêté par les Anglais en 1947 près de Brême dans un village où elle vivait avec sa mère. Une famille logée dans un camp de réfugiés à proximité du village l'avait formellement reconnu. Cet officier, un des responsables aux affaires juives en Lithuanie avait participé activement à la mise en pratique de la « solution finale ». Jugé il écopa de vingt-cinq années de réclusion. Épaulé par quelques bons avocats Dürer fut relâché pour vice de forme malgré un appel du parquet. Finalement la procédure judiciaire fut interrompue et les poursuites suspendues. Dürer, libéré, s'envola vers la Suisse où il vécut en toute tranquillité. Il devait payer.

Mark Vödel le garagiste qui avait initié Peter Grüber à la mécanique lui avait raconté une bien saisissante histoire. En Biélorussie occidentale le NKVD, la police secrète de Staline, avait éliminé plus de mille prisonniers suspectés d'hostilité au communisme, ce qui suscita un fort ressentiment antisoviétique parmi la population. Quand les Allemands envahirent la Biélorussie en mai 1941 ils purent compter sur le soutien de sympathisants qui deviendront vite des collaborateurs. L'occupation allemande est terrible et provoque la déportation de centaines de milliers de personnes, les partisans communistes s'organisent et harcèlent l'arrière garde des Allemands. Mark Vödel est un ancien membre du parti socialiste et n'a jamais porté Hitler dans son cœur
254

mais, mobilisé, il participe bon gré mal gré à l'invasion comme chauffeur dans la Wehrmacht. Sa réputation de bon chauffeur-mécano n'est plus à faire, ce qui incite l'Hauptmanführer SS Willhem Titho à le choisir pour une mission très spéciale...

-Quelle ne fut pas ma surprise, avait-il raconté à Peter, de voir embarquer dans mon camion de marque polonaise une douzaine de types en civil dont Titho portant des armes Russes. Titho m'ordonna d'enfiler les vêtements civils qu'il m'avait amenés. J'avais droit au même régime que les autres : engueulades hystériques, bousculade sans avoir aucune explication sur le contenu de la mission. Pendant quinze jours j'ai battu la campagne au volant de mon bahut, de village en village. J'ai vite compris ce que Titho était en train de faire. Sa bande de collabos se faisait passer pour des partisans pro-Russes arrivant d'une autre région. Ils demandaient aux villageois de leur indiquer où ils pouvaient rejoindre les partisans locaux ensuite ils alertaient les SS. Une fois l'ennemi anéanti le groupe revenait dans le village et se livrait à une répression féroce. De mon camion, j'ai vu des choses horribles : incendies, viols, exécutions, tortures… Titho, à la tête de la bande, s'en donnait à cœur joie. Et j'étais là, comme un con, immobile, jamais je n'oublierai ça ! Après-guerre j'ai parlé de cette histoire. J'étais prêt à témoigner contre Titho. Les autorités ont enregistré ma déclaration mais jamais il n'y eut de suite…

***

David Epstein, le rat de bibliothèque, l'éplucheur d'archives, qu'on surnommait *Black Rat* dans le milieu *Gammlers* à cause de ses fringues d'endeuillé avait retrouvé la trace de Willhem Titho et des autres. Non seulement ces types s'étaient conduits comme des salauds, mais ils persistaient en adhérant à *Der Wikinger*. Que faisait l'état…Rien. Trop occupé à développer une politique ultra libérale à la botte des Américains. Il fallait enterrer à tout jamais un passé gênant, devenir des partenaires convenables, ne pas faire de vagues quitte à laisser en paix les pires assassins du siècle.

Sur la liste des membres de *der Wikinger*, subtilisée par Christina et David chez Anton Muller, ces cinq Nazis, persuadés de leur impunité, avaient laissé une empreinte dans l'histoire personnelle de chacun des membres du *Mouvement*.

Chaque année les anciens SS organisaient un banquet. Celui de 1973 devait revêtir une signification particulière ; il célébrait le quarantième anniversaire de l'arrivée au pouvoir d'Adolf Hitler ; en 1933 le nouveau chancelier s'était empressé d'enterrer la *République de Weimar*. Une occasion s'offrait au *Mouvement du 15 janvier* de passer à l'action, de frapper les esprits, de faire un exemple…Encore fallait-il connaitre le lieu et la date du banquet.

Christina Volochek était la mieux placée pour solliciter l'aide des réseaux *Gammlers*. Dans la liste de *der Wikinger* figuraient deux anciens gradés SS résidant à Hambourg ayant payé leur dette à la société. Il fut décidé de mettre leur courrier sous surveillance avec la complicité d'un postier sympathisant. Le but était d'intercepter le carton d'invitation les conviant au fameux banquet. La tâche nécessita beaucoup de persévérance, mais, une fois de plus, la réputation de débrouillardise des *Gammlers* se confirma. L'invitation était libellée ainsi :

Cher camarade et ami,
Vous êtes convié à notre banquet annuel qui aura lieu le :
Samedi 22 décembre 1973
À partir de midi
Au château de Hohenschwangau

Il y a quarante ans le chancelier Hitler tentait d'élever l'Allemagne au premier rang des grandes nations...

Hohenschwangau, cette somptueuse demeure du Roi Louis II de Bavière, où le souvenir de notre cher Richard Wagner est omniprésent, sera le cadre idéal pour évoquer nos glorieux souvenirs.

Ci-joint le programme détaillé des festivités.

Recevez mes fraternelles amitiés. Mon honneur s'appelle Fidélité.

Signé : Oberst Franz Goëtlich : Ancien chef de groupe au 10ème corps d'armée de la Waffen SS, président d'honneur de « der Wikinger ».

Nota : Nous avons signé une charte de confidentialité avec le propriétaire des lieux. Vous comprendrez aisément que la presse ne doit pas être informée de notre rencontre, des manifestations hostiles pourraient gâcher notre commémoration, c'est pourquoi nous vous demandons, chers camarades, de ne parler à personne de cet évènement.

***

Peter Grüber, passé maître dans l'art de fabriquer des faux papiers, dota son amie Christina Volochek d'une nouvelle identité : elle sortirait pour l'occasion d'une école d'hôtellerie réputée et posséderait des références de premier choix. Christina sollicita avec succès une agence de Munich spécialisée dans le recrutement des extras et se porta volontaire pour une mission d'une journée le 22 décembre au château de *Hohenschwangau.*

Elle eut de la chance. Les postulants n'étaient pas nombreux pour un contrat si court nécessitant de rester debout vingt-quatre heures du dressage des tables jusqu'au rangement de la salle d'honneur après le banquet. Christina s'était présentée sans piercing, avait caché ses tatouages et revêtu une tenue sage de circonstance.

Les propriétaires, pour entretenir leur château louaient les salles de réception et ouvraient leur demeure aux touristes. Christina en profita pour faire un repérage des lieux en participant à plusieurs visites organisées de *Hohenschwangau* sous différents déguisements. Elle logea à *l'Auberge du trèfle - das Wirtshaus des Klee - à Schwangau* où le reste de la troupe la rejoindrait et, en attendant la date fatidique elle se consacra au ski de piste sans modération, Karl lui avait alloué pour ses faux frais une somme confortable...

État grippal

Lucien Porto, détaché ponctuellement au Havre comptait bien se mettre au vert quelques jours et passer les fêtes de fin d'année avec Henri Poirier et sa clique. Ça le détendrait. Mais voilà…Il n'avait pas prévu de choper la grippe en Normandie !

Lucien avait besoin de changer d'ambiance. Il était en effet difficile de nouer des relations sympathiques au cœur du microcosme parisien de la DST dont la mission principale consistait à être à la botte de la *place Beauvau*, à répondre aux moindres sollicitations du ministre en appliquant des procédures archaïques tout en louvoyant dans le marigot insalubre des partis politiques. À Paris Lucien passait pour un jojo excentrique, un électron libre débarqué de province. Heureusement il était soutenu par son chef Hervé Dumouriez, intouchable à son poste, vieux complice des flics du Havre, le seul membre de la DST non conformiste et pourvu d'un sens de l'humour acceptable. C'est pour cette raison que le patron de la DST avait été mis au parfum par Henri de l'expérience en cours portant sur l'exploitation de rêves prémonitoires dans une enquête policière. Hervé avait d'abord bien ri, remerciant les poulets du grand ouest d'apporter jusqu'à son triste burlingue un souffle de fantaisie, pourtant, en écoutant attentivement les arguments de son copain Poirier il s'était laissé convaincre.

Charles, Lucien et le préretraité étaient accoudés au bar du *Pépito* en rang d'oignons, silencieux, la tête basse. Face à eux Simone et Georges lavaient les verres.

-Tu nous as refilé la grippe, Georges, chuchota Henri à la limite de l'extinction de voix.

-Je l'avais dit à ma Sissi Impératrice de la Daube - c'est ainsi que Georges surnommait sa femme - *On ferait bien de fermer l'établissement sinon on va contaminer tout le quartier de l'Eure…*

-Vous savez ce que c'est, les gars, on n'est pas des fonctionnaires nous autres. Surenchérit Simone. Dans le petit commerce, c'est marche ou crève ! on n'a pas les moyens de s'arrêter. Je n'y croyais pas d'ailleurs à sa grippe. C'est une astuce de Georges, je me disais ; il veut se faire dorloter, de plus il est accroc aux grogs durs !

Charles ne put s'empêcher de sourire et répliqua :

-Tu ne fais guère preuve de civisme, la patronne ! À cause de toi les forces de police havraises vont tourner au ralenti, nous, en sortant d'ici on n'a plus qu'à avaler deux cachetons d'Aspro avant de plonger sous la couette !

-Connais-tu, persifla Henri, la température moyenne de l'équipe accoudée à ton bar ?... 39.2 ma Simone !

-Et notre Henri, ajouta Lucien, mi sérieux mi rigolard, tu sais quel âge il a ? Dans son cas une issue malheureuse est toujours possible ! Les vieux monuments sont fragiles et celui-là on ne peut pas le restaurer !

Georges fit chauffer de l'eau :

-J'offre une tournée de *Foutinette*[33] pour me faire pardonner, après rentrez chez-vous sinon vous allez contaminer ce qu'il me reste de clients valides !

Les trois flics frissonnaient, parfaitement synchrones :

Henri Poirier, sirotant sa *Foutinette* à petites lampées, exprima son inquiétude :

---

[33] Eau chaude et Calvados.

- Elle tombe…mal… les gars…cette foutue grippe. On est en situation d'échec depuis que les jeunots nous ont faussé compagnie… Et on ne peut pas bosser dans cet état ! Qui peut nous remplacer ? Personne…Tu en connais beaucoup des spécialistes en psychologie analytique dans la police ? Il faut combien de temps Simone pour neutraliser le virus de la grippe ?

- Si tu suis mes prescriptions trois jours peuvent suffire : un grog corsé trois fois par jour, un Pernod au réveil si diarrhée, Porto Flip[34] en cas de faiblesse…Tu restes niché sous l'édredon, duvet de canard si possible, et tu transpires un maximum !

-Merci docteur combien je vous dois ?

Lucien, teint grisâtre, joues rouges, bouffées de chaleur, réussit à articuler quelques mots :

-Blague à part…S'ils passent à l'action demain matin les Gauchistes, trois jours d'arrêt maladie et on rate l'ouverture du bal…En plus, Serge Rich parle d'un château. Je me suis renseigné il parait qu'il en existe 40000 en France et 20000 en Allemagne. Faut embaucher d'urgence !

- On sait quand même qu'il se trouve à la montagne ce château, dans la neige, pas loin d'un village médiéval. Ça limite les recherches…

Henri ponctua son propos par une rafale d'éternuements. Chacun se tint prudemment hors de portée des postillons :

-…Dans son rêve Serge entendait du Wagner. Il parlait d'une réception bourgeoise, de personnel en livrée et tout le fourbi !

---

[34] Porto et jaune d'œuf.

-Wagner fait partie de l'ADN des Fridolins non ? Remarqua Lucien non sans malice. Le château serait bien situé outre-Rhin…

-Tu as raison mais ne parles pas de Fridolins Lucien, cette époque est révolue. Aujourd'hui on dit : nos amis allemands…

-D'accord, restons politiquement correct. Il ne reste plus que 20000 châteaux boches à explorer chez nos amis allemands…

Henri réfléchissait malgré un manque évident de tonicité :

-Lucien tu devrais demander à Helmut de commencer les recherches sur la base de nos remarques afin de palier notre absence. Qui, en Allemagne, peut donner une réception sur fond de musique wagnérienne dans un château baroque ? Au fait Lucien, comme d'habitude, si Helmut te demande d'où viennent nos sources, ne cède pas à la provocation et ferme-là…Bon, on va se rentrer les gars. Lucien, t'as vraiment une sale gueule, tu peux prendre tes quartiers à la maison dans la chambre d'amis si tu te sens seul dans ton pigeonnier parisien, je fournis la bouillotte et les ventouses…

Georges, alla chercher dans sa remise trois masques de chantier offerts par un client peintre en bâtiment.

-Tenez les gars, prenez-ça, vous éviterez de contaminer les inconscients qui osent vous approcher !

Hohenschwangau

Le *Mouvement du 15 janvier* avait un temps d'avance sur les flics ce qui leur avait permis de quitter Le Havre sans encombre. Margaret et Frantz d'une part, Peter et David d'autre part prirent la direction de *Schwangau* à trois jours d'intervalle. Il fallait éviter les frontières Franco-Allemande et Franco-Suisse très surveillées. Un immense détour s'imposait. Moyens de locomotion choisis : voiture de location de Paris à Nice, autocar de Nice à la frontière italienne, là un guide affilié aux « cousins» des *Brigades Rouges* les aiderait à passer en Italie par un chemin de contrebandiers. Ils prendraient ensuite l'autocar jusqu'à Turin, une autre voiture de location de Turin à Bolzano puis traversée de l'Autriche en train via Innsbruck et enfin passage de la frontière allemande par une piste de ski débouchant sur *Garmish Parten Kirchen*, soit au total cinq jours de voyage... Ils iraient chercher leurs armes et une voiture dans un chalet aux environs de la station, chez un particulier complice des trafiquants yougoslaves, puis se rendraient à l'hôtel. Chaque groupe serait munis d'un jeu de faux papiers confectionnés par Peter Grüber, d'espèces en dollars et d'une carte *Américan Express*.

Comme convenu, Margaret et Frantz évitèrent l'autoroute pour descendre de Paris à Nice. Au volant d'une DS 19 de location, habillés en bourgeois BCBG, ils avaient choisi l'itinéraire du célèbre *Paris-Nice* de 1963 : Arpajon, Clamecy, Le creusot, Bourgoin Jallieu, Sisteron, ; Frantz était un grand amateur de vélo comme son père. Grâce à ce choix original ils voyagèrent en toute tranquillité. Il n'y eu pas d'incident notable si ce n'est le passage des Alpes pedibus jambus durant lequel ils crurent mourir de froid, en compagnie de leur guide, un dénommé Mario qui, pour leur changer les idées, les abreuva de propagande marxiste. Pour le reste le couple se permit même de faire un peu de tourisme à Bergame et à Bolzano. Insouciants, plutôt confiants dans la réussite de leur mission, ils étaient persuadés d'être du bon côté de la barrière, en avance sur leur temps, justiciers modernes à l'ouvrage, guerroyant contre le fascisme…

Margaret et Frantz rejoignirent Christina à l'auberge-hôtel de *Schwangau* l'après-midi du cinquième jour. Ils furent surpris de constater que *l'auberge du trèfle* était aussi un pub irlandais, tenu par une rousse flamboyante. Trois marmots aussi roux qu'elle vêtus de pulls jacquart, probablement ses enfants, gambadaient autour du bar.

Personne ne pouvait savoir que, dans son rêve, Serge Rich avait fait quelques tours de danse avec une rousse irlandaise avant de prendre le chemin du mystérieux château…

Margaret et Frantz, épuisés par le voyage, dormirent toute la journée. Le lendemain ils se joignirent aux touristes pour visiter le château de *Hohenschwangau* et firent le tour de la propriété, histoire de se familiariser avec les lieux comme l'avait déjà fait Christina. Ils pourraient recouper leurs informations. Dans trois jours le reste de la bande arrivait. Eux aussi auraient besoin d'un peu de repos. Ils étaient dans les temps. Le 22 décembre ils seraient prêts.

***

Christina, vêtue pour l'occasion d'une tenue de serveuse traditionnelle : col amidonné, corsage en rayonne et jupe noires, tablier blanc avec volant dentelé, s'affairait depuis sept heures du matin sous les ordres d'un majordome élégant au visage émacié. Les organisateurs procédaient à une répétition générale de la soirée. Les valets de pieds en redingote cramoisie et perruque poudrée s'étaient placés aux endroits stratégiques. Derrière le buffet c'était au tour de dames costumées en bavaroises, découvrant leur gorge profonde d'écouter les instructions du chef. Dans le hall d'honneur les musiciens en smoking discutaient autour d'un café en attendant de rejoindre l'orchestre. Ils interpellaient les jeunes filles de la chorale, transformées en ondines évaporées, les épaules couvertes d'une petite laine ; leurs robes de tulle beige se prêtaient mal à la température ambiante… De présentation impeccable, le majordome, grand coordinateur, s'évertuait à rassurer le représentant de *Der Wikinger*, un vieil homme aux cheveux blancs arborant une croix de fer à son revers de veste. Le larbin en chef était moins affable quand il s'agissait de faire trimer le petit personnel. Rapidement il devenait odieux. Christina se jura de lui mettre sa main dans la figure avant de quitter les lieux. Pour l'instant le défi à relever consistait à faire son travail de serveuse tout en se préparant à l'action. Elle devrait se méfier. Une heure auparavant le majordome l'avait surprise en situation de vagabondage ; elle examinait la porte de service des cuisines qu'elle devrait ouvrir au reste de la bande à vingt-trois heures trente précises, heure à laquelle tous les convives seraient attablés dans la salle de banquet. Six barbouzes du service sécurité feraient des rondes : quatre à l'intérieur, deux dans les jardins. Ils avaient répété leurs déplacements le matin, sous l'œil attentif de Christina. Une part d'imprévu existait sur le parcours conduisant à la deuxième mezzanine d'où la bande balancerait le *Larozépam*. Il fallait traverser les cuisines et monter un escalier, normalement la ronde des agents de sécurité ne passait pas par là. À l'extérieur les gardes devraient être neutralisés si on voulait passer par la porte de service des cuisines.

Toute la journée et à tour de rôle, les membres du *Mouvement* se postèrent à proximité de la grille de l'entrée principale. Christina put fournir des informations complémentaires, profitant des pauses cigarettes accordées par le majordome. Elle confirma ainsi la présence au banquet de Lothar Wertel, Hebertus Kibber, Herman Sacksman, Frantz Dürer et Willhem Titho, membres émérites de *Der Wikinger*, placés d'après le plan de table aux places 8, 18, 22, 35 et 42. Le dernier contact entre Christina et ses complices eut lieu à 11 heures, une heure avant l'arrivée des premiers invités.

À midi pile le ballet des taxis commença. Des vieux types gominés en sortirent souvent accompagnés de jeunes femmes aux allures de « professionnelles ». Les festivités pouvaient commencer, au programme : cocktail, conférences et prises de paroles, hommage à Wagner avec *Tristan et Isolde* interprété par l'orchestre symphonique de Salzbourg, la chorale du conservatoire et un couple de barytons, apéritif, banquet gigantesque, chants de marche Nazi, pour conclure la soirée, jeux érotiques en compagnie des call-girls, et plus si affinités…

Frantz réunit ses « soldats » dans sa chambre d'hôtel pour s'assurer que tout le monde était en phase avec les consignes. Ils réglèrent les montres, firent une revue de détail des sacs à dos contenant, tracts, masque à gaz équipé d'une cartouche de fabrication *Leclerc and C°*, chargeurs supplémentaires, cordes, rubans adhésifs pour ligoter l'équipe de la cuisine, poignards. À la ceinture ils portaient un Smith et Wesson 9 mm avec silencieux et une grenade. Frantz était muni d'une paire de jumelles infra-rouge, de deux piqûres à aiguille courte contenant un produit à base de curare destiné à neutraliser, sans les tuer, les gardes évoluant dans les jardins. Il avait aussi tenu à prendre une Kalachnikov qu'il porterait en travers du dos. En principe le commando n'aurait pas besoin de tout cet arsenal, toutefois il allait s'attaquer à d'anciens SS, pas de toute première jeunesse certes mais habitués aux coups tordus. Les barbouzes chargés de leur protection venaient d'une boîte de sécurité privée, étaient formés aux techniques militaires et forcément armés. En cas d'imprévu le *Mouvement* pourrait se retrouver au cœur d'une bataille rangée. Peter alias *Kong*, le plus costaud, porterait dans son sac le lanceur genre mortier et le trépied servant à lancer un projectile ultra léger chargé de *Larozépam*. Ce projectile serait propulsé suivant une trajectoire courbe dont le sommet atteindrait la distance programmée sur le mécanisme de contrôle ; Christina avait évalué à quinze mètres la distance entre la deuxième mezzanine et la voûte baroque chapeautant la salle de banquet. La munition se désintégrerait à cette distance, libérant le gaz qui se rependrait au sol en moins de dix secondes. Il fallait aussi penser à la retraite. L'extrémité ouest du bourg de *Schwangau* s'étendait jusqu'au château. Dans ce quartier les ruelles escarpées interdites aux voitures partaient de la jolie place du château et convergeaient vers le parking. Après l'action, aux environs de minuit, ils n'auraient d'autre choix que de traverser la place en courant, sac sur le dos, de débouler dans les ruelles en pente pour rejoindre la voiture, soit une dizaine de minutes de course. En principe ils ne seraient pas menacés sur leurs arrières puisque les occupants du château seraient sous l'effet du *Larozépam* plusieurs heures. Ils profiteraient de leur avance pour rejoindre Munich, ville qu'ils connaissaient bien et où ils ne manquaient pas de planques.

La dernière heure avant le départ de l'hôtel fut consacrée à l'étude du plan du château de *Hohenschwangau,* aimablement fourni par le syndicat d'initiative. Margaret rappela haut et fort avant de partir qu'aucune personne, autre que les cibles, ne devait perdre la vie durant l'opération.

La danse des chaises

À vingt-trois heures Frantz, Margaret, David et Peter franchissaient le mur entourant le château. Le potager des propriétaires, un peu en retrait, avait l'avantage d'être doté d'une serre pouvant servir de cachette à une bande de révolutionnaires…Frantz remarqua grâce à ses jumelles infra-rouge que les gardes tenaient un talkie-walkie et portaient autour du cou un sifflet pour rameuter leurs collègues en cas de besoin. Christina n'avait pas fait mention de ce sifflet. Dès que le premier garde eut disparu derrière l'encoignure du bâtiment Frantz fila se poster à l'abri d'un bosquet. Planqués derrière la serre, les autres observaient la scène. Ils s'inquiétèrent, constatant que, prêt à bondir, Frantz n'avait pas une seringue à la main mais un poignard. Margaret voulut le rejoindre, lui rappeler les consignes mais Peter la retint.

-Trop tard Margaret, tu vas nous faire prendre !

Tel un félin Frantz attaqua le deuxième garde par derrière, posa une main ferme sur sa bouche et lui enfonça le poignard jusqu'à la garde, à la base du cou. *Kong* rejoignit Frantz, prit l'homme encore secoué par les spasmes de l'agonie dans ses bras puissants et le jeta dans un buisson. Le talkie-walkie du garde se mit à grésiller. Une voix nasillarde résonna dans la nuit :

-*RAS Friedrich ?*

Peter eut la présence d'esprit d'appuyer sur le bouton micro :

-*RAS mec*…Répondit-il.

Dix minutes plus tard le garde restant fut neutralisé au curare et ligoté. Frantz eut besoin de l'aide de *Peter* pour empêcher le type de gigoter le temps que le produit fasse son effet. Tous deux, couverts du sang de la première victime, revinrent derrière la serre chercher les autres.

-Tu es fou Frantz, chuchota Margaret, tu t'es conduis comme un vulgaire assassin !

-Ce n'était pas la peine de critiquer Baader ! Ajouta David.

-Trop risqué avec la seringue, il aurait eu le temps d'utiliser son sifflet et l'autre aurait rappliqué. Vous avez remarqué qu'ils ont un colt à la ceinture ? Un échange de coups de feu à ce stade de l'opération et c'en était fini de le mission… Va-t'en si tu veux Margaret, et toi aussi David, il est encore temps…Peter et moi on peut faire le boulot sans vous…

Frantz fila à la porte de service accompagné de Peter, après un instant d'hésitation les autres suivirent.

À vingt-trois heures trente précises Christina ouvrit la porte de service. La bande des quatre cagoulés s'engouffra dans la cuisine où s'affairaient un chef bien portant coiffé d'une toque et trois aides dont une jeune fille blonde qui s'évanouit dès qu'elle vit un gaillard, chemise tachée de sang, lui brandir un pistolet sous le nez. Peter donna à Christina un *Smith et Wesson* et un masque à gaz. Elle se posta près de la porte à battant ; par les vitres elle pouvait surveiller le couloir communiquant avec la salle.

-Où en est le banquet ? Demanda Frantz à Christina.

-Aux hors d'œuvres, vous avez une demi-heure pour agir avant que le majordome ne repasse aux cuisines…

À peine venait-elle de dire ça qu'elle aperçut le larbin en chef surexcité qui déboulait dans le couloir…La porte à battant, poussée méchamment par un violent coup de quarante-quatre fillette, claqua contre le mur :

-Où est donc cette conne de Christi… ?

Il baissa d'un ton en voyant les cinq pétards braqués sur lui. Christina se servit de sa crosse pour lui casser le nez. L'impeccable gilet blanc du majordome fut instantanément gorgé de raisinet. Entre temps la petite blonde était revenue à elle. Christina baissa son arme, puis s'adressant au groupe :

-Vous n'avez rien à craindre si vous vous tenez tranquille. Je vais vous surveiller le temps que mes amis fassent le travail. On va vous attacher pour être tranquille mais vous serez vite libérés. Asseyez-vous là.

Peter entrava le personnel sur le même banc, mains liées derrière le dos. Christina s'assit face à eux. Avant que Peter ne lui pose un chatterton sur la bouche le chef cuistot demanda :

-Mademoiselle, pourquoi avez-vous un masque à gaz ?

-Ici vous êtes isolés, vous ne risquez rien, ne vous souciez pas de ça.

-Qu'allez-vous faire ?

Christina répondit par une autre question :

-Savez-vous qui sont ces gens ?

-Des salauds de Nazis. Répondit le chef. Ils ont chanté le *Horst-Wessel-Lied* [35] après la représentation de *Tristan et Isolde*…

-Je vous laisse imaginer ce qu'on va faire…

***

Il fallait monter l'escalier menant à la deuxième mezzanine le plus vite possible sans faire de bruit, c'est pour cette raison que la bande portait des chaussures avec semelles de crêpe et que le matériel avait été

---

[35] Chant officiel du parti National Socialiste.

enveloppé dans des chiffons avant d'être rangé dans les sacs. Précaution inutile ; un vacarme assourdissant fait de chants, d'éclats de rire et de claquements invraisemblables provenant de la salle de banquet montait en vagues successives dans la cage d'escalier :

-Oh, du Schönerwesterwald…Clac…Clac…Clac.[36]

-über deinen Höhen pfeift der Wind so kalt…Clac…Clac…Clac.

Arrivés à pied d'œuvre, dissimulés derrière les larges balustres de marbre de la mezzanine, Margaret et les autres découvrirent un spectacle ahurissant. En dessous d'eux les invités, assis à califourchon, avaient positionné leurs chaises parallèles à la table. Les vieux SS décatis et les femmes, robes du soir retroussées, impulsaient trois sauts de carpe successifs en levant le derrière et en poussant leur siège au rythme d'une chanson de marche militaire. Ils braillaient sans retenue, le claquement des pieds de chaise sur le carrelage rythmait la cadence. Un chef d'orchestre en smoking, la crête encore plus rouge que les autres, portant à l'envers une casquette d'officier SS battait la mesure rappelant aux joyeux drilles qu'il fallait faire un tour de table complet avant de siffler la fin du jeu. Les Bavaroises, toujours aussi dépoitraillées couraient dans le sens contraire du flux, chope de bière à la main pour désaltérer ceux qui le demandaient ; c'est-à-dire tout le monde. Certains convives se cassaient la figure. Les valets de pieds en perruque les ramassaient, prenaient en charge les petites natures qui voulaient aller vomir. Le décor avait été planté avant le

---

[36] Westerwaldlied : Chant militaire allemand.
-Oh toi beau Westerwald, par-dessus tes collines siffle le vent froid…

début du repas : de gigantesques oriflammes à croix gammée alternant avec ceux de la SS déployés de la dernière mezzanine jusqu'au sol, un portrait d'Hitler, sorti de nulle part trônait sur un bout de colonne antique. Certains invités, y compris les call-girls, se sentaient obligés de faire le salut hitlérien à chaque passage devant l'effigie du Führer.

Les membres du *Mouvement* n'en perdaient pas une miette, fascinés par ce triste spectacle, renforcés dans leur détermination. Leur seule inquiétude résidait dans le fait qu'ils ne voyaient pas les types de la sécurité. Frantz supposa qu'ils étaient restés dans la galerie de l'autre côté de la porte afin de surveiller les entrées. *Kong* se décida enfin à monter le lanceur. Il visa le milieu de la voûte, au centre d'une ronde formée par une douzaine d'angelots peints dans le style Renaissance. Les silencieux étaient vissés sur les canons de revolver, les masques à gaz enfilés. Frantz, entouré de Peter et de David, était chargé de l'exécution des cinq Nazis. Avant de partir, Margaret revendiquerait l'action au nom du *Mouvement* en balançant des hauteurs un paquet de tracts sur la scène de crimes.

Avant que Frantz ne se jette dans l'arène, Margaret lui chuchota dans l'oreille :

-Nos cinq types ne sont plus à leur place…Comment vas-tu les reconnaitre ?

-C'est pour cette raison que le *Larozépam* est pratique, il me suffira de leur demander de se présenter !

Le projectile percuta le fond du lanceur, émit un léger sifflement suivi d'un bruit de pétard mouillé à l'explosion de l'enveloppe. Le gaz se répandit si vite que les convives n'eurent pas le temps de réagir. La bande, encore planquée, perçut un discret remue-ménage en

273

dessous d'eux, quelques cris, des chaises que l'on traîne, puis, accoudés aux balustres, ils découvrirent le spectacle surréaliste qui s'offrait à eux. Les Nazis, les valets, les call-girls et les Bavaroises ne formaient plus qu'un groupe indistinct. Ils restaient figés, appuyés les uns contre les autres par paquets. Certains s'étaient écroulés sur la table, le nez dans leur assiette, d'autre restés debout demeuraient immobiles. Un silence impressionnant régnait dans la salle envahie par un gaz jaunâtre heureusement pas inflammable car un feu de bois crépitait dans la cheminée. Soudain la porte principale s'ouvrit en grand, les gardes entrèrent en force, pistolet au poing, intrigués par tant de silence. Au contact du *Larozépam* ils s'affaissèrent aussitôt et s'assirent, vraies chiffes molles, sur les marches du palier.

Les trois garçons dévalèrent l'escalier. Frantz se plaça au milieu des convives hébétés, Peter et David aux deux extrémités de la salle. Frantz secoua l'épaule d'une serveuse et lui demanda d'aller lui chercher une chope de bière. La femme, silencieuse, ne regarda jamais Frantz dans les yeux, pourtant elle se leva lentement, gestes décomposés et s'exécuta. Il demanda ensuite à un des gardes de lui donner son revolver. L'homme obéit, s'assit par terre, dos appuyé contre le mur comme s'il avait fourni un effort considérable, sa tête roula sur côté. Il ferma les yeux et s'assoupit.

-Ça marche !

Frantz se suspendit aux oriflammes SS jusqu'à ce qu'ils se décrochent. Il exultait les traits marqués par l'excitation, bousculant tout sur son passage sans discernement. La colonne de plâtre qui soutenait le portrait d'Hitler vola en éclat.

-Dépêche-toi criaient les autres ! Inquiets de son comportement.

-Qu'est-ce que tu fiches ? Ressaisis-toi. Hurlait Margaret de son perchoir.

Frantz, le chef incontestable, celui que tous admiraient pour son sang-froid semblait en transe…Il arma son revolver et revint au centre de la scène :

-Lequel d'entre vous est Lothar Wertel ?

Un petit homme chauve portant des lunettes cerclées de métal se leva, les yeux hagards.

-C'est moi.

-Tu était le chef de l'Einsatzgruppen III en Pologne ?

-Oui.

Lothar, le tribunal du peuple te condamne à mort, la sentence est immédiatement exécutable…

Frantz lui tira une balle en pleine face, juste sous le nez. Une partie de sa cervelle ficha le camp par le trou percé au fond de son occiput éclaboussant la robe de sa voisine de table sans qu'elle ait l'air de s'en soucier. Personne n'avait peur…

-Dans la famille Nazi je cherche Hebertus Kibber, celui qu'on surnommait « Le bourreau du camp Erika ».

Un élégant se leva spontanément sans rien dire et fit le salut nazi. Curieusement il affichait un petit sourire satisfait comme s'il venait de gagner au loto.

-Viens à mes côtés mon bonhomme.

-J'appelle maintenant Frantz Dürer commissaire aux affaires juives en Lithuanie.

-Présent ! Cria un type rondouillard, sans aucune forme d'appréhension.

-Au pied monsieur le commissaire !

-Où est Willhem Titho, la terreur des villageois de la région de Varsovie ?

À l'énoncé de son nom Titho eut un comportement différent des autres. Il enfouit son visage dans sa manche tel un enfant qui avait peur de prendre une baffe mais, résigné, vint rejoindre les autres.

-Herman Sacksman…C'est bien toi n'est-ce pas ?

-Oui.

-J'ai vu ta photo dans les archives. Le crime conserve. Viens ici…

Sacksman devait se teindre les cheveux et s'appliquer des crèmes anti-rides sur la figure car de loin, il ne faisait pas son âge.

-J'ai beaucoup entendu parler de toi Herman, par mon père, simple soldat au 2ème régiment de marche. Il m'a raconté comment tu te vantais de tes exploits au camp de Natzweiler-Struthof. Te rappelles-tu du lieu-dit *la sablière* ?

Pour toute réponse Sacksman se contenta de sourire.

-Tu étais fier de tuer cette racaille de résistants ?

Il bomba le torse.

Frantz lui logea une balle dans le ventre, l'homme s'effondra et se tortilla par terre en gémissant. Le *Larozépam* n'empêchait pas d'avoir mal.

-Qu'est-ce que tu fous ? Cria David, achève-le, ne le laisse pas souffrir. Frantz ne daigna pas répondre.

-Les autres alignez-vous contre le mur.

Dociles, les trois hommes encore debout s'exécutèrent. Frantz les liquida les uns après les autres à bout portant, prenant soin de les défigurer d'une balle en pleine face. Amas de corps ; le sang coulait sur le carrelage légèrement en pente et formait une sinistre rigole absorbée par les étoffes chamarrées des robes du soir trainant au sol.

Margaret, en état de choc devant un tel spectacle, se réfugia dans les bras de Christina venue la rejoindre des cuisines au premier coup de feu.

-Tu le savais pourtant que ça se passerait comme ça… Christina, d'une voix douce, essayait de l'apaiser…

-Non justement, regarde-le…Il prend du plaisir à les exécuter…

En bas, Peter fixait la scène sans broncher, David regardait ailleurs.

Les convives réagissaient différemment sous l'effet de la drogue, la plupart restaient prostrés, d'autres parlaient tout seul, le regard baissé. Une voix blanche s'éleva au bout de la table. Un grand homme mince d'une certaine prestance encadré par deux call-girls interpela Frantz. Son visage disparaissait derrière les volutes d'un barreau de chaise se consumant entre ses doigts :

-Je me présente *Oberst Franz Goëtlich : Ancien chef de groupe au 10ème corps d'armée de la Waffen SS*, président d'honneur de notre association. Tu finiras pendu à un croc de boucher sale juif pour avoir osé t'en prendre à des héros allemands ! Sa voix blanche, sans relief, résonna sous la voûte.

Frantz prit la Kalachnikov qu'il portait en travers du dos. Il orienta le canon vers le bas, visant le centre de la table. Les projections de vaisselle et de verre lacérèrent les faces des SS. Il fit ensuite remonter lentement la rafale vers sa cible. Le vieux beau, le corps truffé de balles, fut projeté en arrière. Frantz tira une deuxième fois, de droite à gauche. Les deux call-girls tombèrent, raides mortes.

-T'es malade ! Hurla *Kong ;*

Il se précipita sur son ami et réussit à le désarmer. Vu le carnage Margaret renonça à lancer de la mezzanine les tracts annonçant que la Révolution Prolétarienne était en marche grâce au *Mouvement du 15 janvier*.

Les jeunes gens pataugèrent dans le sang pour traverser la salle de banquet, les flics pourraient les suivre à la trace jusque sur le perron. En passant Frantz acheva Sachsman.

Dehors autour de la place du château quelques personnes mirent le nez à la fenêtre, réveillées par de lointains tirs de Kalachnikov puis par les bruits d'une course folle résonnant dans les ruelles sombres du vieil *Hohenschwangau*.

Le début de la fin

Henri, victime du redoutable H2N1, transpirait au fond de son lit depuis trois jours déjà. Au réveil, bonne nouvelle, son thermomètre médical affichait 37°2 :

-Le matin du quatrième jour Dieu dit : que Poirier le phénix renaisse de ses cendres, au zénith de sa gloire républicaine, débarrassé des humeurs mauvaises, qu'il cesse enfin de confondre le jour et la nuit…Amen.

La sortie inattendue d'Henri inspirée d'un passage de la Genèse eut de quoi surprendre Adélaïde, restée plantée au chevet de son malade préféré, un cataplasme à la main :

-J'ai traduit que, grâce à Dieu, tu n'as plus de fièvre, je me trompe ?

- C'est surtout grâce à tes soins diligents, Cocotte…Dieu n'a pas le temps de s'occuper d'un mécréant de mon espèce. Je suis en pleine forme ce matin, je file au commissariat. On va avoir du pain sur la planche.

Henri était sous la douche avant d'avoir terminé sa phrase. La mauvaise humeur d'Adélaïde se confirma, renforcée par le fait qu'elle détestait que son mari l'appelle *Cocotte* même si elle était bien l'épouse d'un poulet :

-Lucien aussi a l'air d'aller mieux, tu peux l'emmener avec toi. Répondit-elle, pincée. Je vais enfin pouvoir libérer la chambre d'amis. Je commençais à en avoir marre de vous servir de garde-malade !

✳✳✳

C'est dans un commissariat décimé par le virus que les deux compères, à huit heures précises, firent irruption dans le bureau du commissaire en titre.

Charles, un peu mieux fourni en anticorps que ses collègues, avait repris le travail depuis la veille :

-Tu as lu la presse Henri ?

-*Le Havre Libre*, entre deux applications de ventouses…Tu parles d'un titre !

MORTEL BANQUET DANS UN CHATEAU BAVAROIS, LES NAZIS DÉGUSTENT !

Ce qui m'étonne c'est que parmi les neuf morts on dénombre trois personnes qui n'ont rien d'anciens Nazis : un type de la sécurité et deux jeunes femmes, cela ne correspond pas au profil du *Mouvement*…

-Helmut est un bon ! Je vous l'avais dit ! Confirma Lucien. Il a rapidement fait le rapprochement entre notre mystérieux château et *Hohenschwangau* où Louis II invitait régulièrement Wagner. En plus ses indics avaient relayé des rumeurs faisant part d'une sauterie organisée par les Nazis, mais le temps d'activer son dispositif Helmut est arrivé un poil trop tard ! Ça me chagrine, on a raté un flagrant délit de première classe.

-Je connais un doux rêveur qui n'est pas mauvais non plus dans son domaine de compétence c'est Serge Rich ! Dit Henri, pensif.

-J'ai de nouvelles informations à vous donner messieurs. Charles prit une posture avantageuse pour masquer sa petite forme. La police allemande a arrêté avant-hier soir Christina Volochek et David Epstein à Hambourg.

-Déjà ! Helmut est encore plus fort que je pensais ! Comment a-t-il fait ?

-Il a présenté les photographies des *Gammlers* au personnel des cuisines du château. Christina a tout de suite été identifiée. Elle est repassée avant-hier à l'appartement du *22 Kriekenstrasse*, pour chercher un sac contenant des liasses de billets provenant du casse de la banque de Hambourg, fatale erreur ! L'appartement était surveillé par les flics…

-Le magot devait être bien planqué. S'étonna Henri, on avait déjà fouillé l'appartement sans rien trouver…

-…En filant Christina ils sont remontés jusqu'à David. Ces deux-là intéressent particulièrement la *Deutsche Polizei* puisqu'ils sont soupçonnés du meurtre d'Anton Muller sur le territoire allemand. Aujourd'hui le couple est sous les verrous à Hambourg mais ils n'ont rien divulgué sur les neufs meurtres de *Hohenschwangau*. On ne sait pas qui a fait quoi… En tout cas l'affaire fait grand bruit en Allemagne et suscite des polémiques au sein de la gauche. On apprend dans la presse qu'une des victimes, Frantz Goëtlich, gros industriel, président d'honneur de *Der Wikinger*, fier de son passé SS, était un homme influent proche de l'actuel chancelier…

Henri posa sur le phono une version récemment remastérisée de *More Than You Know* de *Lena Horne*. Il attendit la fin du solo de saxophone avant de s'exprimer :

-On est obligé d'attendre que les trois autres membres du *Mouvement* commettent une erreur pour pouvoir les pincer n'est-ce pas Charles ?

-Exactement : frontières bouclées, GIGN et police allemande en alerte, aéroports surveillés ainsi que toutes les relations connues des suspects. Au Havre, j'ai fait mettre sur écoute Serge Rich et le père de Margaret. On ne peut rien faire de plus.

***

Serge Rich multipliait les insomnies depuis le départ de Margaret et de son frère. L'irréparable avait été commis. Les deux êtres qui lui étaient le plus chers finiraient derrière les barreaux. Tôt ou tard le *Mouvement du 15 janvier* paierait pour ses crimes.

À neuf heures du matin quelqu'un toqua à la porte d'entrée. Serge ouvrit, les yeux mi-clos, mal remis de sa nuit blanche. Son ami Mathieu Bertin le délégué CGT des dockers se tenait sur le paillasson. Il exhibait un carton sur lequel était noté au stylo feutre un étrange message : *j'ai besoin de te parler mais pas ici, ne dis rien tu es peut-être sur écoute…* Serge passa un jean et un pull et ils descendirent les escaliers quatre à quatre. Arrivé dans la rue Mathieu se libéra :

-J'ai eu Éric Rohrman au téléphone !

Serge réagit comme s'il avait reçu un coup de poing au plexus.

-Mais Mathieu sais-tu quelle est la véritable identité d'Éric Rohrman ?

-Oui, il me l'a dit…

Les deux hommes entrèrent au *Balto*, le bar tabac du coin, et s'installèrent le plus loin possible du flipper qu'une bande de jeunes secouait comme des brutes afin de décrocher le bonus et la partie gratuite.

-Je te disais donc que j'ai eu ton frère au téléphone…

-Sais-tu ce qu'il a fait ?

-Je m'en doute, comme toi j'ai lu la presse.

-Que te voulait-il ?

-Il savait que tu serais filé et mis sur écoute. Il a préféré passer par moi. Tu peux le rappeler tout de suite de la cabine téléphonique du *Balto*, à ce numéro. Il cherchait une planque sûre dans la région.

-Il comptait sur moi pour lui trouver ?

-Non, il ne voulait pas te mêler à ça. Je l'ai dépanné ; ma sœur possède une résidence secondaire à la

282

campagne. Elle me l'a prêtée. Frantz Dieter et Peter Grüber vont y rester quelques temps.

-Et Margaret où est-elle ? Demanda Serge le visage marqué par l'anxiété.

-Elle a lâché le groupe, c'est tout ce que je sais.

-Te rends-tu compte du risque que tu prends à aider des terroristes en cavale ? Moi encore, je suis le frère de Frantz, un juge pourrait comprendre, mais toi…

-Je suis devenu l'ami de celui que j'appelais Éric ; un camarade docker que j'estimais. Nous avions beaucoup de points communs en politique. Notre seule divergence résidait dans la manière d'arriver à nos fins. Je suis syndicaliste et non violent, lui considère que la lutte armée est inévitable. Il savait en s'adressant à moi que je ne le trahirais pas. Je ne suis pas du genre à balancer aux flics. Si je peux aider un ami dans la difficulté je le fais, sans me poser de question.

-Mais pourquoi est-il revenu dans la région du Havre ?

-Je l'ignore, pour l'instant il a juste besoin d'une planque.

-Donne-moi l'adresse, je veux le voir.

-Ce ne serait pas raisonnable Serge, tu pourrais être suivi…

Serge se dirigea vers la cabine téléphonique située à proximité du flipper. Il dut demander aux turbulents de modérer leurs ardeurs le temps qu'il passe son coup de fil. Les jeunes baissèrent d'un ton mais sans cesser de jouer. La voix de Frantz était à peine audible masquée par les claquements du ressort lanceur, le tintamarre de la bille métallique heurtant bandes et champignons, le déroulement saccadé de l'afficheur électronique ; musique concrète de fond de troquet. Serge, main collée sur l'oreille essayait d'atténuer les bruits. Il parlait fort.

Ces mauvaises conditions renforçaient la précarité de l'instant, à peine retrouvé son frère s'éloignait de nouveau et cette fois, sans espoir de retour.

-Qu'as-tu fais Frantz ?

-Ce que je croyais juste pour notre cause.

-Et maintenant ?

-J'irai jusqu'au bout.

-Tu veux dire que tu vas recommencer ?

-Oui, et je ferai de mon mieux pour sortir mes deux camarades de prison, d'ailleurs je viens d'écrire un courrier au Berliner Morgenpost *dans lequel j'endosse la responsabilité entière de l'opération : l'idée, la conception et l'assassinat des neuf personnes…*

-Tu vas y laisser la vie Frantz. Tu devrais te rendre. Devant un tribunal tu pourrais plaider ta cause. L'audience serait énorme grâce à la presse.

-Jamais je ne me rendrai. C'est justement parce que je peux être tué que je voulais te parler…

Serge tapa du plat de la main sur la vitre de la cabine téléphonique pour faire taire les ados qui se décidèrent enfin à rejoindre le comptoir.

-…Tu dois me promettre que notre père pourra compter sur ta présence durant sa fin de vie et que tu feras de ton mieux pour lui expliquer mes positions. Dis-lui que j'ai essayé de rester fidèle à l'idéal antifasciste de notre famille…

-Je te le promets. Et Margaret que va-t-elle faire ? Elle ne peut pas se cacher indéfiniment.

-Je sais…Elle n'a pas supporté ce déchaînement de violence et s'est désolidarisée du groupe. C'est vrai que je suis allé trop loin. Elle risque de parler si elle se fait prendre…Rassure-toi, je serais bien incapable de lui faire du mal !

-Tu es fou ! Tu n'aurais jamais dû revenir en France. Ici tu es recherché pour vols à main armée et meurtre.

-J'espère que je te reverrai un jour frérot…Ne laisse pas tomber Margaret, elle aura besoin d'aide…

Serge revint s'asseoir à la table de Mathieu. Il fut reconnaissant à son ami de ne pas lui poser de questions. Mathieu brisa le silence en commandant un deuxième café crème puis, malgré les circonstances, ils cédèrent à leur exercice favori : refaire le monde…

Margaret, le retour

Julien Leclerc fut surpris de constater que deux haut-parleurs diffusaient un blues nostalgique dans les couloirs du commissariat, rien à voir avec la « soupe » habituelle d'un jour de soldes chez Prisunic. La « méthode musicale Poirier » avait encore franchi un cap. Dans cette ambiance apaisée, unique en son genre dans un lieu pareil, les mœurs s'adoucissaient, même le serial killer avait moins de réticence à avouer son crime. Plus de lumières agressives ; les néons avaient été remplacés par de simples ampoules, ambiance tamisée recommandée. On jouait la carte de la psychologie. Le flic mettait de côté son rôle d'austère représentant de l'ordre et se transformait en confident de l'intime agréé par l'état, en confesseur laïque. Des agents sifflotaient, d'autres battaient la mesure, au loin un soliste à la machine à écrire jouait du clavier synchronisant ses frappes au rythme du programme musical. Ce jour-là des fonctionnaires en bras de chemise, s'organisaient pour contrôler l'identité d'un groupe de travailleuses du sexe fraîchement débarqué d'un fourgon de police. Les jeunes femmes patientaient dans le couloir, se dandinant sur un rythme afro-cubain, ce qui ajoutait à l'ambiance décontractée.

Julien Leclerc demanda au seul fonctionnaire qui portait un képi où se trouvait le bureau des commissaires Roussel et Poirier. Il eut grand-peine à se frayer un passage jusqu'à la porte.

-Quel bon vent vous amène monsieur Leclerc ? S'exclama le chef en titre. Je ne vous ai pas convoqué. Rassurez-vous, à ce jour, aucune charge n'a été retenue contre vous puisque vous avez été victime d'un chantage…

-Je ne viens pas aux nouvelles commissaire Roussel, c'est plutôt moi qui vais vous en donner…

Les regards d'Henri et de Lucien convergèrent instantanément vers le père de Margaret…

Monsieur Leclerc réajustait sans cesse son nœud de cravate et lissait ses cheveux nerveusement de la paume de la main. Il semblait gêné :

-C'est que messieurs…Ma fille est entrée en contact avec moi... Elle m'a avoué sa culpabilité et souhaite faire un certain nombre de révélations majeures en terrain neutre avant de se rendre aux autorités mais elle ne veut avoir à faire qu'à un seul interlocuteur en la personne du commissaire Poirier …

Charles, contrarié, fit un bon sur sa chaise.

-La notion de terrain neutre n'existe pas pour un policier. Je vous rappelle cher monsieur que, contrairement aux apparences nous sommes bien dans un commissariat de police. Vous êtes tenu de dire ce que vous savez dans le cadre d'une affaire criminelle, sinon je peux vous faire inculper pour non-divulgation d'éléments indispensables au bon déroulement d'une enquête de police : article 7.22 du code pénal ! Quant à votre fille, en cavale à ce jour, sa situation ne lui permet pas de dicter sa loi aux forces de l'ordre !

Henri afficha son air le plus conciliant en s'adressant à monsieur Leclerc :

-Veuillez s'il vous plait, nous laisser quelques instants, nous avons à nous entretenir mes collègues et moi.

-Vous trouverez une machine à café au fond du couloir. Ajouta Lucien, bonhomme. Nous vous ferons signe dès que nous aurons terminé…

Une fois Julien Leclerc sorti, Charles voulut reprendre la main :

-On n'a pas à entrer dans le jeu de Margaret. Son seul choix est de se constituer prisonnière. Si elle fait des aveux en bonne et due forme alors ses déclarations pourront être comptées à décharge, sinon elle écopera d'une peine maximum pour complicité d'assassinat et association de malfaiteurs...

-Ça, c'est digne de la police de papa ! S'exclama Lucien. Nous autres aux Renseignements Généraux on sait s'adapter, faire face à n'importe quelle situation même si elle n'est pas décrite dans le manuel !

-Lucien n'a pas tort. Écoutons ce que Margaret a à nous dire. Le fait de ne pas l'interroger dans un cadre policier la mettra en confiance. Rencontrons la dans les conditions qu'elle demande, ça l'incitera à collaborer et on gagnera du temps...

-Tu fais une connerie Henri. Voilà ce que je te propose : mes centurions et moi on lui tend un piège sur le lieu du rendez-vous, on la boucle, ça en fait une de moins dans la nature, *Veni vidi vici*, dixit Jules César !

-C'est malin ! Margaret instaurera aussitôt l'omerta et on perdra une chance de remonter jusqu'aux autres...

Lucien prit définitivement parti :

-Laisse donc Henri agir à sa guise ! Il a seulement un contrat provisoire « spécial retraité », il ne va pas te faire de l'ombre ! Il prend une initiative risquée certes, à nous de ne pas l'ébruiter...

-Je cède, mais fais gaffe Henri, je n'ai pas envie de me retrouver muté à Mayotte, cette espèce de caillou paumé au milieu de l'océan Indien... Lucien tu peux faire revenir monsieur Leclerc...

***

Margaret avait donné rendez-vous à Henri Poirier au lieu-dit Beaurepaire *Chez Roseline*, un bar-routier situé le long de la départementale. Quelle curieuse idée… Il était 17 heures trente, la nuit commençait à tomber. Un petit crachin typiquement cauchois incitait les gens raisonnables à rester devant la TV à phosphorer sur *Des chiffres et des lettres*. Henri s'installa à une table placée derrière la vitre et commanda une « petite mousse ». De là il verrait sûrement Margaret arriver. Il n'en fut rien. Surgie de nulle part, s'arrachant à la pénombre et aux ondées glaciales elle ouvrit en grand la porte du bar qui émit un bruit infernal ressemblant à un lâcher de wagons citernes dans une gare de triage.

Margaret avait opté pour une silhouette androgyne : pantalon noir et trenchcoat à dominante grise. Une large casquette de Gavroche cachait son oreille gauche. Ses yeux pétillaient, conséquence de l'excitation provoquée par la dangerosité de la situation. Elle s'assit face à Henri et, en guise de salut, lui adressa un demi-sourire qui creusa ses charmantes fossettes :

-Je suis ravi de vous rencontrer mademoiselle Leclerc, malgré ces tristes circonstances. Pourquoi m'avoir choisi pour cet entretien ?

-Serge Rich m'a souvent parlé de vous. Il ne tarissait pas d'éloge à votre égard : ouverture d'esprit alliée à une grande humanité et méthodes d'investigation originales disait-il…

-C'est effectivement à cause de ma façon originale d'enquêter que vous repartirez libre de ce troquet mais ne poussez-pas la plaisanterie trop loin. Je mise sur votre intelligence Margaret. À partir de maintenant vous allez cesser de faire de grosses bêtises. Fiez-vous à votre bon sens.

-Si je ne me constitue pas prisonnière pour l'instant c'est pour mieux aider Frantz et Peter le moment venu…

-Expliquez-vous.

-Le nouveau projet de Frantz est suicidaire.

-Son dernier exploit ne lui a pas suffi ? Pourquoi remettre si vite le couvert ?

-Pour devenir une référence dans le milieu révolutionnaire en agissant sur les deux sujets de prédilection du *Mouvement* : le rejet du passé nazi de l'Allemagne et, deuxième épisode, la lutte contre l'impérialisme américain.

-Dîtes-nous où Frantz se cache Margaret, pour son bien, avant qu'il n'aggrave son cas.

-Je ne sais pas où il se cache mais je connais la date et le lieu du prochain attentat.

Le corps d'Henri se contracta légèrement.

-Vous demandez quoi en échange ?

-Que vous me promettiez de tout mettre en œuvre pour épargner la vie de Frantz et de Peter.

-S'ils tirent les premiers, la police sera obligée de se défendre.

-Le jour fatidique je veux être là pour les convaincre de se rendre, éviter un bain de sang.

-Je vous promets de faire tout mon possible. Vous serez à mes côtés. Mais dites-moi, pourquoi avez-vous quitté le *Mouvement du 15 janvier* ?

-Durant l'action, à *Schwangau*, Frantz s'est transformé en fanatique. J'ai, pour ma part, subi un véritable électrochoc en assistant au massacre. Aucune cause ne peut justifier le meurtre planifié, même si les cibles sont des salauds. La violence réveille en nous les plus vils instincts…

290

-Votre prise de conscience est un peu tardive Margaret. Entre les grandes idées et leur mise en pratique il y a une sacrée différence, ça risque de vous coûter cher.

-…L'attentat aura lieu à la Chambre du Commerce et de l'Industrie du Havre le 15 janvier prochain vers 15 heures.

-Date anniversaire de la mort de Rosa Luxembourg et de Karl Liebknecht ?

-Tout juste.

-Frantz et Peter sont revenus dans la région alors…Que se passe-t-il d'extraordinaire à la CCI le 15 janvier ?

-Douglas Mac Connors, l'actuel maire de New York sera présent en tant qu'invité…

Cette fois Henri renversa la moitié de son verre de bière sur son pantalon.

-… David Epstein a déniché cette information dans le *New York Times*. Pour le *Mouvement* il s'agit d'une action de substitution. À l'origine, il projetait d'attaquer l'ambassade des États-Unis à Paris mais notre effectif a fondu.

-Ils ne comptent pas assassiner le maire de New York tout de même ?

-Ils veulent le kidnapper et échanger sa liberté contre celles de David Epstein et de Christina Volochek, mais ce n'est pas l'unique raison. Les villes de New York et du Havre ont un projet de jumelage. Mon père et Mac Connors sont à l'origine de ce projet. Ils se connaissent bien : Julien Leclerc veut implanter une usine dans l'état de New York. Il y a de gros enjeux financiers. La tentative de rapprochement des deux villes portuaires, se fera dans un contexte particulier…

-Que voulez-vous dire ?

-On parle beaucoup de la fermeture des lignes transatlantiques entre les USA et la France, du désarmement du paquebot *France* dans les prochains mois. Les grosses compagnies vont chercher à limiter les pertes des actionnaires sur le dos des travailleurs du maritime dans les deux pays, cela se traduira par la destruction de milliers d'emplois. C'est pour parler de ces sujets que le maire de New York vient échanger avec les décideurs de la Chambre de Commerce du Havre. En kidnappant Mac Connors, par le chantage, Frantz espère peser sur les décisions futures et mettre en lumière la cause des travailleurs du maritime et de ses amis dockers…

-Ils veulent réutiliser le *Larozépam* pour faire leur coup ?

-Oui.

-Il faudra agir vite…

-Mon père pourra vous fournir des cartouches adaptées au produit pour vos masques à gaz…

L'aquarium

Le rêve fut cette fois d'une brièveté et d'une intensité inédite.

Les aiguilles phosphorescentes du réveil indiquaient quatre heures, Serge n'avait pas encore fermé l'œil, du moins le pensait-t-il ; une insomnie de plus qui annonçait un lendemain difficile. Mieux valait se lever et poursuivre sa lecture de *Crime et Châtiment* plutôt que de faire des sauts de carpe au fond du lit. Alors qu'il se dirigeait vers le fauteuil du salon d'un pas lourd, Serge ressentit le besoin impérieux de regarder derrière lui… Désincarné, il vit son double allongé sur le dos par-dessus les draps, la bouche légèrement entrouverte. Son souffle était régulier. Sous ses paupières closes ses yeux roulaient comme des billes. Il rêvait. Serge chercha dans la chambre la fenêtre lumineuse qui lui permettait de passer de l'autre côté. Seul un petit scintillement provenant de l'armoire à glace attira son attention. Serge se plaça devant le miroir. Un minuscule puits de lumière transperçait son reflet à l'emplacement du cœur. Peu à peu la source lumineuse se transforma en halo extensible, son image entière se déchira. Le miroir devint fenêtre ouverte. Serge fit un pas en avant et pénétra dans l'autre monde.

Vu de l'extérieur le bâtiment devant lequel il se trouvait se présentait comme un gigantesque parallélépipède percé de grandes ouvertures. Ce bâtiment il le connaissait. Le cri perçant et haut perché d'une bordée de mouettes servait de bruit de fond à la scène. Serge gravit des escaliers, pénétra dans un hall gigantesque et emprunta un ascenseur tout en verre, sans armature visible. Suspendu dans le vide, il eut l'impression de remonter des profondeurs d'un gigantesque aquarium ; autour de lui s'agitait une faune marine fantastique constituée d'étranges poissons, de calamars géants et de sirènes. L'ascenseur s'immobilisa. Serge entendit derrière lui quelqu'un frapper sur une des parois de verre. Surpris il se retourna. *L'homme au loup rouge,* en position horizontale, le fixait. Il portait une curieuse veste d'un jaune fluorescent. En y regardant de plus près Serge comprit qu'une main puissante agrippée à sa veste l'empêchait de tomber au fond de l'aquarium. *L'homme au loup rouge* ôta son masque d'un geste théâtral. Le visage souriant de Frantz apparut. Il fit un petit signe amical à son frère, la main puissante s'ouvrit et Frantz tomba dans les tréfonds de l'abîme, tournoyant sur lui-même.

Le réveil indiquait quatre heures cinq. Le voyage n'avait duré que cinq minutes. Serge se pinça l'avant-bras pour s'assurer de son état de veille. Il fut entièrement rassuré quand il perçut le boucan familier déclenché par son voisin de palier selon un processus immuable ; l'homme faisait les quarts continus, il se levait à l'aube, réveillait systématiquement son bébé ce qui provoquait les braillements du chérubin et, dans la foulée, une scène de ménage.

Anéanti par une intense fatigue, pétri d'angoisse pour son amoureuse et son frère, Serge n'eut pas le courage de décrypter son rêve. L'insomniaque préféra se traîner jusqu'au fauteuil du salon et se replonger dans la lecture de *Crime et Châtiment* chapitre six, au moment où le pauvre étudiant *Raskolnikov* s'apprête à assassiner *Aliona Ivanovna* la vieille usurière.

***

Serge apprit de la bouche de Mathieu, venu l'attendre à la sortie de *Leclerc and C°*, que Frantz et Peter avaient quitté leur refuge. Ils avaient laissé à leur « cher camarade » un mot de remerciement et d'adieu sur la table de la cuisine. Le même jour Serge recevait un coup de fil d'Henri Poirier pour le moins énigmatique. Le commissaire lui demandait de passer à son bureau à 10 heures le lendemain sans vouloir donner plus d'explications. Serge put quand même lui arracher que cette visite avait un rapport direct avec la cavale de son frère…

Le grand saut

Serge, très ému, retrouva Margaret au commissariat. Elle avait accepté de se rendre et de faire un détour par la case prison. Ce choix raisonnable rassurait Serge mais contraignait le couple à patienter quelques années avant d'envisager un avenir commun. Les flics, par discrétion, regardèrent ailleurs le temps des retrouvailles puis, constatant que l'étreinte s'éternisait, allèrent tous les trois chercher un café au fond du couloir. Quand ils revinrent les amoureux s'étaient calmés. Henri en profita pour engager le dialogue :

-Je comprends votre étonnement monsieur Rich. Margaret et vous êtes ici pour nous aider à faire sortir Frantz vivant du pétrin dans lequel il s'est fourré ! Permettez-moi de vous expliquer la situation…

***

Le poste de repérage des flics était installé dans une camionnette équipée de vitres sans teint et garée place *Jules Ferry*, au pied du perron monumental donnant accès au vestibule d'honneur de la CCI. Le véhicule était occupé par Henri Poirier, Margaret et Serge. Les flics avaient de la chance. La deuxième entrée donnant sur le *Bassin du Commerce* était provisoirement interdite au public ; une équipe d'ouvriers posait du carrelage sur le terre-plein. Les visiteurs se voyaient donc contraints de passer par la place et d'emprunter le grand escalier. Le GIGN sous les ordres du commandant Martinez, un ancien commando de marine reconverti en instructeur dans la gendarmerie, avait investi deux bureaux au dernier étage, un à l'ouest du bâtiment, l'autre à l'est ; c'était d'un point haut que le *Mouvement* balancerait le *Larozépam,* mais de quel côté ? Trois GIGN en civil dont Martinez arpentaient le hall et les escaliers. Devant la porte principale, en haut des marches, se tenaient Charles Roussel, Lucien Porto et deux flics en uniforme. L'absence de service d'ordre à cet endroit un jour de visite officielle aurait semblé suspect aux assaillants. Tout ce petit monde correspondait par talkie-walkie.

Le bâtiment imposant que Serge avait devant les yeux était bien celui entrevu dans son rêve. Il reconnaissait les piliers colossaux formant péristyle, les claustras caractéristiques et les fenêtres à encadrement ornant la façade mais il n'avait jamais mis les pieds à l'intérieur. Des mouettes, tournoyant au-dessus du *Bassin du Commerce*, donnaient un concert de piaillement en mode stéréo. Serge fut contraint d'élever la voix pour poser une question, en apparence anodine, à Henri :

-Dites-moi commissaire, êtes-vous déjà entré dans ce bâtiment ?

-Bien sûr, de nombreuses fois…

-On voit des représentations de poissons sur les murs n'est-ce pas ?

-C'est exact, une immense fresque dessinée sur stuc par *Paul Lemagny*[37] représente un paysage sous-marin fantastique. Pourquoi me demandez-vous cela ?

-Pour rien.

Serge baissa la tête tristement, perdu dans ses pensées…

***

La grande taille de Peter, ses épaules de catcheur, le rendaient facilement repérable. Margaret avait reconnu sa veste verte. Vers 14 heures il frôla la camionnette,

---

[37] Membre de l'Institut, grand prix de Rome.

gravit les escaliers et se dirigea vers l'entrée. *Kong*, fausse carte de presse autour du cou, cheveux et barbe teints en noirs trimbalait tout l'attirail du parfait reporter photographe dont un grand sac censé contenir ses objectifs. Il y avait des chances que le produit, le lanceur et un masque à gaz soient dissimulés dans un double fond. Henri s'empara du talkie-walkie :

-Allo, Charles, tu vois le gaillard costaud avec une veste verte et un grand sac en bandoulière ?

-Je le vois...C'est un de nos gus ?

-Oui.

-Je le serre ?

- Non, tant qu'on ne sait pas où est l'autre… Laisse-le entrer. Tu jettes un coup d'œil sur ses papiers mais ne fouille pas son sac… Passe le mot à Martinez.

-D'accord. Ce type est sorti d'une DS noire que je vois d'ici, vitres teintées, garée à 11 heures, dans votre dos.

-Merci Charles, si ça se trouve Frantz est encore dans la voiture…Puis s'adressant à Serge : surveillez la DS s'il vous plait…

-Je me sens mal commissaire, j'ai l'impression de tendre un piège à mon frère, c'est insupportable !

-Vous avez bien compris que Frantz ne pourra pas s'échapper. S'il décide de sortir son arme, Margaret et vous serez notre ultime recours. Vous seuls arriverez à le convaincre de se rendre…

-Commissaire Poirier, ici Martinez. Le type à la veste verte est au deuxième, accoudé à la balustrade, entre deux bacs à fleurs. De là il domine le hall. Il a posé quelque chose à ses pieds.

-Qu'est-ce que c'est ?

-De là je ne vois pas...Ah si ! C'est un petit trépied ; du matériel photo ?

Margaret s'empara du talkie-walkie :

-C'est une pièce du lanceur ! Ils vont balancer le *Larozépam* dans le hall de cet endroit.

- Dans ce cas je demande à mes gars qu'ils lui sautent dessus. Qu'en pensez-vous commissaire ?

-Si vous faites ça Martinez, l'autre va s'enfuir.

-OK, patientons encore un peu...

Henri regarda sa montre, un tantinet stressé.

-Mac Connors et les officiels ne devraient pas tarder...

***

Il y avait eu débat au sein de l'équipe sur la manière d'organiser le traquenard. Si les terroristes entraient ensemble par le hall, les flics pourraient les arrêter dès leur arrivée, mais s'ils venaient en ordre dispersé et opéraient à partir d'endroits différents, la stratégie différait. Il fallait dans ce cas prévoir un groupe d'intervention de chaque côté du bâtiment. Et puis, avait-on le droit de faire courir le moindre risque au maire de New York ? L'incident diplomatique serait énorme si l'affaire tournait mal... Ne valait-il pas mieux faire annuler la manifestation ? Henri et ses acolytes étaient contre. Hervé Dumouriez leur fut d'un grand secours. Par son entremise le ministère de l'intérieur donna au GIGN l'autorisation d'agir, le préfet fut obligé de suivre et les flics du Havre prirent le risque de ne pas prévenir les autorités municipales. Une fois de plus, Charles Roussel jouait sa place...

***

À quinze heures pile une noria de véhicules envahissait la place Jules Ferry. Mac Connors descendit d'une Buick immatriculée Corps Diplomatique aussitôt encadré par quatre gorilles de sa garde personnelle. La foule massée sur le grand escalier s'écarta pour laisser passer le maire de New York. Il serra maintes paluches sous le crépitement des flashs, rejoignit l'estrade placée au milieu du hall et prit place à côté du premier adjoint chargé de prononcer l'allocution de bienvenue. Mac Connors devait ensuite faire un discours, répondre aux questions des journalistes avant de gagner un des bureaux du deuxième étage pour une séance de travail avec les responsables du Port Autonome et les acteurs économiques de la région. Le *Mouvement* disposait de peu de temps pour balancer le *Larozépam*, se frayer un chemin parmi la foule anesthésiée et porter le maire de New York jusqu'à la DS noire. Au deuxième étage Peter se contentait de prendre des photos. Son visage n'exprimait aucune impatience. Les hommes du GIGN, silencieux, masques à gaz sur le nez, casqués, armes au pied, piaffaient, confinés dans les bureaux, crevant de chaud sous leurs treillis. Martinez s'était posté au deuxième étage, côté est, planqué derrière une colonne en béton brut du plus pur style Perret. Il observait les lieux, donnait les consignes, une paire de jumelles petit format dans une main et le talkie-walkie dans l'autre :

-*Commissaire Poirier vous êtes en ligne ?*

-Je suis là ;

- *Si dans cinq minutes l'autre bandit n'est pas là je passe à l'action. Je n'ai pas envie que le maire de New York finisse aux urgences, c'est la première action officielle du GIGN, on joue gros !*

-Jamais Frantz ne laissera Peter prendre tous les risques seul. Affirma Margaret.

Henri essaya de se montrer persuasif :

-L'échec pour le GIGN serait de ne pas démanteler le *Mouvement* dès aujourd'hui. Il va venir Martinez, je vous l'affirme !

Deux étages plus bas, après l'hymne américain, le maire de New York commençait son discours dans un français manquant quelque peu de fluidité :

Monsieur le premier adjoint, messieurs les administrateurs, chers amis havrais…

Nous sommes nostalgiques, au Havre comme à New York, des majestueux paquebots qui faisaient la fierté de nos cités portuaires. J'ai rêvé, I have a dream…Quand j'étais adolescent, j'allais me promener au bout du peer 88 de la French Line et je m'imaginais sur le pont supérieur du Normandie *au milieu des privilégiés qui partaient à la découverte de la vieille Europe, la terre de nos ancêtres, moi le modeste pizzaiollo de Brooklyn…*

Lucien et Charles, restés à l'entrée se trouvaient aux premières loges.

-Y'a pas de doute, il cause bien l'Américain ! S'extasiait Lucien…

-Allo, Poirier, c'est Martinez. Je vois un type qui sort de l'escalier de service, au deuxième, côté est ; un ouvrier, en bleu de travail avec un casque de chantier sur la tête…

-Où va-t-il ?

-Il se pourrait qu'il rejoigne l'autre en faisant le tour du hall par la mezzanine.

-Ne le perdez pas de vue…

…Mes chers amis, cette époque est révolue. Depuis la crise pétrolière qui a affecté l'ensemble de l'économie mondiale, nous devons revoir nos stratégies de transport. Face à la concurrence des compagnies aériennes nous sommes dans l'obligation de réinventer une économie plus responsable, moins gourmande en énergie…

Henri se tapa dans la main à la manière du *commissaire Bourrel* :

-Bon Dieu ! Mais c'est bien sûr ! Un type en bleu avec un casque…Frantz a dû se mêler aux ouvriers du chantier et pénétrer par l'autre entrée…

Serge eut une illumination soudaine :

-Commissaire demandez à monsieur Martinez si l'homme porte un vêtement jaune fluo…

-Vous avez entendu Martinez ?

-*Oui, un gilet de chantier par-dessus sa veste de bleu…*

-C'est lui …

-Pourquoi en êtes-vous si sûr mon garçon ?

-Je l'ai vu dans mon rêve ! Devant l'air incrédule d'Henri, Serge ajouta : Je vous expliquerai plus tard commissaire !

-Martinez, tout le monde sur le pont ! C'est lui…Vous vous rappelez notre arrangement : on ne tire pas, sauf en cas d'absolue nécessité !

-*Mesdames messieurs, je suis venu discuter avec nos homologues havrais de quelques propositions : nous pourrions substituer au transport maritime de passagers une industrie de la croisière. Imaginez des hôtels de luxe flottants se déplaçant sur les océans, d'un site touristique à l'autre, nous pourrions reconquérir notre clientèle. Équipons nos ports, motivons nos actionnaires, business is business…*

Dans le hall certains officiels baillaient discrètement.

-*Allo, Poirier, j'ai donné mes ordres…*

-Reçu Martinez. J'arrive avec mon équipe, par l'escalier.

***

Frantz fila rejoindre Peter entre les deux bacs à fleurs. Cet endroit leur avait paru idéal pour monter le lanceur à l'abri des regards. Ils dominaient le double escalier en X aux marches de marbre noir, encadrés de balustrades de bronze, de leur cache une partie du hall et de l'estrade étaient visibles. Frantz passa devant les stores fermés du bureau trois où se trouvaient les gendarmes. Il apercevait à une trentaine de mètres la tignasse de Peter dépassant des plantes vertes. Peter, qui l'avait vu arriver, se mit soudain à faire de grands gestes sans raison apparente. Frantz se retourna. Une dizaine de gendarmes munis de masques à gaz, le suivait sur toute la largeur de la mezzanine, à l'abri de leurs boucliers. Frantz sortit son revolver et se mit à courir. Devant lui, trois autres membres du GIGN et des flics en civil bloquaient l'accès à l'escalier, eux aussi portaient des masques à gaz. Ça ne servait à rien de balancer le *Larozépam*. Frantz jeta un coup d'œil par-dessus la balustrade, impossible de sauter sur l'escalier, trop éloigné, quant au hall il était au moins à vingt mètres en contrebas. Les flics s'étaient immobilisés. Frantz avait rejoint Peter. Leur minuscule réduit était encerclé, ce qui ne les empêchait pas de mettre en joue les forces de l'ordre.

Henri Poirier s'était détaché du groupe, suivi par Charles et Lucien :

- C'est le commissaire Poirier qui vous parle. Frantz Dieter, Peter Grüber vous êtes encerclés, je vous demande de vous rendre sans faire d'histoire.

-Je vous signale que nous sommes armés de grenades commissaire. Rétorqua Frantz. Si vous avancez on va faire un carnage !

Pour mieux se faire comprendre Frantz tira un coup de feu. La balle siffla aux oreilles des hommes du GIGN et pulvérisa la vitre d'un bureau. Les gendarmes, le doigt sur la gâchette attendaient l'ordre de riposter, mais l'ordre ne vint pas.

En bas l'irruption des gendarmes, le coup de feu et le vacarme du verre brisé déclenchèrent la confusion. Mac Connors plaqué au sol par ses gorilles, attendait qu'on l'exfiltre. On se serait cru en pleine guerre des gangs à

Chicago dans les années 30. La foule se précipita vers la sortie, plus ou moins canalisée par les flics.

Margaret et Serge avaient pris un ascenseur entièrement vitré pour monter au deuxième.

-*L'ascenseur que j'ai vu dans mon rêve…*Se dit Serge, fataliste.

Ils se frayèrent un chemin parmi les gardes mobiles, vinrent se placer aux côtés d'Henri, puis s'avancèrent encore de quelques mètres, dans la ligne de mire de Frantz. Henri les laissa faire malgré les réticences de ses collègues.

-Tu es là Margaret…Je savais que je prenais un risque en te laissant partir. Je ne pensais pas que tu m'aurais trahi si vite.

-Ton projet était voué à l'échec Frantz. Ce que je veux c'est que tu vives. Le monde change, on s'est trompé. Mourir en martyre de la cause révolutionnaire n'a plus aucun sens, il y a d'autres moyens de lutter contre l'injustice. Si tu comptes tirer sur les flics, il faudra me tuer moi aussi. Je suis là, face à toi, à ta merci…

-Toi aussi frérot tu as fait le déplacement ?

-Penses-tu que notre père serait fier de toi, si tu balançais tes grenades ? Penses-tu qu'il prendrait cela pour un ace de résistance ? Il savait ce que ce mot voulait dire. Tu m'as demandé de plaider ta cause auprès de lui, je ne pourrais le faire que si tu te montres raisonnable et que tu épargnes des vies.

-Je ne suis pas prêt à passer ma vie en prison Serge, faut me comprendre...Puis s'adressant à Peter :

-Va les rejoindre toi, tu n'as tué personne…

Frantz posa le canon de son révolver sur sa tempe mais Peter eut la présence d'esprit de lui arracher l'arme des mains. Frantz prit alors appui sur la balustrade et sauta par-dessus. Vif comme l'éclair Peter le rattrapa en empoignant sa veste de bleu. Frantz était suspendu dans le vide. Les gendarmes, stupéfaits, avaient baissé leur arme, Henri Poirier se tenait maintenant aux côtés de Peter prêt à l'aider. Margaret et Serge appuyés contre la balustrade exhortaient Frantz à se laisser remonter. Pour toute réponse Frantz déboutonna sa veste. Son corps rebondit sur la balustrade en bronze de l'escalier, son crâne sur un coin de marche. Il se brisa les reins sur le carrelage du hall.

Serge eut l'impression qu'avant de tomber son frère lui avait souri.

Henri Poirier retrouva dans la poche intérieure du cadavre un courrier adressé au procureur de la République dans lequel il s'accusait d'avoir manipulé Margaret Leclerc et Peter Grüber afin de les enrôler, insistant sur le fait que ses compagnons n'étaient coupables d'aucun crime de sang. Dans une pochette qui ne le quittait jamais - Henri le sut plus tard - étaient rangées deux cartes d'adhésion à la ligue spartakiste datant de 1916 au nom de Greta et Wilhem Dieter, ses grands-parents et une photo de son père Hans en tenue de la Wehrmacht. Au dos de la photo figurait une légende : *Le bar des cyclistes,* Bérangeville *10 mai 1944*. Henri ne put s'empêcher de ressentir une vive émotion en découvrant ces visages surgis du passé.

Portraits de famille

Serge avait annoncé à son père son intention de lui rendre visite. Hans répondit par retour de courrier, exprimant son immense bonheur, sans faire allusion à son état de santé ni à la mort de Frantz. Serge Rich se rendit le 10 février 1974 au domicile de son père ; un pavillon tranquille de la banlieue de Hambourg. Il avait fallu fixer un jour précis, Serge savait que Hans faisait des allers-retours entre sa maison et l'hôpital pour suivre son traitement.

Le jeune homme avait une boule au creux de l'estomac en arrivant au *28 Waldstrasse*. Il poussa la grille en fer forgé et pénétra dans le jardin entourant la maison, le malaise atteint son paroxysme quand il toqua à la porte. Hans, à cinquante-cinq ans aurait été en pleine force de l'âge si cette saloperie de maladie ne l'avait pas touché. Dans ces conditions, serait-il en état de communiquer ? Il y avait si longtemps que Serge vivait avec l'espoir insensé de retrouver son père, le grand amour de Suzanne.

Contre toute attente Serge fut accueilli par une jolie jeune femme blonde, souriante, prénommée Greta qui se présenta comme une *Hauspflege*. Entre deux « *Willkomen* » elle conduisit le visiteur au salon.

-*Hauspflege* se traduit par « aide à domicile » !

Fut la première phrase qu'entendit Serge de la bouche de son père.

En voyant Hans confortablement installé dans le fauteuil du salon, Serge fut tout de suite rassuré par l'expression dynamique de son visage juste un peu pâle, par son regard perçant. Face à lui la table basse couverte de journaux attestait que Hans ne s'était pas replié sur

306

lui-même. Il avait certainement voulu lui faire honneur en choisissant des vêtements confortables de bonne coupe, se donnant des allures de lord anglais. Une casquette plate en tweed « so chic » cachait son crâne dégarni à cause du traitement.

Serge remarqua tout de suite la collection de photographies encadrées trônant sur le manteau de la cheminée.

-Viens m'embrasser Serge, tu es ici chez toi. Hans le serra un long moment dans ses bras. Tu comprends pourquoi je t'ai demandé une photographie de toi adulte, c'est pour la placer entre celle de Suzanne et de Frantz. Je suis si heureux que tu sois là !

-Moi aussi, je suis très heureux de vous rencontrer.

Hans commenta chaque portrait avec une certaine solennité comme s'il présentait des personnes réellement présentes dans la pièce.

-Les Schmidt ont eu la gentillesse de m'envoyer ce portrait de Suzanne, le petit garçon à côté d'elle, c'est toi. Laisse-moi te regarder…Tu ressembles tellement à ta mère... Les Schmidt sont là eux aussi : Robert et, sur les genoux d'Émilienne, c'est encore toi, tu dois avoir 8 ou 9 ans. Ici, je te présente ton grand-père et ta grand-mère Dieter…

-Wilhem et Greta ?

-Frantz t'en a parlé ?

-oui.

-Et voici ta petite sœur Monica et sa mère Maria, mortes pendant le siège de Hambourg en 1945. Ce couple âgé c'est Gustave, le frère de Maria et son épouse Gaby. Ils m'ont tellement aidé après la guerre...

-Et ces gens en uniforme ?

-Des Anglais… L'infirmière Liz Fawcet et le commandant médecin Mike Robinson. Grâce à eux j'ai survécu à ma blessure. La photo suivante, l'homme portant un uniforme de la Wehrmacht était mon meilleur ami. Il s'appelait Chris Beck. Il est mort dans mes bras pendant le siège de Hambourg. Le portrait de Frantz que tu vois ici date de quelques années. À cette époque il était encore étudiant. Je suis content que vous vous soyez rencontrés.

-Nous avons tout de suite sympathisé.

-Frantz était très proche d'une certaine Rosa que j'aurais aimé connaître. Sais-tu ce qu'elle est devenue ?

-Je la connais moi aussi. Elle a souffert de la disparition de Frantz mais rassurez-vous elle va bien…

-J'ai reçu un coup de fil de Frantz juste après l'affaire de *Hohenschwangau* qui a fait les gros titres de la presse allemande. Il m'a juste dit qu'il m'aimait sans chercher à justifier son geste. J'ai trouvé étrange qu'il me reparle de certaines périodes de ma vie passée dans un moment pareil…

-Quoi par exemple ?

-Il m'a dit que le Kurt Steiner qui a été tué pendant le braquage de la banque d'Hambourg était bien le fanatique à l'origine de la mort de Maria et de Monica, celui qui m'a cloué dans un fauteuil roulant pour le reste de ma vie… Plus tard j'ai lu dans la presse que les deux complices de Frantz arrêtés par la police allemande avaient avoué le hold-up mais sans désigner le coupable du meurtre…Je me suis mis en tête que Frantz était devenu un assassin pour me venger…

Serge décida, à partir de cet instant, de cacher certaines vérités à son père afin d'atténuer sa peine :

-Non, Kurt Steiner a sorti une arme d'un tiroir, c'est un autre membre du *Mouvement* qui a tiré, pour se défendre.

-Comment le sais-tu ?

-C'est un policier du Havre qui me l'a expliqué...

-Frantz m'a également dit qu'il s'était rendu à Bérangeville pour découvrir le village dont je lui avais parlé et que Victor Malavoix, le mouchard, et son beau-frère étaient morts dans un accident de la route.

-C'est vrai.

-Là encore, pas de vengeance ?

-Aucune.

-Je ne devrais pas le dire, mais au fond de moi, j'étais satisfait que ces sales types aient été punis. J'aimerai que tu me tutoies Serge. J'espère au moins que Suzanne a été heureuse avec ce Victor, même s'il n'était pas recommandable.

-J'étais bien trop petit, je n'ai aucun souvenir...

-Pourquoi ne s'est-il pas occupé de toi après la mort de Suzanne ?

-Je ne sais pas...

-Les Schmidt ne m'ont donné aucun détail à ce sujet.

-Je ne peux rien dire de plus. J'ai vécu heureux avec Émilienne et Robert...

-Si je n'étais pas devenu handicapé je serais retourné à Bérangeville pour m'occuper de vous.

-Je sais.

-Je ne suis pas riche mon garçon, cette maison n'est pas à moi. Mon seul trésor se trouve dans cette commode : différents souvenirs familiaux, quelques objets que je voudrais te léguer. Et puis il y a ça !

Hans sortit du tiroir de la table basse une douzaine de gros cahiers.

-C'est mon journal… Frantz a tout lu, j'aimerais que tu en fasses autant…Cela créera un lien indéfectible entre nous, à jamais.

-Je le lirai.

-On pourrait aller plus loin…

-Si tu signes ce formulaire, tu pourras devenir mon fils, officiellement. Frantz m'a fait promettre de te le demander, ça compte beaucoup pour moi.

Serge signa, sans hésiter.

-Voilà une bonne chose de faite. Va donc chercher une bière dans le frigo mon fils, après nous parlerons de toi et de tes projets !

Greta entra dans la cuisine alors que Serge décapsulait les bouteilles de bière.

-Ce n'est pas raisonnable monsieur Dieter ! Lança-t-elle en direction du salon. Le médecin a dit : surtout pas d'alcool…

-Ne soyez pas rabat-joie Greta ! Répondit Hans. Cette bière sera la meilleure que j'ai jamais bue !

Fin de contrat

Helmut Kraus avait informé Henri Poirier du décès de Hans Dieter. L'ex-commissaire eut la délicatesse d'appeler Serge afin de lui présenter ses condoléances. Le jeune homme profita de l'occasion pour solliciter une entrevue. Il avait, concernant l'affaire, quelques zones d'ombre à éclaircir et une honnête proposition à faire, ce qui éveilla la curiosité de « l'ancien ».

-Verriez-vous un inconvénient à ce que mes anciens collègues soient présents lors de notre rencontre ?

-Certainement pas, au contraire.

-Alors passez chez moi au 21 bis rue de la Forêt après-demain à l'heure de l'apéritif.

-Merci commissaire, transmettez mes salutations à madame Poirier...

***

Adélaïde Poirier fut tout de suite conquise par le savoir-vivre de Serge. Seul le vase chinois imitation *Ming* hérité de sa mère était suffisamment grand pour accueillir la douzaine de roses *Dublin Bay* qu'il venait de lui offrir.

-Vous avez fait des folies jeune homme ! Suivez-moi au salon ou le « trio de choc » vous attend. Vous m'excuserez de ne pas prendre l'apéritif avec vous, une voisine a organisé une soirée entre filles, vous savez ce que c'est, nous avons mille choses à nous raconter... J'ai quand même préparé les amuse-gueules, vous m'en direz des nouvelles...

Serge pensa que les trois compères debout autour de la table basse admiraient l'appétissant buffet préparé par Adélaïde mais non, seule la table retenait leur attention. Neuf mois plus tôt Henri avait promis à son épouse de vernir le meuble, il n'avait pu tenir parole par manque de temps. Une mission confiée par le préfet ne se refusait pas. Aujourd'hui, la table vernissée était comme neuve, reflétant les visages au point que Lucien en profita pour se donner un coup de peigne.

-Les gars, j'ai mis des piques en plastique dans les soucoupes. Évitez de laisser tomber les olives sur le vernis, ça fait des auréoles !

Les glaçons teintaient dans les verres de *Jack Daniel* l'ambiance était décontractée mais on évitait, pour préserver le moral du nouveau pensionné, de sombrer dans la nostalgie en évoquant les moments forts passés ensemble. Henri remettait les compteurs à zéro après un faux départ à la retraite ; transition délicate à prévoir. Charles prêcha pour maintenir le rituel de la rencontre hebdomadaire au *Pépito*, Henri pour une bouffe mensuelle en famille pilotée par Adélaïde ou Huguette. Lucien et sa fiancée seraient de la partie le plus souvent possible ; il avait si bien « conclu » avec la petite fleuriste de Belleville qu'elle attendait un enfant.

Les amis, entre deux mini bouchées à la reine dissertaient autour de sujets distrayants : les chances, assez minces du *Havre Athlétic Club* de monter en première division, les dernières facéties de Jacques Martin dans l'émission *Le Petit Rapporteur,* ou la campagne pour le second tour des présidentielles du « comique qui s'ignore », l'accordéoniste Valery Giscard d'Estaing.

Serge Rich était un peu gêné d'orienter la conversation vers les sujets plus sérieux qui lui tenaient à cœur. Heureusement Henri Poirier prit les devants.

-Votre séjour à Hambourg a dû être éprouvant Serge, vous avez une petite mine.

-Tu te rends compte Henri, reprit Charles, à peine retrouvés, perdre deux membres de sa famille…Vous avez toute ma sympathie Serge…

Lucien ne voulut pas être en reste :

-Et sa petite amie qui se retrouve derrière les barreaux…

-Merci de votre sollicitude. Je suis resté auprès de mon père jusqu'à son dernier soupir comme je l'avais promis à Frantz. Monsieur Poirier je sais que vous avez une grande expérience du milieu judiciaire. Quelle peine Margaret encoure-t-elle en tant que membre actif du *Mouvement* ?

-Il y a des discussions au Parlement afin d'inscrire dans la loi la notion de « repentir », c'est-à-dire de prendre en compte le fait qu'un ancien membre d'une organisation criminelle, regrettant son geste, aide la police à démanteler cette organisation.

Serge buvait les paroles du commissaire :

-Ce qui mériterait une remise de peine ?

-Le parlement ne s'est pas encore prononcé… Répliqua Charles, appuyé par Lucien :

-Quand on connait la lenteur chronique de notre administration…

Henri semblait plus optimiste que ses camarades :

-Dans l'affaire Margaret Leclerc il y a jurisprudence, pas en France certes, mais en Italie. Dans le cadre de la lutte contre la mafia un ancien membre a été acquitté pour avoir aidé la police, même décision dans la lutte anti-terroriste ; un activiste des *Brigades Rouge* a vu sa peine réduite au minimum parce qu'il avait accepté de collaborer avec le juge. Vu les moyens financiers de Julien Leclerc, Margaret s'appuiera sur un excellent avocat qui axera sa défense sur ces jurisprudences.

Nous sommes à l'heure d'une harmonisation des pratiques judiciaires dans tous les pays européens. De plus, n'oublions pas que Frantz a avoué être l'auteur de tous les crimes de sang commis par le *Mouvement du 15 janvier.*

-Quelle peine risque Margaret à votre avis, commissaire ?

-Cinq ans, si la défense fait bien son travail... Charles et moi serons appelés à la barre. Nous pourrons insister sur ses regrets et sa volonté de se racheter...

Serge parut soulagé, l'espoir revenait.

-Où est-t-elle incarcérée ? Demanda Lucien.

-À la maison d'arrêt de Rouen, je suis déjà allé la voir.

Charles suspendit sa dégustation d'accras de morue antillais :

-Comment va-t-elle ?

-Bien, elle est prête psychologiquement à subir sa peine, mais se sent coupable de la mort de Frantz. Elle s'en veut de ne pas avoir réussi à le convaincre de renoncer à ses projets suicidaires.

-Ce sera à vous, Serge, de lui faire comprendre qu'elle n'est pas responsable des actes de Frantz. Avança Henri Poirier avec conviction. De plus je sais que vous l'attendrez...

-Nous avons déjà quelques projets...Quel sera le sort des autres membres du *Mouvement* ?

-La France n'est concernée que par le cas de Peter Grüber. Il est coupable d'homicide sur la personne d'Édouard Leclerc par sabotage de son véhicule. Nous apporterons un témoignage plutôt favorable ; il s'est rendu sans résistance et a essayé de sauver la vie de Frantz à la Chambre de Commerce. Margaret nous a raconté qu'au château de *Schwangau*, il avait mis fin au carnage en arrachant la mitraillette des mains de Frantz. Je pense qu'il écopera d'une peine de prison, atténuée car son casier est plutôt léger. Pour les autres, Christina et David, je ne sais comment la justice allemande va opérer. Il semble que l'assassinat d'Anton Müller n'ait pas été prémédité. En Allemagne, depuis cette affaire, l'opinion publique exerce une forte pression sur le gouvernement fédéral, protestant contre l'admission d'anciens nazis dans le corps enseignant. Peut-être cette situation jouera-t-elle en leur faveur...

La bouteille de *Jack Daniel* circula une seconde fois mais Henri insista pour charger les verres en glaçons, soucieux du bilan hépatique de ses anciens collègues. Serge profita d'une pause dans la conversation pour échanger avec Charles et Lucien un regard complice.

-Commissaire Poirier, l'autre jour je suis allé déjeuner avec mon ami Mathieu au *Pépito*. Nous avons rencontré vos deux collègues.

Charles et Lucien confirmèrent, opinant du chef.

-À vrai dire commissaire, ils s'inquiètent pour vous. Messieurs Roussel et Porto pensent que vous appréhendez de mal supporter votre deuxième départ à la retraite... Alors...

-Alors quoi ?

-Nous nous sommes permis d'aborder le sujet avec votre épouse...

-Mais encore...

-Elle nous a fait part de sa conviction qu'un projet personnel ambitieux vous aiderait à franchir un cap et que l'écriture reste votre domaine de prédilection...

-Écoute bien Riton ce qu'il va te dire...Ajouta Charles suivi de Lucien s'exprimant sur le mode *Dupont et Dupond* :

-Je dirai même plus Riton, ce qu'il va te dire, écoute le bien…

Serge extirpa de son sac une pochette cartonnée contenant de gros cahiers d'écolier.

-C'est le journal de Hans Dieter, l'histoire de sa famille. Helmut est d'accord pour assurer la traduction en français…

-C'est moi qui lui ai demandé ! Intervint Lucien.

-…J'aimerais apporter une tournure littéraire à ce récit. Vous êtes bien placé pour vous en charger commissaire, vous avez le talent et vous avez vécu de près le dénouement de l'histoire…

-Cette proposition me touche, mais en serai-je capable ?

Charles et Lucien, convaincus, opinèrent du chef une seconde fois…

-Nous tenons là un bon sujet de roman « cathédrale » sur fond de témoignages portant sur trois générations de citoyens allemands engagés. Ce genre vous convient-il Serge ?

-Je vous fais confiance commissaire. Au fait, je ne vous ai pas dit…Cette nuit j'ai fait un rêve étrange…